塔湖·書
TOWER LAKE BOOK

STUDENT EDITION 增
WANG
KAI LING collection 订
王开岭作品 本

王开岭：1969年生，祖籍山东滕州。历任中央电视台《社会记录》《24小时》《看见》等栏目指导。著有《精神明亮的人》《古典之殇》《激动的舌头》《跟随勇敢的心》《精神自治》《当年的体温》等散文随笔集。其作品大量入选文学典籍、大中学读本和各类中高考试题。在读者心目中，他被誉为"精神明亮的人"，其著作被中国校园公认为"精神启蒙书"和"美文鉴赏书"。曾获上海"萌芽文学奖""山东文学奖""在场主义散文奖""百花文学奖"等。

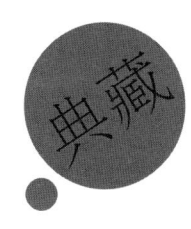

当她十八岁的时候

中学生典藏版 心灵美学卷

王开岭 著

山西出版传媒集团
山西教育出版社

图书在版编目（CIP）数据

当她十八岁的时候：心灵美学卷/王开岭著. —增订本. —太原：山西教育出版社，2016.5（2024.4重印）
（王开岭作品：中学生典藏版）
ISBN 978-7-5440-8355-3

Ⅰ.①当… Ⅱ.①王… Ⅲ.①散文集-中国-当代 Ⅳ.①I267

中国版本图书馆 CIP 数据核字（2016）第 076158 号

心灵美学卷·当她十八岁的时候

出版策划：孙　轶
责任编辑：刘晓露
复　　审：李梦燕
终　　审：潘　峰
设计总监：王春声
印装监制：蔡　洁

出版发行：山西出版传媒集团·山西教育出版社
　　　　　（太原市水西门街馒头巷7号　电话：0351-4729801　邮编：030002）
印　　装：山西立方印业有限公司

开　　本：889×1194　1/32
印　　张：9.375
字　　数：221千字
版　　次：2016年5月第1版　2024年4月山西第10次印刷
印　　数：145 001—148 000 册
书　　号：ISBN 978-7-5440-8355-3
定　　价：29.00元

如发现印装质量问题，影响阅读，请与出版社联系调换。电话：0351-4729718

在升旗仪式上的演讲(增订本代序)

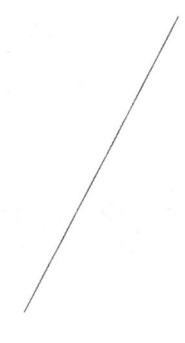

很激动站在这里，和大家分享这样一个时刻。

这个时刻，无论对于大自然，还是对于人生，都是敏感而庄严的。十多年前，我写过一篇散文，叫《精神明亮的人》，我从19世纪法国作家福楼拜的一个生活习惯谈起，提到了清晨之于感官和知觉的意义，提到了苏醒的光线对身心的滋养和激励。我说："按时看日出，是生命健康与积极性情的一个标志，它不仅代表了一记生存姿态，更昭示着一种生命哲学和精神美学。透过晨曦，我看到了一个人在给自己的生命举行升旗仪式！"又过几年，"精神明亮的人"成为我一本书的书名。

升旗，这是个精神仪式。升起的既有这个国家的旗帜，还有我们青春的旗帜。与之一道升起的，还有我们的憧憬：对自由、价值和尊严的渴望，对这个国家未来的期许。旗帜上的内容，不似教科书里那么简单，它更真实、更辽阔的部分，需要你们去填写、去描画。我们要在提升自己的同时，提升这个社会，提升这个共同体的气质和品格。换句话说，这面旗帜，它需要和太阳一起，不断地诞生，它每天都是新的。

让我们把自己升起来，让我们把这个国家升起来，把未来升起来！我们是什么，它就是什么！这面旗帜、这个国家就是什么！这就是升旗的意义。

今天，我最为感动的是，面对你们纯真的面孔！无论生理还是心灵，你们都是清晨里的人，这多么美好，多么让人羡慕。前几天，在微博上看到有位中年人在吐槽：感叹自己和周围的同龄人，"如今都长着一张应酬的脸"，忙着与各种事物周旋、缠打、唱和、献媚，脸上的笑纹、笔画，都是假的，是修饰过、格式化、计算好的，那张脸上只有一个逻辑，即"利益最大化"……作者惊讶于这些脸"竟然长得一模一样"。是啊，这种一模一样的人很多，他们暮气沉沉、锈迹斑斑，他们成了精神意义上的老年人，他们的灵魂爬满了皱纹，他们每天都在暗地里给生命降旗、给青春和梦想开追悼会。

一旦面具戴久了，脸就长成了面具的模样。

是的，他们的人生已成酱缸，发霉变馊了。

而你们不是，至少现在不是。你们郁郁葱葱，正冉冉升起。

感谢你们的学校，为我提供了这样一个时刻，让一个生理上的中年人，和这么多干净的少年人一起，为生命举行升旗。这份早晨的空气，连同你们纯洁的气息，我将深吸一口，收藏在我的脑海里、肺腑里。

也希望多年以后，你们的脸上，依然留有这份气息，并用一生来拒绝那张"应酬的脸"落在自己的肩膀上。

近来，我常说的一句话是：在一个雾霾的时代，让我们提升内心的光线，做一个精神明亮的人。

何谓精神明亮的人？我的理解是：精神意义上的"年轻人"。

具体地说，是有着清晨特征、闪着露珠、身披霞光的人，是有行动品质的理想主义者，是头脑合格、有公民意识和共同体责任的人，是性情温美、内心充满诗意的人，是在认清了生活的真相之后依然热爱生活的人。

校园是什么？校园就是培养"年轻人"的地方，是"年轻人"的保护伞，是精神孵化器和价值庇护所！

在我看来，教育的目标、读书的任务，即繁衍这样的生命类型：精神明亮的人。

如果说，大学侧重培养的是能力，是专业技能和系统化智识，那中学孕育的就是种子，是本色和基因，是生命的奠基工程，尤其在基础信仰、生命性情和价值观的常识启蒙上，它显得更为关键，比如对生命和个体的态度、对大自然和动物的态度，比如独立思想、人道主义、宽容精神、自由信念、悲悯情怀、体恤意识、共同体责任和使命感……

如果说社会能让一个初出校门的人轻易变质，那说明这种子还不够强壮，不够结实。

读书，就是育种。读什么书，就是育什么种。

一个人的心灵发育史和精神成长史，取决于他的阅读史。

既然是史，就有个选项和次序问题。生活饮食上有个很固执的现象：一个人无论身在何处、年龄几何，他最偏嗜的还是家乡那一口。这并非怀旧情结和文化心理在作祟，科学解释了这一点：我们的舌苔有着顽强的幼时记忆，它默认的逻辑是"最早的即最好的"，先入为主，并绝对忠诚。天下人皆认定母亲掌勺的菜最好吃，是因为我们味蕾所受的启蒙和熏陶，源自于她。

同样，作为精神食粮，一个人在少年时代读的书，塑造了他一生的性情、格调、品位乃至信仰，决定了他的内心气质、价值走向和审美趣味。

吃饭可以不挑食，但读书应该"挑食"。而且要挑对食，专挑美食来吃。

什么是好书？书该如何读？我个人体会，它要满足三个方面的考核：语言系统、美学系统、价值观选项系统。适合少年人的书，应分别或同时在以上三个方面有所贡献：第一、展示语言的准确、生动和美，包括创造性使用，以显现汉语的能量、逻辑、技巧和魅力。第二、提供自然美学、情感美学、生活美学、艺术美学、人格和精神美学。第三、输送优秀的价值观选项，供孩子们借鉴、比较和录取。

读书的最大利益也不是为了考试，而是为了做人，把人做对、做好、做美。

读好书、读对书，就具备了做好人、做对人的可能。一所学校，考取的状元和名校生再多，升官发财者再多，最终一盘点，它送出的贪官也多，堕落者也多，人格缺陷者也多,那它的校园文化和常识教育就是失败的。

"读万卷书,行万里路",读书和旅行,确是人生最幸福的事。读书也是旅行,内心之旅,它穿越的是人类史上那些璀璨的精神地理和心灵风光。一个人即使踏遍了全世界,若回不到自己的内心,那在精神上依然足不出户、孤陋寡闻。

老师,尤其语文老师,应成为汉语世界里的旅行家和鉴赏家。你是什么,语文就是什么;你有多大,课堂即有多大;你有多美,语文即有多美;你读什么书,孩子就读什么书。

今天的孩子读什么书,中国的未来就是什么样子。

最后,赠送大家一句话,海明威说:这世界很美好,值得我们去奋斗!

记住,奋斗——是个动词。

附记:以上是在一所中学升旗仪式上的演讲。近年,应邀访问中学的次数,已经超过了高校和业界。

面对那些纯真的额头和他们的老师,我遇到了最熟悉我的人。他们是我作品最精细、最深情的耕读者,那种至微的熟悉,让我感受到了幸福,感受到了夏天。这份热浪,甚至帮我抵御了十几年来新闻生涯在内心积下的孤独和霜寒。

谢谢你们。

近年写作甚少,趁出版社修订这套书之际,增补了十篇新作,望大家喜欢。

2016 年 4 月 5 日　北京

读书:最美好的生命举止(代序)
——与年轻朋友的通信之一

你问到了"读书"对现代人尤其是年轻人的意义，这正是我想说的。

在我看来，阅读，不仅是一项生活内容，还是一种生活方式。一个人的知识构成、价值判断、审美习惯，多来自于阅读。我是上世纪60年代末生人，我的青春期没有互联网，我是在读书中长大的，它帮我完成了和历史上那些优秀人物的交往，有了书，你就不孤独，即有了全世界的旅行，即可领略全人类的精神地理和心灵风光。

在这个电子媒介时代，我尤其推崇纸质阅读。抚摸一本好书，目光和手指从纸页上滑过，你的内心会静下来。这是个仪式，就像品茶，和一个美好的朋友对坐，氤氲袅袅，灵魂游弋，你会沉浸在一个弥漫着定力和静气的场中。而浏览网页，不会有这感觉，你只想着快速地掳取信息，一切在急迫中进行，这就不是饮茶了，是咕嘟嘟吞水。纸质阅读是有附加值的，它会养人。

读书不是查字典，不要老想着"有用"，其价值不是速效的，是缓释的，是一种浸润和渗透的营养。一个人的心性和气质哪儿来？就是这样熏陶出来的。古人说，"三日不读书，则面目可憎"，过去不解，后来我懂了。一方水土养一方人，"阅读"即一方水土，水土的效果取决于你的书籍质量和吸收能力。

你提到我的那本阅读札记《跟随勇敢的心》，不错，正像自序所说，这是我深夜精神私奔、与大师对话的结果，也记载了我青春岁月的心路。当时我客居在一个小城，大运河边，很闭塞，很安静，我的家当是几纸箱书，那是我唯一的人生行李。在那儿，我度过了最重要的读书时光。那时候，感觉白天很小，夜晚很大，因为一亮灯，纸箱一打开，时空即变了。那时候的夜真长啊，星空下，一个青年走出很远很远，然后赶在天亮前回来……那是李白杜甫徐霞客的星空，那是普希金和"十二月党人"的星空，那是苏格拉底和伏尔泰的星空，那是法国大革命和"五月花号"的星空……

你问对我影响大的作家有哪些？我的好作家标准是什么？

我把优秀作家分成三类：一类可读其代表作，一类可读其选集，一类可读其全集。有位大学生去远方支教，一个荒凉空旷之地，来信问带什么书好，我想了想，说：若你只带一部书，那就带罗曼·罗兰的《约翰·克利斯朵夫》吧，它的精神体魄能激励你变得强壮，它能像体能教练一样辅导你，让你美好而自足地面对世界，不再盲目求教或求助于他者。

就精神的端庄和美感而言，我推崇罗曼·罗兰和茨威格，我称之为"人类作家"，亦即前面说的第三类。茨威格，是对我有切身影响的作家（这种影响，某种程度上和"精神体质"有关，或者说，他是我的"过敏源"，我反应大），其文字有一种罕见的高尚的纹理，有一种抒情的诗意和温润感。他对热爱的事物有着毫不吝惜的赞美，尤其对女性，极尽体贴与呵护，很绅士、很君子。他是天然贵族，我欣赏他的心性和教养，我高度信任他的文字，这种感觉在别人身上很少获得。

读他们的时机越早越好，一旦你读了大量流行书和快餐书之后，即很难再领略其美感，因为你的口味被熏得太重了。

一个人，拿什么来为自己奠基，拿什么做"人之初"的精神功课，很重要。

我对年轻朋友说，趁青春多读几部优秀长篇。据我的体会和观察，一个人在30岁后，很可能无缘长篇小说了,不单少了闲暇,更重要的是没了心境,没了与之匹配的动力和好奇心，没了那种全神贯注、身心并赴、如饥似渴的状态。读长篇是大投入，需要一种生活节奏和内心节奏来配合，长篇是一种"慢"、一种"长途"，读它是一场漫长的精神徒步，要求你不功利、不急躁，体力和心力都充沛，需要你支付一份绝对信任……而30岁后，人似乎不愿再把自己交出去了，少了一种对事物的迷恋能力，疑心重，拒召唤，畏惧体积大的东西。

请一定别忘记诗歌！诗是会飞的，会把你带向神秘、自由和解放的语境，带向语言乌托邦。诗，表达着语言的最高理想和生命的最纯粹区域，其追求与音乐很像。和长篇一样，青春应是读诗的旺季，这时候的你，内心清澈、葱茏、轻盈，没有磐重的世故、杂芜的沉积和理性的禁忌，你的精神体质与诗歌的灵魂是吻合的，美能轻易地诱惑你、俘虏你，你会心甘情愿地跟她走。

诗是用来"读"的。和"看"不同，"读"是声音的仪表，是心灵的容颜，是一种爱情式的表白。"读"，把文字变成了情书，变成了光芒，变成了激动和颤栗……读诗者，往往是最热爱生活的那一群人，是灵魂端庄而优雅的人，是幸福感强烈而稳定的人，是血液中藏着酒精和火焰的人。诗歌是一种信仰，是一种向生命致敬和献辞的方式。这是一种古老的方式，也应成为一种年轻的方式。

不知为何，"读"书人似乎越来越少了，人的嘴唇变得懒惰而迟钝，变得嗫嚅不清、语无伦次。留住"读"的习性吧，别丢了，这是热情，是本领，是生命的温度。

就文学而言，我觉得不妨多读两类东西：一是古典和经典，比如莎士比亚、安徒生、契诃夫、陀思妥耶夫斯基、托尔斯泰、康帕斯托乌夫斯基、阿赫玛托娃、帕斯捷尔纳克、川端康成、卡夫卡、雨果、海明威、泰戈尔、马尔克斯……比如鲁迅、沈从文、萧红、丰子恺、汪曾祺、孙犁等。再者即当代作家的好作品，尤其是本土作家，毕竟为母语写作。而翻译作品，往往有美学和信息上的损失，这个名单太长，不列举了。

另外，我觉得一个人一定要读点儿哲学，精神构成中要有一点务虚和形而上的东西，它们最接近世界真相和生命核心，哲学提供的就是这个。

　　人世间，思想家很多，"生活家"很少。纯真意义上的生活，聚精会神的生活，超越阴暗和苦难的生活，不被时代之弊干扰的生活。
　　除了思想榜样，我们还要为自己积攒一些生活榜样，一些朴实而简美的情趣之人，一些"生活的专业户"——做我们的精神邻居。
　　丰子恺、王世襄，我非常喜爱的两位生活大师，是那种"长大成人却保持一颗童心"的人，是让你对"热爱生活"永远投赞成票的人，我称之为精神上的"和平主义者"和"绿色环保者"。我甚至开玩笑，多读他们，可防抑郁或自杀。
　　穿越浊世的丰子恺，是顽强地将童心葆养一生的人。他身上，那种对万物的爱，那种对生活的肯定和修复态度，那种对美的义务，是如此稳定，不依赖任何条件。儿童，是他的画材，也是他的宗教；是他的儿女，也是他的偶像；是他的作业，也是他的课本；是他心灵的糖果，也是他思想的字母。儿童的游戏、儿童的逻辑、儿童的爱憎、儿童的简易与自由……都让他深深痴迷。

我欣赏丰子恺和孩子建立起来的那种关系，更理解他对儿童被成人社会俘虏后的那份痛惜。初为人父，有报纸采访我的育儿想法，我说：对童年而言，美学意识的苏醒和启蒙，或许是最重要的，包括人格、情感、自然审美等。我担心的是，社会环境和你帮孩子搭建的心灵环境太不匹配，太厚黑和太唯美，太杂芜和太纯净。但我不后悔，因为孩子有一个合格的童年。童年即童年本身，它是独立的，有尊严的，它不能作为成人的预备期被牺牲掉。当年，自选集《精神明亮的人》出版时，我在封面上题写了这样一句话："让灵魂从婴儿做起，像童年那样，咬着铅笔，对世界报以纯真、好奇和汹涌的爱意……"

枕边，我常放丰子恺的画册，以酝酿一场美好的睡眠。我常想，这个国家的气质和日常生活，若染有一点"丰子恺味道"，该多好，该多好。

大师已去，却把他的孩子献给了全世界：阿宝、软软、瞻瞻、阿韦……丰子恺作品，我最喜爱的，是

50年代前的,之后的画,孩子们戴上了红领巾,脖子有点硬了。

罗曼·罗兰有言:"世上只有一种真正的英雄主义,那就是在认识生活的真相后依然热爱生活。"这是我心目中的好作家标准。好的作品和人生,都实践着这一点。

说了这么多,其实,我并不想把我的价值观强加给你,包括我将要说的,皆非真理,只是选择,一个人的选择,或者说,一个人的真理。

一个人的真理,只有参考意义,没有信奉意义。更何况,对精神和心灵来说,真理并非最高的价值标准,只有在自然科学上,真理才是最高价值。

读书不为别的,是让书里的那些精神光线或美学营养,照亮我们,提升我们的心灵视力,滋养和愉悦我们的人生。有句话说得好:"你喜欢这些东西,说明你本身即属于这些东西。"除了意义,要尊重自己的喜欢或不喜欢。一本书,若既有意义又有意思,那最好了。

— 2013年

全文共两部分，代为本套丛书"心灵美学卷"和"精神风光卷"分册序言。

CONTENTS 目录

01 轮椅上的那个年轻人,起身走了　/001
02 父与子　/008
03 当她十八岁的时候　/017
04 光荣的父辈　/020
05 在古代有几个熟人　/025
06 精神明亮的人　/036
07 "我是印第安人,我不懂"　/043
08 一辈子就是玩,玩透了　/048
09 春天了,一定要让风筝放你　/053
10 天上的那件事　/058
11 那些消逝的歌　/063
12 女织　/075
13 《罗马假日》:对无精打采生活的精彩背叛　/080
14 永远的邓丽君　/085
15 女性气质　/089

16 我们无处安放的哀伤　　/095
17 怎样才算一个好的时代　　/106
18 向儿童学习　　/109
19 从生命到罐头　　/114
20 两千年前的闪击　　/117
21 白衣人：当一个痛苦的人来见你　　/121
22 从"高石之墓"到经典爱情　　/132
23 爬满心墙的蔷薇　　/141
24 向死而生　　/148
25 信仰絮语　　/152
26 一条狗的事业　　/159
27 武器的纯洁性（二章）　　/165
28 俄罗斯课本　　/169
29 我们能发出那个声音吗　　/177
30 有股焦灼让你必须连夜种点什么　　/188
31 生存在当代截面上　　/194

32　我是一只移动硬盘　　/198

33　被占领的人　　/201

34　让傻瓜也能活得好好的　　/205

35　人生的深味　　/209

36　做一个有"祖"的人　　/212

37　做一个自然之子　　/215

38　恭顺使我痛苦　　/220

39　蝴蝶·美性·遭遇　　/226

40　最后时分　　/233

41　在羊毛和蓝天之间　　/236

42　当你老了,头白了……　　/248

43　女人是一所学校　　/254

44　一个守墓家族的背影　　/258

01

轮椅上的那个年轻人,起身走了

1

▬▬▬　北京园子里,地坛,是我颇觉乏味的一个,水泥砖太满,草木受欺,一个有想象力的人进去会难受。尤其是盛夏,像抽干了水的池子,让人焦灼。

即便如此,在我心里,仍是器重它的。地坛,是个重量级的精神名词,因为一个人和一篇散文。

二十年前,大学的最后一个夏天,在阅览室乱翻,忽遇一文,不觉间,身子肃立起来。很想一个人逃走,躲开众目,找一个身心无所顾忌的角落,慢慢享用。

它把我拐跑了，去了很远的地方，那儿长满荒草和古柏，除了僻静、空荡和潮湿的虫鸣，只剩一位小伙子和他的轮椅。那个脸色苍白、被孤独笼罩的青年，那个消沉倦怠、无事可做的青年，那个在灿烂之年猝然摔倒的青年，终日躲在其中，在墙角、在荫下，漫无边际地冥想，关于青春、疾病、身体、梦想、活着的意义……与之相伴的，只有光影、落叶和硕大的年轮。暮色苍茫时，母亲细弱的寻唤，云丝般飘来，他选择答应，或沉默。

"这是个废弃的园子。"这个自感被废弃的人长叹，彼此同病相怜。

"搬过几次家，搬来搬去总在它周围，且越搬越近了。我常觉得这中间有宿命的味道：仿佛这古园就是为了等我。"

对一个刚结束身体发育、精神正闹饥荒的学生来说，那个阅览室的下午，犹如节日。黄昏时，他一溜烟跑向复印室，把整篇文章揣进书包。

《我与地坛》，史铁生，《上海文学》1991年第1期。

大概又过了十年，我才真正跨进那园子。

对它，我早早存下了一份敬意和暗恋，仿佛那并非公园，而是一个人的心灵私宅、精神故居。其间的一草一木，都是被喂养过的，被一个年轻人的寂寞，被他的时针，被他心里的荒凉和云烟。

入门前，我迟疑了，顿住，觉得不该这么随便进去，似乎需要一个仪式，该向谁通报一声。而且它不应收门票的，或者，访客带一册书刊，收有《我与地坛》的那种，权当名帖或请柬了。如此，我才觉得不鲁莽，才觉得被邀请了，经了主人同意。

四百多年里，它剥蚀了古殿檐头浮夸的琉璃，淡褪了门壁上炫耀的朱红……十五年前的一个下午，我摇着轮椅进入园中，它为一个失魂落魄的人把一切都准备好了。那时，太阳循着亘古不变的路途正越来越大，越红。在满园弥漫的沉静光芒中，一个人更容易看到时间，并看见自己的身影。

我东张西望，找什么呢？同伴问。

我不吱声。我找一个轮椅上的年轻人，找他的车辙，找端详过他和被他端详过的东西。我很急切，一个年轻人对另一个年轻人的急切。

其实我不该来。地坛早没了文中描述的清寂，修饰一新的它，像个思想被改造过的人，像个刚理过发的新兵，熨烫严整的制服，风纪扣都系紧了。没了杂草裸土，没了野性、不规则和迷失感，没了可藏身的自由。印象中，它该是茂盛深邃、曲幽弯折的，没有头绪，能藏得住很多东西，能收留很多的人和事。

它变肤浅了。

枉带了相机，没拍一张。因为我不知当年的小伙子会在哪儿泊他的轮椅，哪儿可安置那些缤纷狂乱的念头，找不到这样的地方。

我对身边人嘟囔：地坛，"地"太少了！大地之坛，怎么可以缺了泥土呢？

终于确信：那人走了，不住这儿了。

我也该走了。没事我就不来了。

但我知道他在这座城里，他在一个人生病。

那种病，漫长、坚忍、安静，犹如事业。

如果说世上有什么纯属私事，那就是生病。生病会让一个人的身体极度孤独，也会让精神极度纯粹，尤其是上帝给他的那种病。

2

　　无论作品或生涯、肉体或精神，史铁生都是和"死亡"、"意义"、"归宿"（"终极"）深深打交道的那类人，也是最亲近灵魂真相和永恒元素的那类人，我称之为"生命修士"。

　　疾病，在常人身上是纯苦的累赘，在他那儿，却成了哲学，成了修行，成了生命中最普通的行李。他让你发现：原来，肉体可以居住在精神里，世界可以折叠成一副轮椅。

　　"职业是生病，业余在写作。"他笑得晴朗，像秋天。

　　一个以告别方式生活的人，一个倒着向前走的人。

　　他的从容、镇静、平淡，他健康无比的神色，让你醒悟：焦虑、惊惧、凄愁、急迫、怨愤——是多大的荒谬与失误。不应该，也没理由。

　　　　死是一件不必急于求成的事，死是一个必然会降临的节日。

　　他说中了。他注解了自己。

　　2010 年最后一天，上午醒来，我的手机短信，进入最多的，不是"新年快乐"，而是——"史铁生走了"。

　　　　时间不早了可我一刻也不想离开你，一刻也不想离开你可时间毕竟是不早了。

　　他赶上了新年，赶在了宇宙新旧交替之际，愈发像个仪式。

我并不悲伤，甚至不觉得是个噩耗。它更像个消息，一个由他本人发布的通知。

我只觉得周围的景物有点恍惚，显得空荡、陌生。

对很多喜欢或热爱的人，我们并不期待撞面，只知彼此同在就满足了。当有一天，对方突然离去，我们最大的感受，或许并非痛苦，而是失落，是孤独，是对"空位"的不适应。就像影院里看电影，忽然身边的人起身走了，留下个空座，你会不安，盼那个陌生人再回来……

那天的短信中，有位母亲说，她特意朗读了《我与地坛》，儿子静静地听……孩子小，不知发生了什么，但说了句，妈妈你念得真好。

和我一样，她不悲痛，只是想念和感激。

因为他从来不是一个悲剧。

新年的钟声响了，在稀疏的报道中，我知道了些最后的情景——

清晨3点46分，因脑溢血在北京宣武医院去世。6时许，按其遗愿，肝脏被移植给天津一位病人。上午，在该院脑外科的交班会上，一位教授向同事深情地说："从昨天夜里到今天凌晨，有位伟大的中国作家，从我们这里走了。他，用自己充满磨难的一生，实践了生前的两条诺言，呼吸时要有尊严地活着，临走时，他又毫不吝惜地将身体的一部分传递给了别人。我自己、我们全科、我们全院、我们全国的脑外科大夫，都要向他——史铁生先生致以崇高的敬意。"

3

那个轮椅上的人，起身走了，几乎带着微笑。

按他的说法，这不是突然，是准时，是如期。

那一天，世上的喜悦并未减少。那一天，会有很多婴儿来到世间，很多新的人生正徐徐展开，像蝴蝶般试验自己的翅膀。

多年后，在中学课本里，这群长大的孩子会邂逅一篇叫《我与地坛》的散文，会像那轮椅上的年轻人一样，思考青春、梦想、活着的意义……

那是所有人都会遇到的考题。所有答卷中，有一份完美的卷子，那个考生，叫史铁生。

如今，我可以正式地怀念他、毫不吝啬地赞美他了。

他属于那种人——

他们以自己的生活、创造、体态和穿越岁月时的神情，给时代肖像、给人类精神添加着美、尊严和荣誉。

正因空气中有其体温，树木上有其指纹，这世界才不荒凉，街道才不冰冷，人群才不丑陋。他们不会让天变蓝，却让大家对天空保持积极的想象。他不能搬开大地上的垃圾，无力拔除民间疾苦，却让我们觉得可以忍受，可以坚持，继续对时代留有信心与好感。

无论遭遇什么，只要一想到，人群中还有他们，大家一起走，一起唱，一起看花开花落、云舒云卷，一起承担每个晴朗或昏暗的时日……我们即会坚称这世界很美好，这人生值得过。无论个体命运多么黯淡，只要一想到，这是个曾来过孔子、苏格拉底、李白、普希金、莫扎特、贝多芬、安徒生、莎士比亚、罗曼·罗兰、丰子恺、阿赫玛托娃、德兰修女、几米漫画、丁丁历险记的世界，这是留有其遗产和故居的世界，我们即会情不自禁地微笑，对生活作出肯定性的投票。

与之为伍，共沐风雨或隔代相望，这是我们热爱生活的重要依据，也是幸福感的来源之一。

史铁生，即为其中一员，他是他们中的一个成分。

往日，我们若无其事地分享他，习以为常，直到他走了，才倏然一惊：他多么重要！多么值得感谢！

4

最后，我还想对地坛说点什么。
年初，我又悄悄来看过你一回。
我来，只是想告诉你，轮椅上的那个小伙子走了。
我猜，远行前，他的灵魂肯定也来过，向你告别。
我来，还想告诉你，我觉得你应该做点什么。
比如，在一棵树下，种植一位年轻人的雕像。
甚至，甚至可邀请他长眠于此，如果他愿意。

2012 年

02

父与子

1

■■■■■有一条街，父亲总不让儿子挨近，总要支个理由，悄悄绕开。

原来，这条街窝藏着全城的狗肉馆，一年到头，街边站满了栅笼，一只只憔悴的狗趴在里面，充当活物招牌。那条街上有股怪味，是恐惧的味道，是动物临终的味道，是血蒸发的味道，是告别身体的鲜毛皮在风里抽泣的味道……

这是个高尚的父亲。

他怕孩子吸入不良空气，他怕孩子的眼睛受伤，他怕幼小的心灵侵入毒素。他最怕的是，孩子在慢慢适应后变得坦然，在一次次惊愕和无能为力后变得麻木，最终，变成那路人中的一个。

我不知道，这对童话般的父子，在东躲西藏的世间能躲多久，在绕来绕去的路上能走多远。

但他们的存在，像金子般贵重。

他们改变了人群的成分，重新编辑了我对人间的印象。

想起了一个高山上的习俗：一个猎人，在和野兽搏斗后，要用泉水和树叶洗净脸再回家，以免眼里有未散尽的凶煞，附体在婴儿身上。孩子断奶前，猎人不能捕杀哺乳期的动物，不能带沾有血腥的兽皮回家，否则，孩子长大会成歹人。

这是个美丽的迷信。

大凡迷信，都有这般特点：后果不成立，但禁忌中包含的精神主张，却是高贵的。

2

深夜，欲搭一段美好时光入眠时，常把丰子恺的书搁枕边。

读漫画《趁爸爸不在》《瞻瞻的脚踏车》《爸爸回来了》《妹妹新娘子、弟弟新官人》，总忍不住笑出声。头重脚轻的小人儿，如雀、如花、如蜜饯，芬芳的童音、玻璃球似的吵闹、向日葵般的手臂……被他们簇拥着，几乎忘了那个时代的愁苦与险恶。

> 近来我的心为四事所占据了：天上的神明与星辰，人间的艺术与儿童，这小燕子似的一群儿女，是在人间与我因缘最深的儿童，他们在我心中占有与神明、星辰、艺术同等的地位。(《儿女》)

看见了社会里的虚伪骄矜，觉得成人大都已失本性，只有儿童天真烂漫，人格完整，这才是真正的"人"。于是变成了儿童崇拜者。(《我的漫画》)

穿越浊世、历尽劫波的丰子恺，是顽强地将童心贯穿一生的人，是那种让你对"热爱生活"永远投赞成票的人。其身上，那种对万物的爱，那种对生活的肯定和修复态度，那种对美的义务，那种对灵魂的许愿，皆如此稳定，不依赖任何条件。儿童，是他的画材，也是他的宗教；是他的儿女，也是他的导师；是他的作业，也是他的课本；是他心灵的糖果，也是他思想的字母。儿童的想象、儿童的游戏、儿童的爱憎、儿童的语言和逻辑、儿童的自由与任性……都让他深深痴迷。

天地间最健全的心眼，只是孩子们的所有物，世间事物的真相，只有孩子们最明确、最完全地见到。(《给我的孩子们》)

在丰子恺眼里，有着一颗初心的童幼，才是真的人，才是明亮的人；童年，才是未篡改的人生，才是人生的画境。

幸运的是，生活奖励了他一大群"小燕子似的儿女"，让一个贫素之家变成了幸福伊甸，他也用画笔把自己的"孩子们"献给了全世界：阿宝、软软、瞻瞻、阿韦……连画里的成年人，也有儿童的味道。

我常想，一个时代的气质和日常生活，若染上一点"丰子恺味道"，该多好，该多好。

人生的美学和美德，在儿童身上的存量是最大的，只有思想成熟并保持一颗初心的人，才是美的成年人。儿童和儿童愿望，不仅是一个社会最重要的保护目标，更是成人精神最珍贵的营养品。

一个国家，若能从孩子对家长的使唤中发现公民的权利，从父母对骨肉的垂怜中认证自己的义务，从他们的彼此互爱中找到国与民的逻辑，从他们的亲热和信赖中反省自己的冷漠与隔膜……若将一个家庭放大无数倍，若天下之人是由一群群"丰子恺"和其"孩子们"连缀而成……那么，一个健美的时代即莅临了。"国家"即有了"家国"的基因和属性，该生存共同体的气质和细节即变了，制度、道德、风尚、信仰即变了。

变得简明、温美、清纯、风和日丽。

3

看一个民族的生活美学，看一个时代的精神雅量，有个重要线索：看它缔造和收纳了多少童话；看它的世俗文化和游戏规则是否激励、佑护童话人生，是否滋养童话事务，是否欣赏有儿童人格的成年人。

表面上，童话是大人备给小儿的礼物，而更深的真相是：童话乃成人对儿童的审美作业，反映了"大"对"小"的鉴赏力，本质上是"小"对"大"的馈赠。

一个社会，若成人的精神系统里没有童话成分，若大众生活提前告别了童话，甚至贬低和嘲笑童话，那这个时代势必极度实用、功利、枯燥，人群也定是险恶、龌龊、粗戾的。

儿童稀少，人堆里即缺少氧气和光线。童话衰落，一个国家的黄昏即早早降临。

由于新闻职业，每天要浏览大量媒体和网络信息，有一点是我担忧的：美和干净的事物太少，专心生活和认真说话者太少，能让孩子消费的东西太少，"热爱生活"的依据太少……我知道，这并非全部事实，而是兴趣和注意力所致，我们被自己的对立面绑架了。对于美，不仅生产能力锐减，更可怕的是，我们丧失了消费能力、消费愿望和消费传统。

那天，我在微博上说：

> 中国是个麻团型社会，让人纠结的事太多，"忧愤"近乎日常表情。但我以为，一个优秀的时代人群里，应同住着鲁迅和丰子恺这样反差极大的生命类型。对两者的消费应同样旺盛和隆重，甚至，随天气好转，随心灵艺术和生活主题的复位，后者应该居上。

> 当代中国有个精神危险：由于粗鄙和丑陋对视线的遮挡、对注意力的劫持，我们正逐渐丧失对美的发现和表述。换言之，在能力和习惯上，审丑大于审美。这其实很危险，生活有荒废的可能。我们从不乏思想的榜样，但鲜有生活的榜样。纯真意义上的生活，摆脱羁绊和干扰的生活，聚精会神、全心全意的生活。我们缺少生活的专业户。

如此背景下，我们拿什么送给孩子？除了绝版的"动物世界"，除了文学史上那些经典童话，我们还有能力讲一个美好的故事吗？我们唇齿间还能挤出温情的语调和口吻吗？

想起了埃·奥·卜劳恩,这位德国人虽然住在最黑冷的年代并被其吞噬,却献出了温暖的《父与子》。

这是我少年时最亲密的漫画书,那个大胡子、秃脑瓜、啤酒肚,永远为儿子效劳又总被儿子捉弄、俘获的男人,既是我羡慕的父亲,也是我立志要成为的那种成年人。多年后,当我有了儿子,当我听到"你要弯下身和孩子说话"、"没有比父母更好的玩具"等育儿经时,脑海里马上跃出这位父亲,跃出那幅父亲给儿子当马骑的画。

1934年12月,长篇漫画《父与子》在《柏林画报》问世,立即风靡德国。这个被政治冻僵了表情的国家,这个一度忘记了生活的民族,露出了久违的笑容。当时,画家的儿子刚3岁,多年后,联邦德国的《斯卡拉》杂志刊登了一幅照片:一位父亲模样的人,正兴高采烈地给一个小男孩伏地当马。杂志注解道:"在卜劳恩的生涯中,像这样和儿子一起无忧无虑的日子很短暂,但创作素材多源于此。"

卜劳恩,原名奥塞尔,因用漫画讽刺希特勒,纳粹掌权后其作品遭禁,后为发表《父与子》,改名卜劳恩,兼怀念他的童年小镇卜劳恩。

巧得很,《父与子》最早的中译本,序言作者正是丰子恺。他们的精神相遇了,这是神奇的缘分,这是两个伟大父亲的会师。

《父与子》,恐怖夜晚里的伟大笑声。没有它,很多心灵会冻僵,会因听不见笑声而枯萎。它以一支火苗的能量,稀释了夜的黏稠,舒展了德国人的眉梢,治疗着这个正受病毒折磨的国家的表情……借助幽默,它恢复了人性,恢复了日常生活,恢复了人类与生俱来、不可剥夺的天伦,它让生活本身成了伟大主角……这一切,都成了纳粹恨它的理由,因为法西斯政治的本质,是恨,是冷酷,是斗争和诅咒,是牺牲自己和别人的生活。

这一切，也成了画家对人生最后的描绘，最后的告别。

我是在很久之后才获知这个结局的。

1944 年 3 月，卜劳恩被纳粹分子告发，控以"反国家言论罪"，4 月 6 日，在"人民法庭"死刑判决前，自杀于牢房，终年 41 岁。遗书中，他对妻子说："……我为德国而画画……请把孩子抚养长大。带着微笑，我去了。"

他把笑声留给了同胞，留给了世界，留给了千千万万的父与子。

其中包括父亲和我，包括我和儿子。

4

父子题材的电影中，我最喜爱的，是一部意大利影片：《美丽人生》。它让我泪流满面，肩头发抖。

一个犹太小男孩在 5 岁生日的前一天，和父亲一起被纳粹从家里带走。天真的孩子并不恐惧，只觉得好奇，在排队等候去集中营的火车时，父亲悄悄对之耳语："我们正参加一个漫长而刺激的游戏，如果积满一千分，我们就会得第一名，奖品是一辆真正的坦克。"

当妈妈被押进女囚队伍带走时，父亲的解说是："男人一边，女人一边，军人主持游戏，他们很严厉，装作很凶的样子……"

当德国军官前来训诫时，父亲冒充翻译，大声宣读"游戏纪律"："如果你违反了三条规定中的任何一条，你的得分就会被扣光：一、如果你哭。二、如果你想要见妈妈。三、如果你饿了，想要吃点心。"

一辆真正的坦克！成了小男孩魂牵梦绕的彩虹，成了抵御集中营残酷生活的唯一稻草。

为了一千分,儿子遵照父亲吩咐,忍住了饥饿,克服了对甜酱面包和妈妈的思念,躲过了毒气室……德军溃退前夜,父亲预感到了大屠杀的逼近,他紧紧拥抱儿子,指着一只可藏身的铁皮柜:"我们已经积满了940分,若你躲过今晚,就能得60分!最后60分!你必须藏好,不许说话不许动……不管多久,都要忍着,一直到外面没有人了,才能出去!""记住,即使我很久没来,也不要动,直到……"

深夜,即将行刑的父亲被枪抵背,走过铁柜时,突然意识到儿子可能从缝隙里张望,马上甩开步子,做出滑稽而轻松的样子,甚至朝柜子扮鬼脸。

枪声。小男孩一动不动。

不知过了多久,一切归于沉寂。小男孩爬出来,阳光刺得他眯起眼。正当他对着空旷的院子茫然时,一阵巨响,他扭过头,一辆盟军坦克转过拐角,轰隆隆地驶来。

"啊!真坦克!"小男孩尖叫着,年轻的坦克手跳出顶盖,笑着将其抱上车。坦克在欢呼的人群中行进,猛然,男孩发现了穿囚服的妈妈,他跳下车,边跑边喊:"妈妈,妈妈,我们赢了!一千分!坦克!好开心啊……"

赢了!父亲赢了!

这是童年的高潮,这是人生的高潮,这是父爱的高潮。

这是用最伟大的谎言和最凄美的微笑构筑的美丽童话。

保卫童年,是人类义务,是每个时代和共同体的义务。

许多年以后,儿子说:"这是我的经历……这是父亲赐予我的恩典。"

这样的恩典,足够一个人用一辈子,足以抵御世上任何一种残酷与寒冷,足够他美丽一生、微笑一生。

第 71 届奥斯卡颁奖典礼上,《美丽人生》获最佳外语片奖、最佳男演员奖。导演兼男主角的罗伯托·贝尼尼解释片名时说,它源于利昂·托洛茨基的一句话,这位政治家在墨西哥流亡时,预感自己将遭不测,望着花园中的妻子,喃喃自语:"无论如何,人生是美丽的。"

无论如何,人生是美丽的。再冰冷的世道,也住着无数沸腾的花朵。它值得过,值得爱,值得奋斗。

† 2012 年

03

当她十八岁的时候

■ 康·巴乌斯托夫斯基在《一篮枞果》中讲了这样一个故事:

挪威少女达格妮是一位守林员的女儿,美丽的西部森林使她出落得像水仙一样清纯,像花朵一样感人。十八岁那年,她中学毕业了。为了迎接新生活,她告别父母,投亲来到了首都奥斯陆。

六月的挪威,已进入"白夜"季节,阳光格外眷恋这个童话般的海湾,每天都赖着不走。

傍晚,达格妮和姑母一家在公园边散步。当港口边那尊古老的"日落炮"响起时,突然飘来了恢宏的交响乐声。

原来公园在举行盛大的露天音乐会。

她挤在人群中,使劲地朝舞台眺望。此前,她还从未听过交响乐。

猛然，她一阵颤动，报幕员在说什么？她揪住姑母的衣服，几乎不敢相信自己的耳朵——

"下面，将演奏我们的大师爱德华·葛里格的新作……这首曲子的献辞是：献给守林人哈格勒普·彼得逊的女儿达格妮·彼得逊——当她年满十八岁的时候。"

达格妮惊呆了。这是给自己的？为什么？

音乐响起，如梦如幻的旋律似遥远的松涛在蔚蓝的月夜中汹涌，渐渐，少女的心被震撼了。她虽从未接触过音乐，但这支曲子所倾诉的感觉、所描述的景象、所传递的语言……她一下子就懂得了它！那里有西部大森林的幽静，清脆的鸟啼，黎明的雾，露珠的颤动，溪水的流唱，松软的草地，牧童和羊群，云雀疾掠树叶的声音，还有一个拾枞果的小女孩颤颤的身影……她被深深感动了，隐约想起了什么。

十年前，她还只是个满头金发的小丫头。

深秋的一天，小女孩挎着一只小篮子，在树林里捡拾枞果。一条幽静的小路上，她突然看见一个穿风衣的陌生人在散步，看样子是从城里来的，他望见她便笑了……他们成了好朋友，陌生人非常喜欢她，帮她摘枞果、采野花、做游戏……最后，陌生人一直把她送回家。就要分手了，她恋恋不舍地望着他：我还能再见到您吗？陌生人也有些惆怅，似乎在想心事，末了，他突然神秘一笑："谢谢你，美丽的孩子，谢谢你给了我快乐和灵感，我也要送你一件礼物——不，不是现在，大约要十年以后……记住，十年以后！"

小女孩迷惘地用力点点头。

时光飞逝，森林里的枞果熟了一季又一个季，那位陌生人没有再来……她想，或许大人早就把这事给忘了吧。

小女孩也几乎把这事给忘了。

此刻，达格妮什么都明白了。那个曾与自己共度一个美好秋日的人，就是眼前曲子的主人：尊敬的大师爱德华·葛里格先生。

音乐降临时，少女泪流满面，她竭力克制住哽咽，弯下身子，把脸颊埋在双手里。那一刻，她觉得自己成了世上最幸福的人！

演出结束了，达格妮再也抑制不住激动，她像一只羞红的小鸟，朝着海滩拼命跑去，似乎只有大海的胸怀，才能接纳内心的澎湃。

在海边，在六月的白夜，她大声地笑了……

巴乌斯托夫斯基如此评价道："有过这样笑声的人是不会丢失生命的！"

最初读到这个故事，我立即被它的美强烈地震撼了。被大自然的美，童年的美，少女的美，尤其被它通体洋溢的那股幸福感，旋涡一样的幸福……（后来我才知道，大师赋予这首曲子的主题，恰恰就是"女孩子的幸福"）

这样的经历，对一个孩子的灵魂将产生多么高贵的影响啊！少女明亮的笑声中包含了多么巨大的憧憬，多少对生命的信心、感激和热爱……谁也不会怀疑，这个幸运的少女会一生勇敢、善良、诚实……她会努力报答这份礼物，她要对得起它，不辜负它！她绝不会堕落，绝不会庸俗，绝不会随波逐流……她会用一生来追求美，她会在很久以后的某个夜晚，深情地将这个故事讲给子孙听。她会在弥留之际，在同世界告别的时候，要求再听一遍那支曲子……

后代也将像她一样热爱这支曲子。和她一样，他们是不会丢失生命的。

一切美好得不可思议！

这是我所知道的，由音乐送出的最烂漫的花篮，最贵重的成年礼。而达格妮，也是世上最幸福和幸运的少女。

2001 年

04

光荣的父辈

■■■■■■■■近来屡被问及,儿子出生,你有何变化?

想了想,说:儿子到来,我的忧愁成倍增加。换句话说,我对这个世界的爱憎成倍增加。爱,是内心对生活的肯定,是本能,也是献媚。憎,是因为这个时代、这场不及格的现实、这个不完美的社会、这群不称职的父辈,为新生命埋伏了太多敌人,设置了无数险境和障碍,而婴儿却蒙在鼓里。对他们来说,只是满心欢喜地跑来,并不能区分哪栋时空、谁之地盘……其嘴角的幸福和蜜一样的笑靥,来自十个月的胎儿梦,来自母亲的子宫和温柔乡,那儿没有国籍、制度、等级和伦理,没有门第、贫富、纠结与冲突,只有甘露、温泉、肌肤和儿歌,那是完美的大自然母腹,那是最柔软的乌托邦。

婴儿的特征,即"小"和"新",这让他有了一抹神圣和无辜的气质,这足以让天下人心生爱怜并自惭形秽。他以微小的体积激起你巨大的水花,你会有一种甜蜜的沉重和责任感。自从把儿子抱回家,室内空气即变了,多了股栀子花的香味。这芬芳来自田野,来自阳光、牛羊、乳汁和无边无际的爱。

我想起了林徽因那首给新生儿的诗,《你是人间四月天》:"你是夜夜的月圆;你是一树一树的花开。是燕,在梁间呢喃。你是爱,是暖,是诗的一篇。你是人间四月天……"

在赤裸的婴儿身上,你看不到年份、时代和社会的蛛丝马迹,今天哇哇大哭的这个婴儿,和一千年的那个婴儿,是同一个,并无二致。而且,他们的模样彼此很像,到了会轻易抱错的地步,到了一个婴儿啼哭所有母亲都会颤抖的地步。你的儿子,只是那万千花簇中的一朵,离你最近的那朵。

博客上,有网友留言,说:"你头像的娃娃照片和我家娃娃特像!"我激动地回复:"婴儿都非常像,我觉得,婴儿是天下人共同的孩子……"是的,生命在很小很小的时候,都非常像,他故意让你分不清谁是谁家的。这很好,这样,孩子就能轻易缴获天下人的爱怜。自从儿子降生,我看每个幼小的生命,目光都是一样的,心里的柔软都是一样的。那天,网上见一生病的幼儿,心疼得要命,立即跑去捐款。见一患白血病的孩子,立即想告诉对方,儿子捐献的脐带血入库了,去申请使用吧……这甚至波及了工作,在节目解说词中,我奋不顾身地护着孩子:"每个孩子,都是时代的孩子,都是天下人的孩子,都是这个生存共同体的财富。亏待孩子,就是亏待未来。""每一个失踪的孩子,都印证着社会的失明。一个孩子在受难,就是文明在受难。"

看婴儿的眼睛——那汪从未滑过阴影的眸水,会增添你奋斗的冲动和正义感,你会陡然觉得自己像一棵树,高大而正直,身披霞光。

儿童节前,一家报纸约我写段话,给初来乍到的小人儿。其实,我对儿子没啥可说的,我想的是自己的同类,为人父母者。

在家庭单元内,在一对成人和亲子之间,爱,显得崇高而结实,每个人都爱怀里的幼小,孜孜以求他的前途和未来设计,皆甘愿舍己哺子、以自己的亏损来滋补孩子。但若换个角度,跳出血缘和家族,论及所有父母和所有孩子、一代人和下代人之间的全盘关系时,荒谬即来了,这群父辈竟是最自私、冷漠、贪婪和不可理喻的。睁眼看看吧,他们决心把一个怎样的世界交付后代呢?疯狂地采掘、吞噬、排泄、挥霍、毁坏、透支,江河、土壤、森林、矿产、能源、海洋乃至大气……除了亿万吨垃圾,他们可曾想给后代留下什么?几年前,一位环保总局的官员就悲愤地指出:半世纪来,中国可居住土地由六百万平方公里减至一半;三分之一的国土被酸雨污染;主要水系的五分之二沦为劣五类水;45种主要矿产15年后将只剩6种……这仅仅是中国,世界呢?资源越有限,竞争越残酷,也许将来,连新鲜空气都要像牛奶一样装进袋子里了,谁有钱谁就多吸几口。难道我们今天对孩子的期许,对其学业和智力的督促,就是指望在未来的生存大战中自家孩子能优先享受那袋空气吗?

在那篇祝辞中,我写道——

天下父母,能给孩子的大爱是什么?最贵重的礼物是什么?

不是房产门第存折股权绿卡,是尚能提取的蓝天净水江河森林矿产之大自然库存、之祖宗家底!是一个被健康的制度、法律、契约、美德所扶正的社会!是一个自由表达、规则合理、运行有序、有权益谈判机会的时代!否则,你能保证他接手的房子不被强拆吗？你能保证他继承的钱袋不被税费、通胀、恶市、骗子和权势洗劫一空吗？你以为他躲得过贫困即能躲过毒大米、毒豆芽、毒牛奶、毒空气和"躲猫猫"吗？你能保证他不被户籍、入学、就业、迁徙、种种潜规则所拖累和羁绊甚至得抑郁症吗？你能保证他不会在某个拐角撞上孙伟铭、药家鑫、"李刚儿子"或直接成为他们吗？你能保证他未来的孩子不会成为"小悦悦"、不被拐卖或下落不明吗？

是时候了，我们要换一种大视野和大逻辑，用"家园"替代"家庭"，用"家国"替代"家族"，让爱在天下父母和天下孩子之间重新铺开。

天下父母，应以大爱的名义、决心、共识和紧迫感，为天下孩子执一份共同理念，尽一项集体义务，即：缔造了一个公正、自由、安全有序的时代，一个温美、平和、良性循环的社会！凭此承诺，我们才配做父母，才是怀揣真爱的父母，才是光荣的一代父辈。

一朋友发短信给我："今天你骂人了？不是说要心平气和吗？"她指的是我在微博上对一起校车事故的愤怒，一间九座车厢塞进了64个人，二十多个孩子，没了。

我不是反对主义者，只是理想主义者。我人生的全部目的只有一个：生活！在充分的肯定语态和赞美心境中生活，在美和爱中聚精会神、不被干扰地生活。但当这个时代在很多方面不及格时，我想，必须奋斗，必须投身于改变。有些任务应在这代人身上完成，否则在未来的人眼里，我们将不是让人尊敬的老人，我们将配不上岁月的爱戴。后人可重复我们的爱，但不应重复我们的恨，不应重复我们的愤怒和冒烟的心情。

  一个人，若不能在精神和行动上与自己的时代缔结一种深刻关系，若他消费的不是自己参与创造和支配的生活，那他即成了一个多余的人，一个寄生虫角色。

  只有担责的一代父辈，才能分娩出下一梯队的美好人生，我们对子孙的祝福才诚实有效，才不会虚幻成谎。

  天下父母们，请走出自家门户，来到高高的山顶之上，把祝福、许愿和承诺——抛向天下孩子，而我们的亲生儿女，就在其中。让我们夜以继日、不遗余力——为漫山遍野的孩子——抛洒爱的义务吧。

  他们的回报，将是提起父辈的名字时，那深情的爱戴、敬意和脸上的骄傲。

—— 2011 年

05

在古代有几个熟人

朝市山林俱有事,今人忙处古人闲。

——(明)陈继儒

1

某日,做了个梦,梦里被问道:"古代你有熟人吗?"

我支支吾吾,窘急之下,醒了。

醒后想,其实我是勉强能答出的。我把这话理解为:你常去哪些古人家里串门?

我想自己的人选,可能会落在谢灵运、陶渊明、陆羽、张志和、陆龟蒙、苏东坡、蒲松龄、张岱、李渔、陈继儒,还有薛涛、鱼玄机、卓文君、李清照、柳如是等人身上。缘由并非才华和成就,更非道德名声,而是情趣、心性和活法,正像那一串串别号,"烟波钓夫"、

"江湖散人"、"蝶庵居士"、"湖上笠翁"……我尤羡那抹人生的江湖感和氤氲感,那缕菊蕊般的疏放、淡定、逍遥,那股稳稳当当的静气、闲气、散气(按《江湖散人传》的说法,即"心散、意散、形散、神散"),还有其拥卧的茅舍菜畦、犬吠鸡鸣……白居易有首不太出名的诗,《访陈二》,其中两句我尤爱:"出去为朝客,归来是野人……此外皆闲事,时时访老陈。"老陈是谁?不知道。但我想,此公一定有意思,未必与白居易文墨同道,甚或是渔樵野叟,但必是生机勃勃、身藏大趣者,否则老白不会颠儿颠儿地往那儿跑。这等朋友,最大魅力即灵魂上有一股酒意,与之相处像蒸桑拿,有说不出的舒坦。

我物色以上诸位,很有参考"老陈"的意思。说白点,是想邀其做我的人生邻居,那种鸡犬相闻、蹭酒讨茶的朋友。另外,我还可凑一旁看人家忙正事:张志和怎么泛舟垂钓,与颜真卿咏和《渔歌子》;陆龟蒙怎么扶犁担筥,赤脚在稻田里驱鼠;陶渊明怎么育菊酿酒,补他的破篱笆;李渔怎么鼓捣《芥子园画谱》,在北京胡同里造"半亩园";张岱怎么茶淫橘虐、书蠹诗魔,又如何披发山林、梦寻西湖;浣花溪上的大美女,怎么与才子们飞句唱酬,如何发明人称"薛涛笺"的粉色小纸……

关于几位红颜,我之思慕,大概像金岳霖一生随林徽因搬家,灵魂结邻,身影往来,一面墙正适合。

2

我做电视新闻,即那种一睁眼就忙于和全世界接头,急急问"怎么啦怎么啦"的差事。我有个程序:下班后,在下行电梯门缓缓闭上的刹那——将办公室信息留在楼层里;回家路上,想象脑子里有块橡皮,它会把今天世界上的事全擦掉。我的床头,永远躺着远离时下的书,先人的、哲学的、民俗的、地理的,几本小说、诗歌和画谱……

我在家有个习惯,当心情低落时,即翻开几幅水墨,大声朗诵古诗,要么是《渔歌子》:"西塞山前白鹭飞,桃花流水鳜鱼肥。青箬笠,绿蓑衣,斜风细雨不须归。"要么是陶公的"暧暧远人村,依依墟里烟。狗吠深巷中,鸡鸣桑树颠"。皆旁若无人状,学童一样亮开嗓子。很奏效,片刻,身上便有了甜味和暖意。

我觉得,古诗中,这是最给人幸福感的两首,像葡萄酒或巧克力。至少于我,于我的精神体质如此。

踱步于这样的葱茏时空,白天那个充满焦煳味的世界便远了,什么华尔街金融风暴、胡德堡美军枪击、巴格达街头爆炸、中国足坛赌球……皆莫名其妙、恍如隔世了。

我需要一种平衡,一种对称的格局,像昼与夜、虚与实、快与慢、现实与梦游、勤奋和慵散……生活始终诱导我做一个有内心时空的人,一个立体和多维的人,一个胡思乱想、心荡神驰的人。而新闻,恰恰是我心性的天敌,它关注的乃当代截面上的事,最眼前和最峻急的事,永远是最新、最快、最理性。

我必须有两个世界,两张精神餐桌,否则会厌食,会饥饿,会憔悴,会憎恶自己。

我对单极的东西有呕吐感。

3

我察觉到了这样的症状:今人的生命注意力,正最大化地滞留在当代截面上,像人质一样被扣压了,绑缚在电子钟上。

那些万众瞩目、沸煮天下的广场式新闻，那些"热辣"、"火爆"、"闪亮登场"的人和事，几乎洗劫了民间的全部神经，瓜分了每个人的每一天。今人的心灵和思绪，鲜有出局、走神和远走高飞的，鲜有离开当代地盘和大队人马去独自跋涉的，所有人都挤在大路上，都涌向最人山人海的地点，都被分贝最高的声响所吸引。新闻节奏，正成为时代节奏，正成为社会步履和生活的心电图。人们已习惯于用公共事件（尤其是娱乐事件）来记录和注册岁月，比如奥运会、国庆盛典、世博会，比如李宇春、张艺谋、小沈阳，比如《暗算》《潜伏》《蜗居》，它们已担负起"纪年"的光荣任务。再比如，某大导演拍一贺岁片，哪怕粗滥至极，也有人趋之若鹜，明明是一张垃圾海报，但应召者并无怨言。为什么？因为消费什么并不重要，重要的是行动，是众人拾柴的热情，是你被邀请了，是投身于公共集会和时代运动中去，是回复"你看了没有"这个传染性问号。而且，你通过"运动"找到了归属——"岁末"之时间归属、"新潮"之族群归属——既认领了光阴，又认领了身份。

你无力拒绝、懒得拒绝，也不想拒绝。拒绝多累啊。

大家无不过着"进行时"、"团体操"式的人生——以眼花缭乱的新闻、日夜更新的时尚为轴、为节拍、为消费核心的生活。

信息、事件、沸点、意见、声音……铺天盖地，但个性、情趣、纬度、视角少了，真正的题目少了。欲望的体积、目标的吨位越来越大，但品种单一、质地雷同。

越来越多的人，活得像一个人，像别人的替身。

越来越多的人生，像一场抄袭，像流水线肥皂。

打量人生，我常想起幼儿园里幼儿排队乘滑梯的情景：这头爬上，那头坠落。目标、原理、进程、快感、欢呼都一样，小朋友们你追我赶,不知疲倦。

4

有一些职业,很容易让人越过当代界碑,偷渡到遥远的时空里去,比如搞天文的、做考古的、开博物馆的、值守故居的;有一些嗜趣,也容易实现这点,像收藏古器、痴迷梨园、读先人书、临先人帖。

有位古瓷鉴藏家,她说自己这辈子,看瓷经历了三个阶段:一是知其然;二是知其所以然;三是与古人神交。她说,看一样古物,最高境界不是用放大镜和知识,而是睹物思人、与之对话。古物是有生命的,它已被赋予了性灵和品格,从形体、材质、纹理、色釉到光泽、气质、触感、髓气,皆为作者之情智、想象力和喜怒哀乐的交集之果。辨物如识人,逢高品恍若遇故交,凭惊鸿一瞥、灵犀一瞬即能相认。形体可仿,容颜易摹,灵魂却难作弊。

可以想象,这位藏家在古代有多少熟客,其屋该是一间多么大的聚会厅,多少有意思的人济济一堂,多少传奇故事居住其中。她怎么会孤独呢?

乾隆在紫禁城有间书房,叫"三希堂",面积很小,仅八平方米,上有他亲题的对联:"怀抱观古今,深心托豪素。"此屋虽狭,但它恐怕是天下最深阔的"怀"了,134位名家的340件墨迹及495种拓本,尽纳于此。乾隆虽婪,但其眼福却让人羡慕,那是何等盛大的雅集和磅礴的气场啊,一旦走进去,你想不神游八方都不成。

在京城,我最大的休闲活动即泡博物馆、游老宅、逛潘家园或报国寺的古货摊。我不懂,也不买,就东张西望、走马观花,跟着好奇心蹓跶。有的铺子是唐宋,有的摊位是元明,有的院落是晚清和民国……那些旧物格局，有股子特殊气场，让你的心思飘飘袅袅，溜出境外，一天恍惚下来，等于古代一日游。

明代大书画家董其昌到长安，拜谒千年前王珣的《伯远帖》，惺惺相惜，忍不住添墨其后："既幸余得见王珣，又幸珣书不尽湮没，得见吾也！"话虽自负，却尽显亲昵，也留下一段隔代神交的佳话。我见过《伯远帖》的影印件，尺幅不大，董大师的友情独白占去半壁，还满载历代递藏者的印鉴，不下十余枚，包括乾隆的。应该说，诸藏家与晋人王珣的神交程度，并不逊董，只是董艺高性野，抢先表白了，继者也只能小心翼翼拣个角落座，或体恤先物，不忍涂鸦。

藏轴、藏卷、藏器、藏曲……皆藏人也。皆对先人的精神收藏，皆一段高山流水、捧物思古的友谊，皆一场肌肤遥远却心灵偎依的恋爱。

5

除了鉴藏，读书亦然。

明人李贽读《三国志》，情不自禁欲结书中豪杰，大呼："吾愿与为莫逆交。"

"身无半亩，心忧天下；读破万卷，神交古人。"这副对联让左宗棠自励终生。

人最怕的即孤独，尤其是精神上的冰雪冷寂，布衣贩夫、清流高士皆然。特别是后者，无不染此疾，且发作起来更势急、更危重，所以围炉夜话、抱团取暖，便是人生大处方了，正所谓"闲谈胜服药"。翻翻古诗文和画谱，即会发现，"朋聚"、"访友"、"路遇"、"重逢"、"雅集"、"邀客"——乃天下文人竞趋和必溺之题。柴门闻犬吠，风雪夜归人，那"寒夜客来茶当酒，竹炉汤沸火初红"的场景，不知感动和惊喜了多少寂寞之士。

然而,知音毕竟难求。尤其是在现世的生活圈里,虽强人辈出,却君子稀遇,加上人心糙鲁、功名纠葛,友情难免有瑕疵,保养和维系的成本亦高。与古人神交则不同了:古人不拒,古人永驻,古人常青。凡流芳后世者无不有着精致人生,且永远一副好脾气,无须预约,不会扑空,他就候在那儿,如星子值夜。你尽可来去如风,更无利益缠绕,天高云淡,干干净净。

名隐陈继儒如此描绘自己的神交:"古之君子,行无友,则友松竹;居无友,则友云山。余无友,则友古之友松竹、友云山者。买舟载书,作无名钓徒。每当草衰月冷、铁笛风清,觉张志和、陆天随去人未远。"陆天随即陆龟蒙,与作者隔了近八百年。

"去人未远",是啊,念及深邃、思至幽僻,古今即团圆。此乃神交的唯一路径,也是全部成本。山一程,水一程,再远的路途皆在意念中。

吾虽鲁钝,夜秉《世说新语》《聊斋志异》《夜航船》等书时,亦有如此体会——

读至酣处,恍觉白驹过隙,衣袂飘飘。影影绰绰处,柳暗花明间,你不仅得见斯人,斯人亦得见你。一声别来无恙乎,挑帘入座,可对弈纵横、把盏擎歌,可青梅煮酒、红袖添香……

国学大师陈寅恪,托十载光阴,毕暮年全部心血,著皇皇八十万言《柳如是别传》。我想,灵魂上形影相吊,慰先生枯寂者,唯有这位三百年前的秦淮女子了。其神交之深、之彻,自不待言。

6

古人尚神交古人,今人当如何?

附庸风雅的虚交、名利市场的攀交、蜂拥而上的公交、为稻粱谋的业交,甚嚣尘上,尤其是炒栗子般绽爆的"讲坛热"、"国学热"、"私塾热"、"收藏热"、"鉴宝热"、"拍卖热"。但人生意味的深交、挚交,纯粹的君子之交、私人的精神之恋,愈发稀罕。

读闲书者少了,读古人者少了,读古心者更少。

斗转星移,今人心性已大变。

有朋友曾说过一句:为什么我们活得如此相似?

问得太好了。人的个体性、差异性越来越小。恰如生物多样性之锐减,人生多样性也急剧流失,精彩的生活个案、诗意的栖息标本,皆难搜觅。

某日,我半开玩笑地对一同事说:"给我介绍一两位闲人吧,有趣的人,和我们不一样的人,比我们有意思有意义……"他长期做一档"讲述老百姓自己的故事"的节目,猎奇于民间旮旯,又兼话剧导演,脑筋活泛,当有这方面资源。他嘿嘿几声,皱眉半晌,摇头:"明白你的意思,但不骗你,这物种,还真绝迹了,恐怕得往古时候找了。"

陋闻了不是?我就知道一位:王世襄,90岁高龄,人誉"京城第一玩家"。不过朋友所言也是,老人虽在世,但显然不属于当下,乃古意十足之人,算是古时留给后世的"漏"。在现代人眼里,世襄不真实;在世襄看来,眼前也不真实。

王世襄活在旧光阴和白日梦里,连个发小、玩伴都找不到。

其实还有位我爱慕的前辈,汪曾祺。只是先生已驾鹤西去。

"恐怕得往古时候找了。"朋友没说错。

论数量,古有几千年、数十朝的人物库存,可供"海选"。论质量,物境决定心境,那会儿时光舒缓、云烟含幽,万象步履稳健、优游不迫,又讲究天人合一、师法自然——所滋养出来的人物,论心质、趣味、品性,皆拔今朝一筹;论逍遥、活法、特质,亦富饶于当代,可谓千姿百态、洋洋大观。

而现代社会,薄薄几十年光景,风驰电掣、激酣凌乱;又值大自然最受虐之际,江湖疲怠、草木枯萎,世心莫不如物;加上人生高度雷同,所邂逅者无非当代截面上的同类,逢人如遇己,大同小异,权当照了回镜子。

总之,论人物美学资源,彼时与今朝,如大集市和专卖店。

前者种类多、品相全,随你挑。而后者往往只卖一个牌子。

7

有时候,你会觉得爱一个当代人是件很吃力、很为难的事。

除物理差异,此人和另者没大区别。其所思所想、心内心外,其喜怒、追逐、情态、欲望、口头禅、价值观、注意力……皆堪称这个时代的流行货色和标准件,乃至色相都是统一美容之果。总之,人复制人,人生复制人生,连"一方水土养一方人"都难成立了。

那么,你非此人不爱不嫁不娶的理由是什么呢?其价值唯一性、不可替代性在哪儿呢?你又是怎样"众里寻他千百度"的呢?不错,爱不讲理,但日久天长,你还是会暗暗和自己讲理的。何以当代男女间的背叛如此容易和盛行(甚至无须理由,给个机会就成)?我想,根源恐于此。

夸张点说：这个时代，有异性，无异质。有肉身之异体，无精神之异态。

只求物理性感，不求灵魂性感，恐才是真正的爱情危机。不仅爱情，友谊的处境也差不多，因为在发生原理上，二者都是献给个体的，都基于个体差异和吸引，所以麻烦一样。

一位我欣赏的朋友，乃古典音乐发烧友，酷爱巴赫、马勒、勃拉姆斯。她说过一段让我吃惊又马上领会的话，她说："与音乐为伴，你很难再爱上别人，你会觉得自己很完整，什么也不缺，不再需要别的男人或女人，尤其是他或她出自眼前这个世界，这个和音乐格格不入的世界……"

我说，我明白。

8

"朝市山林俱有事，今人忙处古人闲。"

我喜欢散步式的活法，那种挂着草鞋、脚上带泥的徒步人生，那种蹓蹓跶跶、拖鞋节拍的人生。而现代人崇尚皮鞋与轮胎，无缘泥泞和草木，乃疾行式的活法，是沥青路和跑步机上的人生。

有支摇滚乐队叫唐朝乐队，唐朝乐队有个主题叫"梦回唐朝"。

唐朝？我欣赏这记冲动。这是理想主义肩上的红旗，是精神漂流瓶里的小纸条。

投宿于何朝无所谓，重要的是它意识到生命除了当代还有别的，除了现实还有"旁在"。重要的是它不甘心被时尚蒙上眼罩，不甘心一辈子只与现状为伍，乖乖地在笼子里踱步，不甘心肉体被驯服后还要交出灵魂和梦——并让该逻辑无理地合理化，不甘心精神上只消费当下和当下制造……它要挣扎、突围，它试图溯源而上，逆流而上，寻着古代的蹄印，搜索未来的马匹。

人之外，还有人。世之外，还有世。

那个世，或许是前世，或许是后世……

一个人的精神，若只埋头当下，不去时代的地平线以外旅行，不去光阴深处化缘，不以"古往今来"为生存背景和美学资源……那就不仅是活得太泥实太拘谨的问题，而是生命的自由度和容积率遭遇了危机。若此，人生即难成一本书，唯有一张纸。无论这纸再大，涂得再密密麻麻、熙熙攘攘，也只是苍白、薄薄的一个平面。

人这一辈子、人类这一辈子——两者间有一种联系，像胎儿和母腹。应找到那条脐带，保养好它，吸吮养分，以滋补和校阅今世的我们，以更好地学习人生、摆渡时代烦忧……

探古而知今亏，藏古方觉身富。

一个人，肉体栖居当代，只有"个体的一生"，但心灵可游弋千古，过上"人类的一生"。

种一片古意葱茏的林子吧，得闲去串串门，找几位熟人、朋友或情人。

生活，离不开乌托邦。

2009 年

06

精神明亮的人

1

19世纪的一个黎明,在巴黎乡下一栋亮灯的木屋里,居斯塔夫·福楼拜在给最亲密的女友写信:"我拼命工作,天天洗澡,不接待来访,不看报纸,按时看日出(像现在这样)。我工作到深夜,窗户敞开,不穿外衣,在寂静的书房里……"

"按时看日出",我被这句话猝然绊倒了。

一位以面壁写作为志的文豪,一个如此吝惜时间的人,却每天惦记着日出,把再寻常不过的晨曦视若一件盛事,当作一门必修课来迎对,为什么?

它像一盆水泼醒了我,我浑身打了个激灵。

我竭力去想象、模拟那情景,并久久地揣摩、体味着它……

陪伴你的,有刚苏醒的树木,略含咸味的风,玻璃般的草叶,潮湿的土腥味,清脆的雀啼,充满果汁的空气,仍在饶舌的蟋蟀……还有远处闪光的河带,岸边的薄雾,红或蓝的牵牛花,隐隐颤栗的棘条,一两滴被蛐蛐声惊落的露珠,月挂树梢的氤氲,那蛋壳般薄薄的静……

从词的意义上说,黑夜意味着偃息和孕育;而日出,象征着诞生和伊始,乃富有动感、饱含汁液和青春性的一个词。它意味着你的生命画册又添置了新的页码,你的体能电池又注入了新的热力。

正像分娩不重复,日出也从不重复。它拒绝抄袭和雷同,因为它是艺术,是大自然最宠爱的一幅杰作。

黎明,拥有一天中最纯澈、最鲜泽、最让人激动的光线,那是灵魂最易受孕、最受鼓舞的时刻,是最青春荡漾、幻念勃发的时刻。像神性的水晶球,它唤醒了我们对生命的原初印象,唤醒了体内沉睡的某群细胞,使人看清了远方的事物,看清了险些忘却的东西,看清了梦想、光阴、生机和道路……

迎接晨曦,不仅是感官愉悦,更是精神体验;不仅是人对自然的阅读,更是大自然以其神奇作用于人的一轮撞击。它意味着一场相遇,让我们有机会和生命完成一次对视,有机会深情地打量自己,获得对个体更细腻、清新的感受。它意味着一次洗礼,一桩被照耀和沐浴的仪式,它赋予生命以新的索引、知觉、新的闪念、启示与发现……

"按时看日出",乃生命健康与积极性情的一个标志,更是精神明亮的标志。它不仅代表了一记生存姿态,更昭示着一种挚爱生活的理念,一种生命哲学和精神美学。

透过那橘色晨曦,我触摸到了一幅优美剪影:一个人在给自己的生命举行升旗仪式!

2

与福楼拜相比,我们对自然又是怎样的态度呢?

在一个普通人的生涯中,有过多少次沐浴晨曦的体验?我们创造过多少这样的机会?

仔细想想,或许确有过那么一两回吧。可那又是怎样的情景呢?比如某个刚下火车的凌晨——

睡眼惺忪、满脸疲态的你,不情愿地背着包,拖着灌铅的腿,被人流推搡着,在昏黄的路灯陪衬下,涌向出站口。踩上站前广场的那一刹,一束极细的猩红的浮光突然鱼鳍般游来,吹在你脸上——你倏地意识到:日出了!但这个闪念并没有打动你,你丝毫不关心它。你早已被沉重的身体击垮了,眼皮浮肿、头痛欲裂,除了赶紧找地儿睡一觉,你啥也不想,一秒也不愿多待……

或许还有其他的机会,比如登黄山、游"五岳"——蹲在人山人海中,蜷在租来的大衣里,无聊而焦急地看表,终于,人群开始骚动,巨大的欢呼声中,大幕拉开……然而,这一切都是在混乱、嘈杂、拥挤不堪中进行的,越过无数的后脑勺和下巴,你终于看见了,和预期的一模一样——像升国旗一样准时,规定时分、规定地点、规定程序。你突然惊醒:这是早就被设计好了的,早就被导游、门票、地图和行程计算好了的。美则美,就是感觉不对劲:有点失真,有人工之痕,且谋划太久,准备得太充分。

而更多的人,或许连一次都没有!

一生中的那个时刻，他们无不蜷缩在被子里。他们在昏迷，在蒙头大睡，在冷漠地打着呼噜——第一万次、几万次地打着呼噜。

那光线永远照不到他们，照不见那身体和灵魂。

3

放弃早晨，意味着什么呢？

意味着你已先被遗弃了。意味着你所看到的世界是旧的，和昨天一模一样的"陈"。仿佛一个人经年吃着发霉的粮食，永远轮不上新的，永远只会把新变成旧。

意味着不等你开始，不等你站在起点上，就已被抛至中场，就像一个人未谙童趣即已步入中年。

多少年，我都没有因光线而激动的生命清晨了。

上班的路上，挤车的当口，迎来的是已煮熟的光线，中年的光线。

在此之前，一些重要的东西已悄悄流逝了。或许，是被别人领走了，被那"按时看日出"的神秘之人（你周围一定有这样的人）。一切都是剩下的，生活还是昨天的生活，日子还是以往的日子。早在天亮之前，我们已下定决心重复昨天了。

这无疑令人沮丧。

可，即使你偶尔起个大早，忽萌看日出的念头，又能怎样呢？

都市的晨曦，不知从何时起，早已变了质——

高楼大厦夺走了地平线，灰蒙蒙的尘霾，空气中老有油乎乎的腻感，挥之不散的汽油味，即使你捂起了耳朵，也挡不住车流的喇叭声。没有合格的黑夜，也就无所谓真正的黎明……没有纯洁的泥土，没有旷野远山，没有庄稼地，只有牛角一样粗硬的黑水泥和钢化砖。所有的景色、所有的目击物，皆无施洗过的那种鲜艳与亮泽、那抹蔬菜般的翠绿与寂静……你意识不到一种"新"，察觉不到婴儿醒时的那种清新与好奇，即使你大睁着眼，仍觉得像在昏沉的睡雾中。

4

千禧年之际，不知谁发明了"新世纪第一缕曙光"这个诗化概念，再经权威气象人士的加盟，竟铸造出了一个富含高科技的旅游品牌。据说，浙江的临海和温岭还发生了"曙光节"之争（紫金山天文台将曙光赐予了临海的括苍山主峰，北京天文台则咬定在温岭。最后各方妥协，将"福照"大奖正式颁给了吉林珲春）。一时间，媒体纷至沓来，电视现场直播，庙门披红，山票陡涨，那峦顶更成了寸土寸金的摇钱树，其火爆俨然当年大气功师的显灵堂……

其实，大自然从无等级之别，世纪与钟表也只是人类制造，对大自然来说，并无厚此薄彼的所谓"第一缕"……看日出，本是一件私人性极强、朴素而平静的生命美学行为，一旦搞成热闹的集市，也就失去了其本色和底蕴。想想我们平日里的冷漠与昏迷，想想那些灵魂的呼噜声，这种对光阴的超强重视实为一种讽刺。

对一个习惯了漠视自然，又素无美学心理的人来说，即使你花大钱购下了山的制高点，又能领略到什么呢？

爱默生在《论自然》中写道："实际上，很少有成年人能真正看到自然，多数人不会仔细地观察太阳，至多他们只是一掠而过。太阳只会照亮成年人的眼睛，但却会通过眼睛照进孩子的心灵。一个真正热爱自然的人，是那种内外感觉都协调一致的人，是那种直至成年依然童心未泯的人。"

像福楼拜,即这种童心未泯的人。还有梭罗、史蒂文森、普里什文、蒲宁、爱德华兹、巴勒斯……我敢断言,假如他们活到今天,在那"第一缕曙光"照着的地方,一定找不着他们的身影。

无论何时何地,我们只有恢复孩子般的好奇与纯真,只有像儿童一样精神明亮、目光清澈,才能对这世界有所发现,才能比平日里看到更多,才能在最平凡的事物中注视到神奇与美丽……

在成人世界里,几乎已没有真正生动的自然,只剩下了桌子和墙壁,只剩下了人的游戏规则,只剩下了同人打交道的经验和逻辑……

值得尊敬的成年人,一定是那种"直至成年依然童心未泯的人"。

5

在对自然的体验上,除了福楼拜的日出,感动我的还有一个细节——

苏联作家康·帕乌斯托夫斯基在《金蔷薇》中引述过一位画家朋友的话:"冬天,我就上列宁格勒那边的芬兰湾去,您知道吗,那儿有全俄国最好看的霜……"

"最好看的霜",最初读到它时,我惊呆了。因为在我的生命印象里,从未留意过霜的差别,更无所谓"最美的"了。但我立即意识到:这记存在,连同那记投奔它的生命行为,无不包藏着一种巨大的美!一种人类童年的美、灵魂的美、艺术的美。那透过万千世相凝视它、认出它的人,应是可敬和值得信赖的。

和那位画家相比,自己的日常感受原是多么粗糙和鲁钝。我们竟漏掉了那么多珍贵的、值得惊喜和答谢的元素。

它是那样地感动着我。对我来说,它就像一份爱的提示,一种画外音式的心灵陪护。尽管这世界有着无数缺陷与霉晦,生活有着无数懊恼和沮丧,但只要一闪过"最好看的霜"这个念头,心头即明亮了许多。

许多年过去了,我一直收藏它、憧憬它。有好多次,我忍不住向友人提及它,我问:你可曾遇见过最好看的霜?

虽然自己同无数人一样,至今没见过它,也许一生都不会相遇,但我知道,它是存在的,无论过去、现在或未来……

那片神奇的生命风光,它一定静静地躺在某个遥远的地方。

它也在注视我们呢。

—— 2001 年

07

"我是印第安人,我不懂"

我要扶住你,大地。我醉了,我是醉了。
我称山为兄弟,水为姐妹,树林是情人。

——海子《醉卧故乡》

很久了,主流世界由三组人组成:追随人格神(比如耶稣、佛祖、真主、孔圣)的人,不奉任何神的人(比如唯物论者),什么都不信的人(虚无主义者)。

很久了,我们渐渐忘了世上还有一种人:他们讴歌自然神,他们是大地的信徒,他们拥有最古老和神秘的品质——"清晨"的品质;其精神气质近乎儿童,目光清澈、性情烂漫、行为富有诗意……

他们被称为某土著或某部落。

因为小,因为弱,因为没有征服的念头,于是被征服了。

甚至像山谷里的歌声一样,永远消逝了。

我不是其中一员,但一想起"神秘"、"美好"、"天真"这些词,即忍不住怀念他们。

我称之为"清晨的人"。那些很少很少的人。

阿尔伯特·爱因斯坦恳求同胞:"把爱的范围扩大到所有生灵及整个大自然吧。"

有一群人,一出生就这么想,就这么做。

奉大地为父,视万物为兄,他们通晓草木、溪流、虫豸的灵性,俯下身去与之交谈;他们没有人的傲慢,不求包括自己在内的任一物种的特权;为生存,他们不得不采猎,但小心翼翼,怀着爱、感恩和歉意;他们坚信大地不属于人,而人属于大地;他们认为鹿、马、鹰、草茎的汁液,和人同出一家。与崇拜某个事物的族群不同,他们爱的是全部,是大自然的全体成员和全部元素。

火一样的肤色和赤裸的胸膛,他们自称"红人"。

在历史和外交上,他们被叫为——印第安人。

公元 1851 年,美国政府欲以 15 万美元换他们 200 万英亩的领地。为和平,他们妥协了。在华盛顿州的布格海湾,前来签字的一位叫西雅图的酋长,对城市和白人发表了这样的演说:"在我们的记忆里,在我们的生命里,每一根晶亮的松板,每一片沙滩,每一缕幽林里的气息,每一种引人自省、鸣叫的昆虫,都是神圣的……你我的生活完全不同,印第安人的眼睛一见你们的城市就疼痛。你们没有安静,听不见春天里树叶绽开的声音、昆虫振翅的声音,听不到池塘边青蛙在争论……你们的噪音羞辱我的双耳,这种生活,算活着?……我是印第安人,我不懂。"

我是印第安人,我不懂。

后来，华盛顿州首府取了这位酋长的名字：西雅图。

有个当代故事：一个长年住在山里的印第安人，受纽约人邀请，到城里做客。出机场穿越马路时，他突然喊："你听到蟋蟀声了吗？"纽约人笑："您大概坐飞机久了，是幻听吧。"走了两步，印第安人又停下："真的有蟋蟀，我听到了。"纽约人乐不可支："瞧，那儿正在施工打洞呢，您说的不会是它吧？"印第安人默默地走到斑马线外的草地上，翻开了一段枯树干，果真，那里趴着两只蟋蟀。

城市人失聪，因为其器官只向某类事物敞开，比如金钱、欲望、键盘、电话、证券、计算器……从而关闭了灵性。印第安人的听力不是"好"，而是正常和清澈，未被污染和干扰的正常，没有积垢和淤塞的清澈。一个印第安人耳朵里常年居住的，都是纯净而纤细的东西，所以只要对方一闪现，他就会收听到。

作为忠告，作为签约的条件，西雅图酋长继续对白人们说——

记得并教育你们的孩子，河川是我们的兄弟，也是你们的，今后，你们须以手足之情对待它……你们须把地上的野兽当兄弟，我听说，成千上万的野牛横尸草原，是白人从火车中射杀了它们。我们只为求活才去捕猎，若没了野兽，人又算是什么呢？若兽类尽失，人类亦将寂寞而死。发生在野兽身上的，必将回到人类身上……若继续弄脏你的床铺，你必会在自己的污秽中窒息。

可惜，这些以火车和枪弹自负的工业主义者，并未被插着羽毛的话给吓住。他们不怕，什么都不怕。

清晨之人的声音，傍晚之人怎能听得进呢？

犹太作家以萨·辛格说："就人类对其他生物的行为而言，人人都是纳粹。"

北美大陆的野牛，盛时有四至五亿只，19 世纪中叶有四千万只，随着白人的火车行驶，五十年后，仅剩数百只。

果真，野兽的命运来到了人的身上。1874 年，印第安人的领地发现了金矿，白人断然撕毁和平协议，带上炸药、地图和酒瓶出发了。很快，野牛的血泊变成了人的血泊。

印第安人的清晨陨落了，剩下的，是星条旗的黄昏和庆祝焰火。

李奥帕德说过："许多供我们打造出美国的各种野地已经消失了。"

美利坚，基于北美的童年基因而诞生，乃流落欧洲几世纪的自由精神遇到辽阔大陆和清新野地的结果。而它功成之日，却蹂躏了赋予它容貌、体征、气质和恩泽的母腹。从此，它再也无法复制古希腊的童话，只能以现代的名义去铸造一个以理性、逻辑和法律见长——而非以美丽著称的国家。

我常想，印第安人的挽歌，是否人类童年的丧钟？

若世间没有了孩子，还有诗意的未来吗？

叶芝在《偷走的孩子》中唱道——

> 走吧，人间的孩子！
> 与一个精灵手拉着手，走向荒野和河流。
> 这世界哭声太多，你不懂。

如果能选择，我也想做一个印第安人。

那些很少很少的人。

哪怕清晨开始，清晨死去。

── 2009 年

08

一辈子就是玩,玩透了

> 怀之入茶肆,炫彼养虫儿。
>
> ——王世襄《大树图歌》

最喜欢的书是《诗经》。最喜欢它的《豳风·七月》。它把几千年前一个人的春夏秋冬,乃至一生的景象都讲完了。且讲得那般美,如天上云朵。

《七月》里我最喜欢的一节是:"五月斯螽动股,六月莎鸡振羽。七月在野,八月在宇,九月在户……"

接下来那句"十月蟋蟀入我床下",每念此处,总觉眼前一闪,有翅影忽闪而过,不禁扭头去瞅床底。

郊区的公寓有一大片草地,一场秋雨后,正散步,忽被高高低低的虫声粘住了。

蝈蝈、油葫芦？还是金铃子、蛐蛐？

它只许你听，不让你看。乐器藏在它肚子里。

或许受惊，它不唱了。我屏息静气好一会儿，它才又开场。

它哪儿知道，自己已被人用手机偷偷录了音。那人想，等大雪飘飞时，再听这虫欢，堪比世襄老人那神仙之乐了罢？

回到家，忍不住重温《世襄听秋图》。

这是其老伴荃猷女士绘于 1984 年除夕的速写——

世襄坐小板凳上，怀抱一竹筒，一端伸入虫盆，一端供应耳朵，活脱脱一顽童抱听诊器的模样。

瞅着瞅着，叽叽唧唧的鸣声，即从画里飘出来，扑你耳膜。

"燕都擅巧术，能使节令移，瓦盎植虫种，天寒乃蕃滋"，这是王世襄描绘的京城玩家，其中就有他自己。

文化史上有两类名士、两类心灵，皆人间大爱，但气质迥异：一类属药，让你舌下含苦、两腋起风，精神陡然冷肃、峭拔起来；一类属糖，让你爱意涌体、蓄乐生津，抛却世间险要和烦忧。前者如鲁迅、胡适、郁达夫，那一代文人多列于此，即便"闲适"如林语堂者也不例外。后者则是极单纯、极通透和快活的玻璃人，此物稀少，除王世襄，甚至难觅同辈搭档（汪曾祺、黄永玉有点儿像，但玩兴略欠，泼劲不足，感觉没玩透），似乎只能往史上找了，如陆羽、李渔、张岱、文震亨。若说前者乃地上的爱，现实且苦涩，有镣铐之沉和铿锵声；那后者则云上的爱，步履飘盈，溺于鸡毛蒜皮、物机天趣，有独立超然之仙风。

前者贡献的是体巨，是磐重，乃经世要义；后者显呈的是精微，是点滴,乃俗生大美。一则为黄山之松、泰山之碑;一则为"芥子纳须弥"。虽不同语,却是世间最精彩的两副卦象。

我越来越深觉双方的重要。尤其是后者,它甚至直接成为"热爱生活"的依据,没有它,人生即有釜底抽薪的虚脱感。但在价值观上,特别于中国这样一个苦难型母体,前者的地位往往首要,稍不留神,后者即被讥为颓废,以商女靡音、纨绔骚风嘘之。

在很长的时光里,我就是这么以为的,几乎不正眼看之。

当我读完世襄的《锦灰堆》,当我偶识这位以养虫、育鸽、饲鹰、精馔、藏物、识器立身的大玩家,当我见识了老北京那些平凡琐碎的"玩意儿"——那些即使在最动荡和苦难日子里仍随身携带、不肯牺牲的兴致与生趣,那些与骄奢无关、问汲于自然、求助于草虫的最低成本的快活……我开始惊叹:多么健康而美好的人!

世襄80寿辰,荃猷女士亲手刻了一幅红彤彤的剪纸:《大树图》。树上有15枚果子,对应老伴的15类钟爱——

"家具",世襄酷爱明式家具,著有《明式家具珍赏》《明式家具研究》;"漆器",世襄最得意的学术强项,著有《髹饰录解说》;"竹刻",世襄曾致力于传统竹刻技法的恢复,著有《竹刻艺术》《竹刻鉴赏》;"套模子的葫芦",世襄钟情葫芦植术和造式;"火绘葫芦器",世襄擅长火绘葫芦;"鎏金铜佛像",世襄喜爱佛像艺术,但自谦未入门;"书画",世襄酷爱中国书画,著有《画学汇编》;"蟋蟀",世襄着迷蛐蛐,对蓄养和器皿颇有心得,著有《蟋蟀谱集成》;"鸽哨",世襄痴迷放鸽,著有《明代鸽经·清宫鸽谱》《北京鸽哨》;"鸟具",世襄对雀笼食罐有研究;"家常菜",世襄擅吃擅烹,在"干校"改造时还偷偷做鳜鱼宴;"牛",世襄"文革"中曾在乡下放牛;"鹰",世襄少时饲鹰,欲撰一本中国鹰文化的书;"獾狗",一种用来捕獾的猎犬,世襄早年的跟班……

爱天空、爱市井、爱草木、爱鸟虫、爱古今、爱神灵、爱路人……一辈子聚精会神、专注毫发,只知道爱、只埋头玩。有何不好?

尘界的缤纷、热闹、蓬蓬勃勃,人世的动力、活性、快乐源泉,生命的元素、本义、真相谜根,难道不都涌向了这儿吗?

他不过屏神静气、心无旁骛地为同胞集中演示了一遍。假如鲁迅能活二百年,很久以后,当时代不再为之埋伏那么多对手和险恶,莫非他不成另一个王世襄?

我曾给好多人推荐读世襄。读之,可明目醒耳,励足健体;可凝神细微,铸品养性;可知物辨机,享受妙趣;可贪生求怡,绝厌世之念。

有人替他总结了很多成就:古鉴成就、收藏成就、学术成就、人格成就、爱情成就、美食成就……在我看来,他最大的成就即生活,即玩。

一辈子的玩,有业无业、有名堂无名堂的玩,玩醉了,玩透了。

"芥子纳须弥"的成就,非玩之初衷,而是无意之酿,犹如岁月寿盒。

世襄至交、翻译家杨宪益先生曾赠诗云:"名士风流天下闻,方言苍泳寄情深。少年燕市称顽主,老大京华辑逸文。"

在一个不会玩、不敢玩、忘了玩、没得玩、玩不转的年代,这堪称一份伟大业绩。

2009年11月28日,"京城第一玩家"王世襄,因病医治无效,在北京协和医院去世,享年 95 岁。依本人意愿,不作遗体告别,不设灵堂。

有人说,杨宪益、王世襄等朋辈携手西去,似乎约好了似的,似乎宣告了这样的事实:一个时代结束了。

次晚,我所在的央视深夜节目《24 小时》,播出了一条新闻《那个最会玩的人去了》。

片子的尾声,我写了一段话——

读王世襄的书,你会对人生恍然大悟:快乐如此简单,趣味如此无穷,童年竟然可携带一生。你会情不自禁地说:活着真好!

如今,那个最会玩的人,不能再和我们一起玩了。但他的天真、他的玩具、他的活法……将留下来,陪我们。

2009 年

09

春天了,一定要让风筝放你

草长莺飞二月天,拂堤杨柳醉春烟。
儿童放学归来早,忙趁东风放纸鸢。

——(清)高鼎《村居》

"一百年前,天上只有两位乘客:鸟和风筝。"

那个下午,当那只软翅"大沙燕"摇头摆尾,只剩蝌蚪一点时,我对太太说。

恰巧,有一架飞机掠过。

一个傲慢的现代入侵者。

这是我平生第一次放风筝,激动得脖子疼。

风筝古称纸鸢、风鸢、纸鹞或鹞子。我尤喜闽南一叫法,"风吹",名起得懒,却传神。若叫"乘风",是否更好呢?我拿不准。

当纸片儿腾空而起,你会浑身一颤,呼地一下,整个心思和脚跟被举了上去……飞啊飞啊飞,你成了风的乘客,腋下只有天,眼里只剩云……你脱胎换骨了,精神如烟、心生羽毛,你不再是深刻的人,你失重了、你变轻了,体内的淤物通了,块垒和板结碎了……

别了,浑浑噩噩。别了,尘世烦忧。

谁之伟大,发明了这乘风之物?

唐书《事物纪原》把功劳给了韩信,说楚霸王被困垓下,韩信造大纸鸢让张良乘坐,飞到敌营上高唱楚歌,霸王遂一败涂地。更奇的传闻见于《白石礁真稿》:北齐文宣帝时,围剿元姓宗族,彭城元勰的孙子元韶被囚地牢,其弟偷造大纸鸢,双双从金风楼飞逃。

不信吧?那是你的损失。

我头回牵一只会飞的家伙,它那么兴奋、有劲,手都酸了。

风和我据理力争。线弯弯的,成了弧,像水中的钓线。天空突然钻出许多的手,抢这只漂亮的沙燕,犹如拔河比赛……显然,它不再中立,它背叛我了,它在冲着风喊"加油"。除了那条明白无误的线,它几要与我无关了。

它的立场让我惊喜。

第一次把思绪送出这么高、这么远,我将地上的事忘了个干净,连自个儿都忽略不计了。那风筝,仿佛心里裁下的一角。

什么叫远走高飞,腾云驾雾?什么叫心驰神往,目眩意迷?

快快放风筝去吧。

其实是风筝放你。

春天来了,我是怎么闻讯的呢?

依据不是变柔的柳条,亦非迎春和桃花骨朵,而是冷不丁瞅见一两尾纸鸢在天边游。

春,尤物一般,就这样突然扑过来。

风筝,是春的伴娘,是春的丫鬟,也是春的间谍,是她泄露了情报。

"江北江南低鹞齐,线长线短回高低。春风自古无凭据,一伍骑夫弄笛儿"(徐渭《风鸢图诗》)。古时,风筝是缚哨带响的,又称"弄笛"。

在老北京,凡扳着手指数日子、喜欢引颈仰天者,一定是风筝客。他们不肯错过一寸早春,一定要到半路上去等、去迎,然后大声宣布第一个遇见了春天。否则,他们不原谅自个儿。

我在什刹海边、玉渊潭湖堤、故宫护城河畔,见过很多精神矍铄的老人,提马扎、携干粮、戴墨镜,从早到晚神游于天际。

望风、听风、嗅风、捕风、乘风、追风。一辈子爱风,胜过老婆孩子。

他们红光满面、气定神闲,一看即活得飘飘袅袅之人。"鸢者长寿",这话没错。

每次途经,我都羡慕一阵,搭乘一会儿老人的快乐。

我会想起"莫负春光"一词。

不知为何,我一直没想过要放风筝。

直到某天,猛然意识到自己临近不惑(这个被我掉以轻心的残酷事实),竟还没牵过一样会飞的东西,竟还没亲手拉扯过春风,就像暗恋一个女孩子,竟还没牵过她的手……我突然觉得自己是个不及格的春天爱好者,我既没出门去迎、去半路上等她,也没准备任何私人仪式和礼物。

爱一个人，却没行动表示，这不是人生舞弊吗？这不是浪费韶华、侮辱青春吗？这不是辜负女孩子的美丽吗？

我的首只风筝是在玉渊潭买的。那种最傻瓜的塑料布大三角。

我怀疑不是我在放飞，是它自个儿主动飘起来的，仿佛提前装好了程序。当发现风筝古称"纸鸢"，我更无法忍受了，想起塑料这种有毒化学物，即觉得对不住蓝天。还有，那大三角算怎么回事啊？毫无"鸢"之美，简直是污辱翅膀，欺骗风的感情……于是，我为自己选了北京最传统的大沙燕。

软翅、纸扎，大沙燕是最像"鸢"的风筝。

那个春天，我共牺牲了三只风筝。

一只是拔河比赛我故意输了，我把它送给了风。

一只是风向突变，不幸坠地，香消玉殒。我悲愤地想起孔尚任的那首诗："结伴儿童裤褶红，手提线索骂天公：人人夸你春来早，欠我风筝五丈风。"好孩子，骂得好，该骂。

一只是飞到附近的村子，挂在树顶。我只好将线剪断，几秒工夫，"呼"地一下，风就把它接走了，不知藏到何处去了。

春天来了，你一定要跑去打招呼，你一定要放风筝。

不，你一定要让风筝放你。把你放得优哉游哉，从城市的罩子里逃出去，看一看蔚蓝，追一追神仙，呼吸一下晴空与辽阔，住一住云上的日子……

然后，年年如是。

去半路上娶春天。
直到你飞完人生。

——2009 年

10

天上的那件事

> 它时宏时细,忽远忽近,亦低亦昂,倏疾倏徐……它是北京的情趣,不知多少次把人的目光引向遥空。
>
> —— 王世襄《北京鸽哨》

对老北京来说,有两缕声音最令人梦牵魂绕:鸽哨与空竹。

安静的年代,无论串胡同,还是伫庭院,只要稍留神,耳朵里就会飘入它们。二者的音容又近乎姊妹:嗡嗡嘤嘤、央央琅琅,如梦如幻、清越绵长……不同的是,一个在高处疾掠,一个于低空徜徉。

尤其是鸽哨,乃皇城根最大牌的嗓子。没有它,没了这动静,京城的空气便仿佛睡着了,丢了魂儿……

如今的北京,鸽哨难觅了。

大家很少再集体仰望什么,天上的那件事——那件最美妙的事,那群滑着弧线、溜冰似的翅膀,那群雨点般的精灵,不见了。

天寂寞了，云枯瘦了。即使晴空，因没有翅膀和音符，也像白痴。

奥运前夕，北京广播电台灌了一张 CD：《听，北京的声音，2008 秒》。

雕刻市井之声、描画古都音容，这是个很童话的创意。据说最费周折的是录鸽哨，起初难觅鸽人，他们仿佛蒸发了，不知被高楼大厦撵到了何处。总算找到了一户，但环境太嘈杂，车水马龙，根本没法录。末了，遇上了在宋庆龄故居做义工的郑永祯，郑师傅酷爱鸽子，退休后主动来这里驯鸽，其弟则擅长配哨，俩人可谓珠联璧合。谁知，又遇上个大麻烦，附近住着位高官，嫌闹腾，不让鸽子带哨上天，要择时机⋯⋯

郑师傅还做了件有意义的事，一件大事：帮王世襄养鸽子。

世襄先生是个最好介绍又最难定义的人。往复杂了说，乃文物家、史学家、民俗家、美食家、收藏家、鉴赏家；朝简单了说，就是个一辈子爱玩、懂玩、玩透了的老小孩。而所有玩习中，蓄鸽听哨为其至爱，他甚至编著了《北京鸽哨》《明代鸽经·清宫鸽谱》等鸽书，将鸽哨的源流、制式、造法、音效一一详解。

先生戏称自己乃"吃剩饭，踩狗屎"之辈，何出此言呢？"过去养鸽子的人，对鸽子就像待孩子。自个吃饭不好好吃，扒两口剩饭就去喂鸽放鸽。他们还有个习惯。一出门不往地上看，却往天上瞅，常常踩狗屎。"

鸽哨声声的年代，老北京人都有翘首的习惯。想必那会儿，驼背也少吧。据说，梅兰芳担心眼皮耷拉，曾专门养鸽子，或仰颈、或远眺，至晚年眼睛尚未变小。

王世襄回忆说:"过去几乎每条胡同上空都有两三盘鸽子在飞。悦耳的哨声,忽远忽近,琅琅不断。"养鸽行话多,圈内不叫养鸽,叫盘鸽。24只算一拨儿,要盘最少两拨儿,飞起来才好看。盘鸽至少早晚两次,若不勤飞,鸽身囤肉赘膘,就废了。

哨的制式和使用更讲究,按世襄的说法,有葫芦类、联筒类、星排类、星眼类……细分又有三联、五联、十三星、十一眼、双鬼连环、众星捧月……编排不同,绑式不同,音色音律各异。据传从商代起,即有人蓄鸽了,而对制哨名家的记载,约始于二百年前。

应该说,正是鸽和哨,排遣了天空的寂寞。

我最早对鸽哨的印象,来自电影,尤以北京、西安为背景的片子,它几乎是故事开场的第一声,又总和钟鼓楼、四合院配在一起,想必在导演看来,鸽哨亦是生活空间的必须元素罢。后来我才知,其实影视里的鸽哨,全部是音效合成,或者说口技,真实的鸽哨很难采集,因为录音师在地面,噪声加上建筑的反射音,录了也没法用,只能进音棚伪造。

世襄老人曾言一笑话,说他看电视,好像央视某节目片头:"升国旗,多么庄严,接着是壮丽山河、长城。随后从老远飞过来鸽子,等近了一看,啊,怎么是那种叫'落地王'的西洋肉鸽啊!"

老人钟爱的是中华观赏鸽。

原来,担负鸽阵和佩哨任务的并非普通鸽子,而是观赏鸽。信鸽耐力好,适于马拉松长途,却不会技巧飞。而广场鸽、庆典鸽和媒体画面中的鸽子,多是无飞翔天赋的肉鸽,在鸽人眼里,属"盘"不起来的阿斗,只能滥竽充数,遮人耳目。中国民间曾孕育过四百多种观赏鸽,像黑点子、紫点子、老虎帽、灰玉翅、黑玉翅、紫玉翅、铁翅鸟、铜翅鸟、斑点灰、勾眼灰……体态和鸽名一样俊美。经过"除旧"、"文革"和大规模城市改造,还剩多少,无人知底了。

据说,世襄晚年最大的遗憾,即没地儿畜鸽。所以,他将此事托付给郑师傅和名人故居的一个旮旯,并寄望北京奥运会上腾空而起的是中华观赏鸽。

"它不像信鸽,一放全跑了,而是围着巢舍成群盘旋。养好了可一盘白,一盘灰,一盘紫。鸽哨传出钧天妙乐、和平之音,定能为'人文奥运'添上最亮丽、最生动的一笔。"九旬的世襄亲笔题写了《关于奥运会放飞观赏鸽的献议》,正式呈交奥组委。谁都明白,老人想借奥运东风,托一把摇摇欲坠的鸽文化。

奥运开幕那夜,我守在电视机前,祈祷老人能如愿。终于,该放鸽了,那座叫鸟巢的盆子里升起的竟然不是翅膀,而是少女的纤纤玉手和声光烟幕……

张艺谋不愧为天才导演。但整晚,我为一位老人黯然神伤。

一位被放了鸽子的鸽人。

在京这些年,我只在东城和高碑店——几片拆剩的平房区,邂逅过鸽阵。不多,大概一两盘的样子,飞得吃力,有些恍惚,很难配得上"翱翔"一词。这怪不得它们,到处是高楼大厦,它们犹如在石林中穿梭,怎敢不小心翼翼、如履薄冰?

其实,我不希望它飞得更高、更远,北京的楼如雨后春笋,起得太快、太突兀,在空中找稳定的地标是件难事,鸽子会迷路的。

翅膀在流浪。有翅膀的人被放逐。

世襄的鸽友们,那些"游手好闲"者,既买不起城里的房子,更撑不开水泥的天空。

如今，谁是天空的主人？尘埃、噪音、尾气、高楼、机翼？

没了平宅院落、辽阔天庭，没了空气的清洁、幽静……也就取缔了鸽子的宿舍和道路，盘剥了鸽哨的释放空间和路人的仰望空间。

城市的飞鸟时代，真的落幕了？

除了那件事，还有什么能让人突然驻足，对着天空久久着迷？还有什么能让我们从生活中停下，养成抬望的习惯？

没了那件事，我们会不会变成一群只顾低头觅食、左刨右挖——只惯于在地上找东西的动物？

京都又要阅兵了，激动人心的机翼将呼啸着掠过天安门。你说，什么时候，京城的天上能随处可见鸽哨编队呢？

多物美价廉的事啊。无油耗，无污染，无惊扰。

— 2009 年

那些消逝的歌

1

"很多歌消失了。有些歌只有极少人唱,别人都不知道。比如一些学校的校歌。"

这是汪曾祺《徙》的开头。接下来,他提到了一首家乡校歌,很感人。当时我就想,后人再也写不出这样的歌了。

"县立第五小学历年毕业了不少学生。他们多数已是过六十的人了。他们中不少人还记得母校的校歌,有人能一字不差地唱出来。

西挹神山爽气,东来邻寺疏钟。

> 看吾校巍巍峻宇，连云栉比列其中。
> 半城半郭尘嚣远，无女无男教育同。
> 桃红李白，芬芳馥郁，
> 一堂济济坐春风。
> 愿少年，乘风破浪，
> 他日毋忘化雨功！

每天上课前的'朝会'，放学前的'晚会'，开头照例是唱'党歌'，然后唱校歌。一个任司仪的高年级同学高声喊：'唱——校——歌！'三百来个孩子，就用玻璃一样脆亮的童音，拼足了力气，高唱起来。好像屋上的瓦片、树上的叶子都在唱……

小孩子很为自己的学校骄傲，觉得它很了不起，并相信别的学校一定没有这样一首歌。到了六年级，他们才真正理解了这首歌。毕业典礼上，老师讲过了话，司仪高声喊：'唱——校——歌！'这是他们最后一次聚在一起唱这支歌了。他们唱得异常庄重，异常激动。唱到'愿少年，乘风破浪，他日毋忘化雨功'，大家的心里都是酸酸的。眼泪在乌黑的眼睛里发光。"

2

这是首了不起的歌，区区几十字，竟把学校地理、风物美景、男女平等的新潮、传统师道、成长励志和抒情——全收进去了。用今天的话说，即是爱本校、爱故里、爱国家、爱传统、爱时代……远近虚实，一首校歌应有的精神之义，尽在其中。

我尤看重两点：

这是真正的校歌——本土本校之歌。它说的全是自家那点事，不越位、不空泛。我甚至想，一个外国人若懂汉语，单凭此歌在中国找到这家小学是可能的。汪先生说："学校东边紧挨一个寺，叫承天寺。'神山爽气'是该县'八景'之一……'爽气'是什么样的气，小学生不知道，只是无端地觉得很美。"

不懂词没什么，重要的是唱，唱它时的那股劲——那股昂首挺胸、热血沸腾的劲，那种亢奋和鲜美的精神状态。我想，那个叫汪曾祺的孩子在大幅度张合嘴巴时，或许常抬望天边的云，想象在很远很远之外、很久很久之后，自己和世界会是什么样子……总有一天，你会明白那词儿。你会怀念它、感激它。

再者，乃其升旗一样的仪式感。它天天唱、人人唱，春夏秋冬，风雨无阻。这种秉持，就是熏陶和浸染，就是隆重地、一遍遍告诉你——你是谁，从哪里来，到哪里去……

一首天天住在嘴边、响在耳畔的歌，终究是一粒种子，会在幼小的心里长出什么来的。就像江苏高邮的县立第五小学，孵出了汪曾祺。

歌的作者是谁呢？汪先生说，乃该校一国文教员，早年中过举人。

3

你是哪个小学毕业的？

这问题有意义吗？从前有，现在几乎没了。不光小学，就连拿中学试问，意义也不大，因为校校皆同，你只需说是中国小学或中学就行了。

我是从汪先生的文中，才知道中国小学曾有校歌。最重要的，那是真正自己的歌，有个性标榜、有独特的精神气象，内容、曲调都不同于别家。只要你一唱,人家即知你读的是哪所学校,你大概能学到些什么。

《徙》作于1981年,讲的是1925年的事。我读小学是1976年,没唱过校歌;念中学是1981年,没听过校歌;上大学是1987年,也未遇过校歌。我问过很多人,大部分摇头,偶有大学校歌者,也不怎么唱,或不会唱。

歌声走远了,替它的是校徽、校服、校铭。

这些后来的东西都差不多,似乎没人在上面动脑子。比如校铭,不外乎"学高为师,身正为范","积极、奋发、进取"之类。没有人想和这些词语发生关系,也发生不了关系,它们矗在那儿,像木桩。

走遍全国都一样,所有校园都是一个校园。面孔一样、气质一样,课程、考试、标准、任务都一样。像是彼此抄袭的结果。

我想,我的孩子再也遇不到汪曾祺儿时那样的歌了,再也使不出吃奶的劲唱什么了。

心变了,人也懒了。大人成了乏味的大人,孩子成了无趣的孩子。

这个时代,虽不乏伟大的创意,但唯独少了一些伟大而幼小的灵感。

少了为孩子服务的才华。

4

偶遇一首民国初年的中学校歌。

如果说汪先生的歌透着稚气葱茏,那这首歌则壮志凌云、激情浩荡了。犹如前者,它也重本土的风物和典故,只是更凸显了大时代的讯号和本校学业理念,并援引乡贤为激励。

明山佳气郁葱葱，甬江如带水流东。
跨西城一角，楼观凌空。
海内共和伊始，看多少担簦人士读书谈道其中。
是社会中坚分子，是国家健儿身手，正宜及时用功。
深宁考据，榭山掌故，足启我童蒙。
愿共守先正遗训：
言忠信，行笃敬，
效实储能齐努力，破壁出飞龙。

此歌隶属浙江一所私立学校——宁波效实中学。词者魏友枋，清举人，曾任北大教授。曲者张谱六，该校音乐教师，后任上海美专校长。

"明山"、"甬江"，说的是本土地理；"深宁"、"榭山"，代指王应麟和全祖望。前者号深宁，宋元学人，《三字经》作者。后者字榭山，清代史学家，以著述乡邦文献闻名。该校创于1912年，正值共和初始，此先，当地名流办"效实学会"，旨在"以私力之经营，施实用之教育，为民治导先路"。"效实"二字，出自严复所译的赫胥黎《天演论》，其中有"物竞天择，效实储能"之语。

正像名字所标榜的，该校推崇实学之风，尤重数理化和外语，教材多用外语原版。据说，从1917年起，该校毕业生即免试升入复旦大学、圣约翰大学。当代科学家童第周等13名院士即出身该校。

可以想象，无数少年便是在这歌声的沐浴中完成了身心发育，交上了立志答卷。

5

某天，读一网帖，里面抄录了六十多年前四川两所中学的校歌。提供者为一位叫邹顺田的老先生，邹老1926年生于犍为县，先后在老家犍为中学和成都甫澄中学念书。歌词如下——

犍为中学校歌

山苍水碧拥犍阳，喜有群英共一堂。
涵我以学业，华我以文章，健我身手好腾骧。
向前途，进取共将相。
各敬业，仁不让，努力！任重致远唯吾侪。

甫澄中学校歌

昭烈跸宫丞相祠，蓊蓊郁郁庐舍傍屋脊。
劝学从仕，学季堪追；例比十二儒行，会此五百昌期。
文翁邈矣，高振继之；均平既如，相如为师。
望古承昨，养气随时。
大业能经国，危瞻赖扶持。

以邹老生年算，今已逾80鹤寿，想必不会亲自发帖，但其中录入了老人一段心语："尽管时光已过去六十余载，耄耋之年的我，迄今犹记当年唱过的两首校歌……犍为中学的校歌作者不知何许人也，甫澄中学是由军阀刘湘所办，甫澄即刘湘的字。校歌是一个叫周虚伯的老先生创作的。而今看来，两首歌虽显古奥，但以乡贤为号召，激励后生奋发向上、报效社会的精神仍值得嘉许。"

恐怕没有一个民族发生过这样的事：一百年前的语言，现今竟需要翻译（语文课里不是专门有"文言翻译"一项吗）！

上述歌词以今人的国语水平而论，确显晦涩。但我想，若这两所学校至今尚在，倒不妨沿袭这两首歌。单就领略词语之美、家乡典故，也是好的。

我向邹先生默默致意并祝福。从其只言片语间，我已感受到了那歌声留下的儒古之秀、清风之薰。

一栋学庐，一乡子弟。

一阕校歌，一部青春。

岁月如歌，这话总是不错的。"愿少年，乘风破浪，他日毋忘化雨功！"这些徘徊在简陋操场上的歌声，皆让我想起了梁启超说的"少年中国"。

那时的儿郎，真是闻鸡起舞，意气风发。

那时的中国，竟有那么多的精神美少年。

6

邂逅汪曾祺的歌后，我即有个心愿，能否再遇几首老的小学校歌？从而让汪先生"玻璃般的童音"不那么孤单。我想给它配上几位"发小"。

我不刻意寻访。我喜欢某种东西突然跳至眼前的感觉，就像蟋蟀从草丛里跃起。

不久前，去江苏海门，此地是鼎鼎大名的张謇故里。

张謇，何许人也？清末最后一位状元；晚清立宪运动的骨干；《清帝退位诏书》的起草者；民国政府的实业总长及农商总长；农工商俱全的大生资本集团之老板；大量慈善公益机构和数百家学校的捐资人……

此次海门行，我最大的惊喜是与几首校歌不期而遇。当地名士袁蕴豪先生赠我一册他的大书：《潮流——张謇在海门》，其中竟藏有张謇撰写的部分校歌。

> 大江东下海潮上，潮潮涌进青龙港。
> 港中有三镇，常乐居中央。
> 二十八圩同社仓，小学校开兼教养。
> 父老不愁荒，儿童勿忧伦。
> 大家爱国先爱乡，常乐之校真堂堂。

该词作于光绪三十年（1904）。张謇家住海门常乐镇，1903 年，张謇东游日本，归来后深感教育之重大，即在家门口辟出几十间房，创办了"常乐公立初等小学"，设修身课、国文课、算术课、图画课、手工课、体育课等。

该词通俗易懂，朗朗上口。和上述诸歌一样，它先要传递一个信息：你的家在哪里？咱们学堂位于华夏何处？试想一下，百年前的中国乡下，对不识一字、未出村口的穷娃子来说，明确自己身在何处是件多么伟大和激动的事！歌词开头，关于常乐面江眺海的描绘，让小学堂平添一股雄阔之魄和潮头之势。歌词最后，是安慰孩子安心读书，对家乡有信心，对本校有信心。

7

张謇的实业之举,最艰辛的属围堤造田。南通一带多不毛盐碱,为争取粮棉,1901 年,张謇组建了中国首家股份制管理、资本化经营的大农业拓荒集团——"通海垦牧公司"。眷念佣工子弟的成长,张謇不惜重金,于荒滩上创办了"垦牧乡高等小学"。在袁先生的赠书中,我读到了该校校歌——

> 噫艰哉恩牧乡,
> 苇蒿螺蛤今粢粱……
> 崛兴兮千辛而万苦,
> 相劝兮日就而月将。
> 耕田读书兮百世良,
> 海有旭兮校有光。

这首词很美,既有沧海桑田的今昔对照,又有"梅花香自苦寒来"的劝学励志;既激越明亮,又不失忧患和督导。可谓贫贱之上的高贵,荒野之上的雅风。

"教育为母,实业为父",乃张謇一生的精神向导。他曾经计划:南通每方圆 25 里内必建一所小学,如此,一个孩子每天最多走 10 里路。后来,一次泥泞的跋涉让其深感学童之苦,于是他将目标改为:方圆 16 里内设一所小学。他一生为家乡地图留下了多少校址呢?三百多处。

> 狼之山，青迢迢，江淮之水朝宗遥。
> 风云开张师范校，兴我国民此其兆。
> 民智兮国牢，民智兮国牢，
> 校有誉兮千龄始朝。

这首在南通传唱了百年的歌，隶属于我国第一所民立师范学校——诞生于1903年的通州师范学校，作者即张謇。南通位于江淮之畔，狼山则于城南，显然，此歌也是先回答"身在何处"，但和前面的歌相比，除"少年中国"的使命感，它更强调了"师范"与启智的关系。

百年来的南通教育，直接受益于这栋孕育师资的母体。王国维曾在此授国文，陈师曾、欧阳予倩曾来此教绘画和曲艺。杨乐、李大潜、巢纪平、吴慰祖、施雅风等数十名院士，王个簃、赵无极、袁运甫、袁运生等艺术家……便是在这歌声的熏风中成长起来的。

8

再说张謇的宏业。

他不仅重视基础教育，还倡导职业技术培训，先后办了大生纱厂职工专科学校、纺织专科学校、铁路学校、吴淞商船学校，此外，还设女子学校、幼稚园、盲哑学校。其实，张謇还有着更大的乌托邦梦想，即把南通建成一个理想社会的试验区，用其自己的话说是"新新世界的雏形"。为此，他筑桥清淤，完善城市水利系统和交通设施，创办博物苑、图书馆、气象台、幼儿园、公园、医院、慈善堂……他不仅成了南通的精神领袖，还扮演起了最高公务员一职。梁启超曾赞叹：

"南通是全国公认第一个先进的城市,其教育之先进、价值之高、影响之大,国人共知。"

这么大的开支从哪儿来呢?自然是实业,1922年,张謇70岁时,大生集团有四个纺织厂,资产达九百万两白银,纱锭16万枚,同时还拥有近二十家盐垦公司,这些都充当了他那些伟大构想、高尚事业的提款机和孵化器。

在接受海门电视台采访时,我忍不住感慨:"就生命能量、精神魅力和社会担当而言,张謇太让人惊叹,那简直不像一个人做的事,而该由一群人、由时代最优秀的精英群体来实施,可又的的确确发生在一个人身上,太不可思议了!自古以来,中国人往往不是太实就是太虚,要么只顾坐而论道,要么忙于低头走路。文人往往思想力很强,行动力太弱……而张謇不,他知道怎么赚钱,知道为什么赚钱,知道怎样把钱花得精彩……他是穷人的榜样,是富人的榜样;他是文人的榜样,是商人的榜样;他更是理想主义者的榜样!"

有人说过,一个伟大时代的到来,最需要三种人:改革派、实干家、梦幻者。这几种生命身份,竟一并在张謇身上汇合了,他兼任并出色地完成了所有角色。

可惜,只有一个张謇。

9

那晚,当地朋友陪我乘船夜游南通城,一路桨声,导游不断地指指点点,每过一个桥孔,每逢一处旧式建筑,她都会轻轻说出那个人的名字……

不错,这座城市,是一个人的作品。

深夜，回到下榻的宾馆，打开央视新闻频道，看我工作的栏目《24小时》，看时代的今天又上演了什么。不出所料，依然是诡异的股市、疯长的房价、城市拆迁和钉子户、城管商贩冲突、民工讨薪跳楼秀、和高考有关的争吵……

关掉电视，当世界的喧哗变回一面安静的黑屏，我突然特别怀念那个人——张謇。

有些人不该在光阴中消逝，有些歌不该在空气里失踪。

打开窗，海风特有的清凉袭来，楼下是万家灯火，是被张謇叫做"新新世界的雏形"的后来。

离开海门前，当地报纸采访：您对海门有什么建议？

我笑笑说，希望海门的每栋中小学，都有一支自己的校歌，好一点的校歌。那种在风雨操场上天天唱的校歌，那种成为精神功课、晨钟暮鼓的校歌……

— 2009 年

12

女织

去雁声遥人语绝,谁家素机织新雪。

——(唐)施肩吾《秋夜山居》

1

古人的生活图景,一语概之:女织男耕。

"夫是田中郎,妾是田中女。当年嫁得君,为君乘机杼。"孟郊在《织妇辞》中写道。

田夫蚕妾、牛郎织女,乃最典型的人生单元,亦是最完美的衣食组合与温饱设计,堪称天意。

"一夫不耕或受之饥,一妇不织或受之寒。"

华夏先民的栖息史,五千年的村野炊烟,就这么飘飘袅袅,在"锄禾日当午"的挥汗和"唧唧复唧唧"的织声中,走到了20世纪。

恐怕谁也没想到，突然，它像滴空了水的漏钟，停了。

这个朴素的生活方程、貌似永恒的家务公式，逻辑解散了，使命结束了。

城市，彻底步入男不耕女不织的"大脱产"时代。乡村，耕虽依旧，织却消匿。这是技术飞跃和社会分工之果，无可非议。

我想说说"女织"，从人生美学的角度。

对"女织"的蒸发，我略感惋惜。我指的不是生产力和生产关系的她，我看重的是"织"的情感内容和性别审美。抛开古织，说个我们熟悉的情景吧——

当一位女性在为恋人、丈夫、孩子织一件毛衣、围巾或袜子时，她用手指和棒针、用密密麻麻的经纬和几个月的聚精会神——所完成的仅仅是一个物吗？

当然不，这更像一场无声的抒情。她用温婉和柔韧，用细腻和漫长，用遐想和劳累，实现了一桩女性独有的心愿。每一针、每一线，都是一记笔画、一个字母，她把所有心思都织了进去，融入这件最贴身的东西里去了。

这比花要美，比甜言蜜语要动听，比珠宝首饰要贵重。

为此，她的手可能会磨茧，但她不在乎，心里甜。

我记得年少时，中国女人的怀里都有一团毛线，须臾不离，像抱着婴儿。即便在我青春时，这个情景仍随处可见。那会儿，机器造羊毛衫已铺天盖地，但她们仍不放弃这事业，当时杂志也纷纷开辟"针织"版，印象中《八小时之外》《黄金时代》等，每期都有大量插页和彩图。

那是个不嫌"慢"的时代。

那是个用手工抒情的时代。

那个时代的女人，都会留下一枚标志：食指和中指的上部略显糙厚。她们是美丽聪慧的女人，多情而勤奋的女人，懂得"织"的元素和成分，懂得"亲手"的含义，懂得用"繁琐"、"辛苦"构造一件贴身之物意味着什么。她们享受这个过程，感动别人，也感动自己。

2

多数时候，"男耕女织"一词，让我想起的并非劳动分工，而是"相濡以沫"、"其乐融融"、"夫唱妇随"、"琴瑟相伴"之类的温暖与忠诚……我被一股天然的伴侣之美所熏染，所感动。

一梭一缕一寸痴，丝丝编就阳春意。如果说，上天派给男性的差事是果腹，那女人的角色则是暖身。除了生育，"织"即成了古代女子最大的事业，乃社会事业、生计事业，亦是婚姻事业、情感事业。

织的背后，你总能隐约看到那个字：情。

无论春染梢头的豆蔻、贤妻良母的人妇，还是离愁黯景的痴妾、发婚姻牢骚的怨女，手中都有一情感道具：飞梭、织机或绣针。

迢迢牵牛星，皎皎河汉女。纤纤擢素手，札札弄机杼。

调梭辍寒夜，鸣机罢秋日。良人在万里，谁与共成匹。

而在《孔雀东南飞》中，有一段自白："十三能织素，十四学裁衣，十五弹箜篌，十六诵诗书，十七为君妇。"这是一个普通少女的成长简历和才艺档案。蚕、织、裁、缝、绣——乃天下女子的技能必修课,即便家境优渥、凤娇名媛,顶多免去蚕纺之苦,绣针之灵则不可少。换言之,即削弱体力劳动,深化脑力劳动。

我不以为此乃封建糟粕或性别压迫,我觉得这是人生美学,乃女性的主动选择和天赋所赐,乃女性灵魂之闪光。

织的衣、纳的袜、绣的巾,可浸的是情、是意,是对生活的憧憬和幸福感。密密麻麻的线脚、纤巧灵盈的游走,织就的是女子的美和美德。

所以,以织品传情递意,作媒介和信物,即成了女子专利,成了流传几千年的红颜技巧。直至 80 年代末,我在乡下还遇见过那种瑰丽的手绣鞋垫。按说,鞋垫这种深藏不露的东西,即使满载鸳鸯牡丹,又有何用呢?

当然有用。

3

我一直觉得,女子一生总该织点什么,否则有遗憾。

不为别的,就因她是妻子、是母亲,一个男人、一个孩子身上若无一件由家中女性亲手完成的衣物,至少逊了一份温馨。对敏感的体质来说,灵魂会觉微凉罢。

过去常用一词夸赞女子:心灵手巧。

现代女性心灵绰绰有余,手却未必巧了。

逢搬家或整理橱柜,总会翻出几件旧时的毛衣,皆母亲所为。每次太太都赞叹：织得真好，像工艺品！虽穿的机会少，可总舍不得扔。我知道，这些东西再难复制了。母亲很聪明，儿时总变着花样给我们兄弟添毛衣，每年的流行款和图案，只要大街上有，她瞅几眼就会了。

母亲这辈子织了多少件衣物？数不清，几百件吧。

母亲年龄大了，眼花了，织得便少了。几年前，春节回家，母亲说，这是她最后一件毛线活了，留给孙子们。第二年春节，母亲却还在织，她说再织几件。

4

有一个母织的故事，曾让我泪流满面。也是我作此文的动力之一。

这是 2006 年的一则新闻，题目是：《骨癌妈妈临终为儿子织好 25 岁前所有毛裤》。

吉林白山一位家境贫寒、以烙煎饼为生的母亲，得知自己患绝症后，在 15 个月里与死神赛跑，终于为 9 岁儿子织完了 25 岁前需要的所有毛裤。

看着那幅照片，一个小小的孩子守着遗像，床上一排排长短不一的毛裤，我流泪了。

也许，这位母亲想的是，等儿子 25 岁时，就能穿上另一个女人织的衣物了罢。

2009 年

13

《罗马假日》：对无精打采生活的精彩背叛

■ 男人，女人。

在纪录片《银幕与观众》中，一位西方老妇失声掩口："上帝啊，他们终于接吻了！"狂喜使得她眼泪都流了出来。她正看的这部黑白电影叫《罗马假日》，1953年由好莱坞派拉蒙公司拍摄。

此时，片子渐趋高潮：汽车里，相伴一日的男女即要分手，离别之怅让他们禁不住紧紧拥抱，女人泪流满面："此地一别，或许永难相见……请你不要立即走开，你要看着——等我从那个拐角消失。"

多么精彩的瞬间，在这位不羞于动情的老人脸上，我看到了作为观众和人的纯真与坦白。感动，和某些英雄行为一样，需要丰饶的精神储备和爆发力，它并非易事。

或许，正是凭借这样的民意，《罗》剧终获当年的奥斯卡奖。面对手持金像的奥黛丽·赫本，评论界叹道："自嘉宝以来还不曾出现这等人物，她拥有一切美的元素，导演见了会忍不住再三为其大拍特写——拍她炽热的眼神，拍她甜蜜的笑靥，拍她浑身的纯洁气息，拍她瘦削而高尚的肩膀……"

影片讲的是短短48小时的事：英国少女安妮公主访问罗马，因厌恶宫廷的繁文缛节偷偷地溜出官邸。在街头，她邂逅了正受命采访她的小报记者乔，彼此互瞒身份，决定为自己的生活"放假"一天。俩人一起游览古城，这是安妮第一次自由地徜徉市井，她深为民间情趣所吸引，并对乔油生爱慕。

坦率说，单就故事逻辑，此片几近平庸，不仅承袭了好莱坞的爱情套数，较之中国传统戏文也显陈俗：书生与名媛的传奇。

是奥黛丽·赫本改变了一切。她与格利高里·派克一道，以绝配的生命组合演绎了最简单的爱情方程。剧中，她天使的面孔和纤尘不染的纯净，散发着一股水果的清香——一种足以消除生命疲劳，给人以莫大恬静的美学能量……既令视觉惊喜，更让灵魂舒适。

巨大的辐射，好莱坞试爆了一颗少女原子弹。奥黛丽·赫本冉冉升起。

难怪《罗》一获奖，媒体即惊呼："这真叫人受不了，若没有赫本，它就只能是个平庸的感伤之作。"是的，是赫本让人受不了，是那罕见的美质叫你沉不住气了——她触摸到了你最敏感和隐秘的精神部位。你无法躲掉对她的崇拜和爱慕，是召唤，也是义务。我想起了诗人荷马惊叹海伦的那个场面："她走了进来，老人们肃然起敬。"

今天，《罗马假日》已成为好莱坞骄傲的典藏。经典意味着最好的手艺，意味着里程碑的一去不返，也意味着让模仿者感到羞愧。今天，观众早已忘了它原本那样一个简陋的构思，欣赏它只是为了亲睹半个世纪前那场明媚的邂逅，看看赫本那带电的目光怎样令心狂跳。

美的才华、美的功劳，赫本成为世人心中永远的公主。1988年，联合国儿童基金会正式授予她"慈善大使"的称号，让那明澈的笑容有机会抚摸全世界的孩子。

那天，我遇到了一件特别兴奋的事。在一篇文章中，我看到以《远山的呼唤》《幸福的黄手帕》而受人尊敬的日本导演山田洋次如是答记者问："许多电影都令人难忘，要说最爱哪一部真的很难……不，我想起来了，是《罗马假日》，当然要属《罗马假日》喽！"

多么精彩的老人。要知道，这貌似普通的话竟效仿了《罗》剧中最著名的台词。赫本听了一定会流下热泪。

那个场面，每个看过该剧的人都难忘怀——

第二天，公主出现在记者招待会大厅里。突然，人群中，她发现了昨晚含泪吻别的那张面孔，惊呆了。接下来是一组无声的特写镜头，只有目光透露着两颗心的狂跳。

有声音问：公主殿下，在您所有访问过的欧洲城市中，您最喜爱哪一个？

侍从官悄声提示：各有千秋。

脸色苍白的公主像是从梦中惊醒，正色道：可以说，各有千秋……不，最让我难以忘怀的，是罗马，当然是罗马！

这时，少女脸上的忧郁不见了，露出一种明亮而坚定的笑容，像一个突然成熟的幸福女人那样……

招待会结束。

已转身的赫本突然扭过头，最后一次地，将满含泪水的目光投向人群中的他。那苦涩的表情迅速放大，瞬间又被一种奋力做出的微笑所替代。寂静中，你能清晰地觉出她的躯体在克制中颤抖，大厅的柱子也在颤……

"凝——视",多么好的一个词啊,假如还有谁不懂它,那就到《罗马假日》中去找吧。

"不,罗马,当然是罗马!"这句突然变向的话成了该片最珍贵的台词。从精神角度讲,这个大胆的"别有用心"的——有违王室政治的举动,可以注脚为:对无精打采生活的精彩背叛!

罗马,自由精神的城堡。假日,则是对庸常生活的倒戈。

罗马假日—— 一场纯洁而诗性的"越轨者"的童话。

这样的童话在不少著名的生涯故事里皆可找到,他们以决然的背叛者姿态向世俗规则挑战,从而痛快淋漓地给生命放假,比如托尔斯泰背叛古老的庄园,温莎公爵背叛到手的王位,黛安娜背叛她的查尔斯……这种"不轨"永远是美性并值得尊敬的。

我一直渴望与人分享自己的收藏,可惜身边这种生命同类太少。这里须提到一位朋友,他有一种语出惊人的解读本领,曾与我有过共享两届"世界杯"的经历。但他只关心电影中的女人而不关心电影。

某深夜,睡前照例将电视频道搜了个遍,谁知,竟搜出了阔别的《罗马假日》,忽想起这老兄,于是抄起电话:"开电视,对,马上。"

片子刚完,电话就响了:"她真叫人幸福!"他在城市的另一头高声嚷道。

我愕然,沉默。他道出了我最强烈却迟迟苦于表达的那种感受。他太厉害了!

不错,是幸福。赫本让整个夜晚,连同电视机都焕发着一种"幸福"。

我曾想,与这等美好的人一道生存、一道呼吸、一道交换本世纪的空气,该是多么醉心的美事。然而,这项福利却被粗暴地中止了——

公元 1993 年的一天，我的手，拿着半版快要揉烂的《参考消息》的手，突然抖起来，它冷冷地告诉这个正准备用它擦墨渍的人：那一天，1993 年 1 月 20 日，美利坚发生了两件大事，一是克林顿宣誓就任第四十届总统；另一件是，著名影星奥黛丽·赫本因结肠癌去世。

它说，几个月前她还以联合国大使的身份访问被战火蹂躏的索马里。它还说，在她垂危之际，诺贝尔和平奖得主、世界最善良的女人——特蕾莎嬷嬷曾号召所有修女为"公主"彻夜祷告……

她最后的心愿是：想再看一眼瑞士白雪。

那个阳光喧哗的下午，一张破报纸被那人小心叠好后锁进了抽屉。他的目光渐渐模糊，眼前的事物显得陌生而与之无关。

他感到很多东西正在离自己远去……

一个人的飘逝就像落叶，时间气流将她的手从枝条上吹开，现在，她连亲吻地面的力气都没有了。她就那样静静地、美丽地躺着，在冰凉的青草泥石间。

可世界一点没变，他无力地想。我们活着，一点不比她高尚和美丽，我们能够怀念或憧憬点什么，仅仅因为，我们活着。

可我们一点也不美丽。他想，我们必须对美丽说点什么，起码应说声——

谢谢！

1996 年

14

永远的邓丽君

人是奇怪的,有些对别人无所谓的事物,于之却珍贵无比且美好得不可思议。大概这和一个人的特殊心路有关,与其天生的敏感体质、生命类型、某个岁季的精神气候有关。

邓丽君。

一个我深深喜爱的名字。我在任何时候都愿意充当她的报幕人:"小村之恋"、"在水一方"、"独上西楼"、"再见,我的爱人"、"你在我梦里"……丝毫不会为公然赞美她而羞愧,更不惮被阳春白雪的音乐士大夫所嘲笑。

为爱而生,为爱而死。她的使命是在一个普遍淡漠爱的年代里出演爱情。她的事业是让一抹青衣红粉从男人的眼前姗姗飘过……

在单身的夜晚,在寂寥雨天,在合书小憩的午后,她的歌声从遥远的海岛踏波而来，像颤颤丝绸，像袅袅朦月，像天涯吹来的一叶扁舟……

不错，太甜了。但并非所有的甜都堪称"饴"，并非任一种姿色都闪耀着泪光，含着颤抖之蕊。她是甘草和白露的甜，苦难之夜的甜，不加糖的甜，荡气回肠的甜。不错，她太烂漫，甚至称得上婀娜与摇曳，但在一个绝少红粉的枯槁年代，在一场裙裾被割掉的正襟岁月，这摇曳曾给人带来多大的惊喜和神怡。

其实，任何一个懂她的人，都会从甜中品出那缕深藏的艾苦，从清冷和幽怨里读出那份善良与洁白，这正是最感动我的东西。一个妩媚的女人，一个易受伤的女人，一个欢颜示人的女人，却纤尘不染，一点不浑浊、不憔悴、不萎靡……

她适于离情、伤逝与怀旧，适于游子的望乡，适于无眠灯下的昏黄，适于雨滴石阶、人伫窗畔的孤独……她是疾病时代里的健康，僵硬岁月里的柔曼，女人中的女人，你我中的你我。

"邓丽君"，她使这名字听起来仿佛一记词牌。凭歌声，凭那如诉如泣的颤音，那深涧流瀑的心律，我断定她如星光般美丽。

她纯洁得永远像春天、像蝴蝶。躲进她的歌，就像躲进姐妹的长发，躲进母亲的旗袍里。不必羞愧。不必。

有那么几年，逢深夜，我的功课即戴着耳塞，躲在被窝里捕捉各式电波——那些夜空中成群流浪的精灵（它们是我一年四季的萤火虫）。一个频率，或许是台湾吧，每逢子夜的某个时分，总会赠送她的歌。很多时候，她是用粤语唱的，不甚懂，但不重要，对我来说，她已成了一道和月光、缠绵、大海、思念有关的女性背景。她是我的夜晚——不，是我的世界里最重要的女客。

我想，或许有一天，她会到海的这边来，带着她的长发和旗袍。

可，就在那轮深夜，公元 1995 年 5 月 9 日，大约凌晨 1 点钟，一磅霹雳蓦然炸响：一代歌后邓丽君猝然辞世，泰国清迈……那晚的电波，全被一股黑天鹅绒般的气息罩住了。她的歌，她的笑，她的柔软，她的耳语，她独特的颤声……

邓丽君邓丽君……

一部嵌进我身体里的柔软。一个我听了多年的女人。

她被上帝接走了。永远地在水一方。永远地泊在了海的那边。

如今，我怀念她，就像怀念逝去的青春和发黄的日记，就像怀念前世生生死死的爱人，毫不羞愧。

我在无数场合听过有人唱邓丽君的歌，亦无数次听见一个声音："俗！"不错，俗。很奇怪，为什么同样的歌词，换了个通道就变了味？仿佛不是从生命而是从胃里发出来的？但我想，若这"俗"是冲着邓丽君，我一定会怒不可遏，或者，我会把"俗"看成一个很高贵很美好的字……

有年冬天，北京，一间酒吧里，朋友在向我淡淡地介绍一对朋友，他指着女子说："就是她，大陆唱邓丽君最好的，曾有人拿她的歌当盗版……"我一惊，很用心地凝视那女子。的确，她很像我记忆中邓丽君的模样——精神模样。自始至终，她几乎不开口，只有气息——风轻云淡的气息、冰薄荷的气息……后来，那女子应邀唱了一首，我深深震颤了，这是我第一次听到邓丽君的歌声由一个现实女子的体内汹涌而出。不，不是模仿，不是遗像的声音，不是磁带的声音。她源自一具鲜活的青春之身，自然地，就像月光从海面上升起。

那个阳光还算灿烂的下午，我却感受到了一股来自当年黑夜的潮涌，一股角落里的苦艾的沁凉。感谢她。我相信友人的话，邓丽君是一个密码，而她天生就理解这个密码，所以很本色地就唱出了她。其实,她只需唱出自己就够了。

她们是生命的同类,精神的姐妹。

走出酒吧的那一刹,我被邃然刺来的阳光吓了一跳。闭上眼,我想起了我的收音机。它已很旧很老,退役多年了。

— 2000 年

15

女性气质

1

战争中，最美丽和宝贵的女性气质是什么？

坚忍、顽毅、决绝、恒力、牺牲的勇气？不，不仅仅。因为男人那儿同样有，且更应该有。看苏联电影《这里的黎明静悄悄》，姑娘们留给我的不仅仅是这些，当下沉的李莎从沼泽中仰起脸最后一次注视阳光，当不愿拖累同伴的丽达把枪口对准受伤的躯体……不，不仅仅是这些，那值得她们用生命去诠释和演绎的，不仅仅是这些。还有别的，更重要的。

尤·邦达列夫的散文集《瞬间》中，有一篇名为《女性气质》的短文，描述了卫国战争期间一次对女性美的感受——

> 我永远忘不了她那低垂在无线电台上的清秀面孔，忘不了那个营参谋长隐蔽部……我在快要入眠时，透过昏昏欲睡的迷惘，怀着一种难忍的愉快，看见她那剪得很短的、孩子式的金黄色头发周围有某种发白的光辉。

在一片由男性躯体构筑的血火工事里，"女战士"，一幅多么神奇的剪影！一盏多么鼓舞夜色的灯！她足以让苦难和牺牲变得可以忍受，让焦土与黑雪难掩生命之春的勃发，让激战前的搂枪少年不再因恐惧和迷惘而大睁着双眼——从此，让他久久不能入睡的，是姑娘的羞涩，是她逼人的体温，是完全不同的异样气息，是白天她有意无意的一瞥或浅笑……

在这座钢筋水泥的掩体里，她，一朵蝴蝶样的柔软，掀起了大片喧哗，像石子落在水中，像一粒芽冲进了泥土。是她，悄悄把一味粉红色的迷幻剂埋进那些厚实的胸膛；是她，让每个喊着"报告"受令或完命而来的人，眼神里多了一番焰火般的急切搜索……

更是她，让一位受其目光送别的出征者，突然有了一份幸福的豪迈、一种惊人的战斗力、一股暗暗抱定的决心：一定把胜利带回！即使不能亲自，也要托别人捎给她……让她骄傲，或者怀念。

她安静的存在，对粗犷的生命们来说，是一种奇妙的从感官到精神的抚摸，一股麝香般的温暖，一次芬芳与甘泉之饮……既形而上，又形而下。

她是大家的女神。"喀秋莎"女神！

一天黎明，不幸发生了——

当三个德军俘虏被押进隐蔽所时，"我突然看见，她，无线电报务员韦罗奇卡，慢慢地，被吓呆似的，一只手扶着炮弹箱，从电台旁站起……"当其中一个献媚似的冲她笑时，"她的脸猛一哆嗦，接着，她面色苍白，咬着嘴唇走向那个俘虏，仿佛在半昏迷的状态中，她侧身解开了腰间那支'瓦尔特'手枪的小皮套"。

一声闷响。惨叫。倒下。

  她全身颤抖……双手掐住喉咙，恨不得把自己掐死，歇斯底里地哭着，抽搐着，喊叫着，在地上打起滚来。

作为侵略者，她清晰地认得他：该死的！一个被毫不犹豫诅咒的人。而作为俘虏，一个无法再构成伤害的人，他却是陌生的。现在，这个陌生人遭到了袭击，即将死掉。

她骤然变了。

纤细变成了粗野，恬静变成了狂暴，小溪发作成了洪水……那枪声无情地洗劫了她的美，惊飞了她身上的某种气质，也吓傻了所有对她的暗恋和憧憬。仿佛瓷瓶褪去了最珍贵的光芒，沦为了黯淡糙坯……

大家痛心地看到：一盏曾多么明澈的灯，正在被体内的浓烟吞噬。像一只昏迷的动物在自我肉搏。这绝非战斗，而是撕咬、是发泄、是报复。

她成了一个病人，让人怜悯的病人。她甚至有了一副敌人的模样——那种凶悍的模样。

此时此刻，这位苗条的、蓝眼睛的姑娘在我们面前完全成了另一副样子，这副样子无情地破坏了她以往的一种东西……从此，我们对她共同怀有的少年之恋，被一种嫌厌的怜悯情绪代替了。

愤怒，像一股毒素，会顷刻间冲溃一个女人的仪容，会将光洁的脸孔拧出皱纹，让安然的额头失去端庄。

她不再是一个完美的女人，不再是一名战士。战士是不会向一个手无寸铁者开枪的，她破坏了子弹的纪律，背叛了武器的纯洁性。现在，她只剩下了一道身份：复仇者。

无论再深刻的缘由，已无济于事。

谁都不知道，1942年在哈尔科夫附近被敌人包围的时候，她曾被俘，四个德国兵强奸了她，粗暴地凌辱了她——然后侮辱性地给予自由。

她出于仇恨和复仇之心确信自己的行为是正义的，可是我们，在那场神圣的战争中问心无愧地拼杀过来的人，却不能原谅她。因为她向那个德国人开的一枪，击毙了自己的天真柔弱、温情和纯洁，而我们当时所需要的，正是这种理想的女人气质。

2

理想的女人气质？

细腻、温润、母性、单纯、宁静、无辜、柔软……这是士兵邦达列夫的全部答案?

我想,不仅仅。它们仅是一种天然性征,一种哺乳气质,一种由生理焕发出的美德。这是日常和通俗意义上的气质,而非战争环境中最佳的理想气质。

1999年,当我翻开诗人叶夫图什科的一本书:《提前撰写的自传》,里面关于妇女的一件事突然唤醒了我——

1944年,母亲和我回到莫斯科。在那里,我才第一次有机会看到敌人。如果没记错的话,那是两万五千名德国俘虏,排成一长列,通过首都的街道。

俄罗斯妇女做着繁重的劳作,手都变了样,嘴唇上没有血色,瘦削的肩膀承担了战争的主要负担。这些德国人,很可能对她们每一个人都作下了孽,夺走了她们的父亲、丈夫、兄弟、儿子。妇女朝俘虏队走来的方向,怒目而视……走来的德国兵,又瘦又脏,满脸胡子,头上缠着沾血的绷带,有的拄着拐杖,有的靠在同伴肩上,都低垂着头。街上,死一般静。只听到鞋子和拐杖缓缓擦过路面的声音。

我看到一个穿俄式长靴的女人,拿手拍一下民兵的肩头:

"让我过去。"

这女人声音里含有点什么似的,民兵当命令一般让她过去了。她走进行列,从上衣口袋里拿出一块用手帕仔细包好的黑面包,递给一个疲惫不堪的俘虏……这一下,其他女人都学她的样子,把面包、香烟掷给德国兵。

这些人不再是敌人了。已经是人了。

人——诞生了。

她似乎在对那个满脸胡楂的男子说：活下去，永远不要再杀人！

我突然明白了那些俄罗斯妇女心底的理由：比胜利更宝贵的，是和平！把一个敌人变成"人"，比打败一万个敌人更重要！

我猛然醒悟：和平，"和平气质"——不正是最美丽的女人气质吗？

其实，无论宁静、柔软、母性、善良、慷慨，还是"无辜气质"、"哺乳气质"……它们都有一个更饱满更贴切的名字：和平。

比拼杀更耀眼的，是温存。比血腥更有力的，是芬芳。

显然，士兵邦达列夫所幻想的，正是这个。战争中最优雅的女人气息、最宝贵的雌性气质，正是那种避开炮火磨损和仇恨侵蚀、不受血气浸泡——而完好保留下来的人性芬芳：天然的"和平气质"！……无数男人的英勇杀敌和血流成河，要换取的正是她。

保卫女人，更要保卫她们的和平气质。没有比看到女性身上的"和平"芳香不被涂改，更令战士为之鼓舞和欣慰的了。

这比杀死一百个敌人更像战士的成就。

而对女人自己来说，保卫身上的"和平"气质，比亲手扣动扳机更伟大。

2001 年

16

我们无处安放的哀伤

如果不相信灵魂不死,我们何以忍受这样的悲恸和绝望。

—— 题记

1

■■■■■ 它是怎么来的?

5月12日,央视南院。那个阳光还算灿烂的下午,正在餐厅淘影碟,有人突然闯进来,表情怪异:地在动?动?

回到楼上,各栏目间已嘈成一团,所有人都站着,手机、座机不停敲键,成都、绵阳、都江堰……听筒里传来的全是沉寂。空荡、可怕的忙音,这是生死未卜的忙音,这是与世隔绝的忙音……至今,这忙音仍幻听般住在我耳朵里。

那是生命突然失明的感觉,它让你怀疑时空的真实性。

远方,远方怎么啦?难以置信的集体失踪!那股空白和哑默,是科幻片里才有的恐怖……你甚至觉得并非对方有问题,而是自己遭遇了不测。是的,我们被远方抛弃了,开除了,遗忘了。

没任何预兆,在最意想不到的时候。大半个中国被袭击。

我们目瞪口呆。

一时间,忘了火炬往哪儿传,传到了哪儿。

几天后,有人这样描述那一刹的降临:"家门口,常有载重大货车过往,12号午后,又一阵轰隆隆,隔壁老曾没遇到这么大的动静,正准备出来骂街,没到门口地就晃了……事后才知,是北川那边的山塌了。"

所有活着的人,都只剩下一个身份:幸存者。生死存亡,简单到了无以复加的地步,仅仅因为距离,因为你脚踩的位置,因为你恰好走到了某处。

我突然看清了一个事实:人生,很大程度上不过是"余生"。

我不会忘记那幅照片:一只石英钟睡在瓦砾间,指针对准14时28分。

这是它扔下的第一个夜晚。守着电视待到天亮,我觉得入睡是可耻的。我知道,这个大雨滂沱的夜里,很多人会死去,很多灵魂会孤独远行……这样的夜,和一亿年前的夜没区别,冰冷无声,没有光亮,没有站着的东西……这样的夜,他们应有人陪。

13日下午,给已飞赴灾区的同事发了条短信:人最容易夜里死去,给废墟一点声音,一点光,哪怕用手机,让生命挺到天亮……

汶川、北川、青川……中国版图上，没有谁像你镶嵌如此多的"川"字，然而现在，正是这一个个"川"，刺痛着泪腺和肋骨。知道吗，就在不久前，我还在《中国国家地理》"新天府评选"的对话中，大肆谄媚你天堂般的诗意，以你为例，滔滔不绝地鼓吹："'天府'就是沃土和乐土，就是全世界乞丐和懒汉都向往的地方……"想想忍不住脸红，你就这样羞辱了我。

是的，正因为那一个个"川"，才有了你的曲线和妖娆，才有了你深寺的桃花、竹林的茶香、马帮的铃声、雪山上的梦境……知道吗？你的美曾让我神魂颠倒，感动得我泪流满面。然而今天，这美竟成了天堑，成了饕餮之口，成了生离死别、咫尺千里的险阻，成了让人诅咒的墓穴……当然，这不是你的错。其实，我只是不敢正视你的罪。

是的，大地，我不恨你，即使你犯了天大的错。我只能不可救药地爱你，别无选择。

2

窗外，一排粗壮的白杨，密匝的枝头几乎贴到了玻璃。这些天，每见这些无动于衷的叶子，我总会想，在川西，在那十万平方公里的震墟上，最高者莫过于这些树了吧。想着想着，就会发呆，眼前掠过一些景象。

这个 5 月，一个人要想掩饰泪水实在太难。

我为那些来自前方的哭诉而流泪：消失的山峦、消失的村寨、消失的炊烟、消失的繁华……无数个家叠在了一起，叠成薄薄的一层瓦砾，肉眼望去，废墟一览无余。一条条川路被拧成了麻花，裂口深得能埋下轮胎，几千公里的盘旋路上会盘旋多少车？那一天，几乎没有车辆能到达目的地。

我为那些随处可见的情景而流泪：瓦砾上，一群无精打采的鸽子，一只不知所措的小狗的眼神，它们像忧郁的孤儿；天在哭，一位母亲站在废墟上，撑着伞，儿子被整栋楼最重的十字梁压住了，只露出头，母亲不分昼夜地守着；一位丈夫用绳子将妻子的遗体绑在背上，跨上破旧的摩托车，他要把她带走，去一个干净的地方，男女贴得那么实，抱得那么紧，像是去蜜月旅行。

我为那些声音而流泪：一个10岁女孩在废墟下坚持了六十个小时，被挖出十分钟后去世，凋谢之前，她说"我饿得想吃泥"；教学楼废墟上，由于坍方险情，救援被命令暂停，一位战士跪下来大哭，对死死拖住他的同伴喊："让我再去救一个！求你们让我再救一个！"

我为那些永远的姿势而流泪：巨石下，男子的身体呈弓形死死地罩着底下的女子，女子紧抱男子，两具遗体无法拆散，只好一起下葬；一位中学老师，撑开双臂护在课桌上，这个动作让四名学生活了下来……

我为一排牙印而流泪：当一具具遗体入土时，一个小姑娘哭喊着冲过封锁线，士兵上前劝慰，突然，小姑娘抓起了一只胳膊，猛咬下去，胳膊一动没动，小姑娘又拔出胸针，对着它狠狠扎下……事后，士兵说："如果我的痛能减轻她的痛，就让她咬吧。"

我为最后的哺乳而流泪：一个年轻的妈妈蜷缩着，上衣向上掀起，已停止呼吸，怀里的女婴依然含乳沉睡。当女婴被轻轻抱起，与乳头分开时，立即哇哇大哭……

我为那些伟大的诀别而流泪：震墟下，李佳萍鼓励身边的学生，一定要坚持，活下去，人生很美好……当预感自己快不行了的时候，她用尚能活动的手,把另一只手上的戒指摘下,塞给离她最近的邹红:"如果你能活着出去,把它交给我先生,告诉他和女儿,我爱他们,想他们。"杨云芬,一位被轮番救援了几十个小时的婆婆,在自感无望时,哀求大家不要再徒劳,去救别人,被一次次拒绝后,她用玻璃割破手腕,吞下金饰……在我看来,这份放弃和绝不放弃,同等伟大。

我为那些天真而流泪:一个只有几岁的漂亮男孩,在被抬上担架后,竟举起脏兮兮的小手,朝解放军叔叔敬了个礼;一个叫薛枭的少年,被送上救护车时,竟对周围说:"叔叔,我想喝可乐,要冰冻的。"面对这些未褪色的稚气,我总想起某首老歌,"亲爱的小孩,今天有没有哭,是否朋友都已经离去,留下带不走的孤独……是否遗失了心爱的礼物,在风中寻找,从清晨到日暮……"其实,我最想说的是,孩子,你们不需要太坚强,不坚强也是好孩子。

我为走远的读书声而流泪:14 时 28 分,这是个最威胁课堂的时刻。地震最大的伤口,最大的受难群,就是书包。聚源中学的风雨操场,成了五月中国最大的灵堂。孩子的遗照挂满了天空,像一盏盏风筝组建的班级。映秀镇小学校长的头发一夜间白了,他的四百个孩子,只剩下了百余人,镇上的长者哀叹,下一代没了……

我还为一名乞丐流泪:某地大街上,捐赠箱前来了个残疾人,他只有半个身子,撑一块木板滑行,大家都以为他只是路过,可他竟然停住了,举起盛满碎币的缸子……看这幅图片时,我的心头猛然揪紧,5·12 之后,这世上又要增添多少拐杖和轮椅啊,可敬的兄弟,你是在帮自己的同路人吗?

我还为那最后的遗憾而流泪:陈坚,这个被压了七十多个小时的汉子,这个在电视直播中脱口而出"各位观众各位朋友,晚上好"的人,这个戏称"世上第一个被三块预制板压得不能动弹"的人,这个在电话连线中告诉孕妻"我没啥远大目标,只想和你平淡过一辈子"的人,这个不忘为救援队喊"一、二、三"助威的人……就在被挖出、被抬上担架不久,竟再也不理睬他的观众了。

一位军医撕心裂肺地喊:陈坚,你这个浑蛋,为什么不挺住不挺住啊!

是的,这是肉体对精神的背叛,本来我们以为它们是一回事,可实际上不是,两者一点也不成正比。肉体甚至像一个奸细,在我们最以为胜券在握的时候发动偷袭。

是的,我们哭得那么伤心,像一群被抛弃的孩子,像失去了最熟悉的亲人。是的,如果你活下来,你将创造一个完美的奇迹,你将以一场神话般的胜利拯救这些天来人类的自卑和虚弱,你将感动全世界,不,你已经感动了全世界。

想起了一句话:即使死了,也要活下去。

放心吧陈坚,今后的日子里,我们替你活着,生活你的全部。

人可以被毁灭,但不能被打败。

3

我为一座县城的湮灭而流泪:北川。

这个像火腿面包一样、被两片山紧紧夹住的城池,这个曾地动山摇、草木失色的地方,由于受损严重、山体松弛和堰塞湖之险,其废墟已无重建可能。从5月21日起,这座有着1400年县史的栖息地,将全面封闭,所有灾民和救援队撤出。等待它的,很可能是爆破或淹没。

画面上，那幅"欢迎您来到北川"的牌子，刺疼着我。

别了，北川。没有仪式，来不及留恋，来不及告别。

撤离前，他们在匆匆去家的瓦砾上，焚一叠纸、烧几炷香、挖一点可带走或自感重要的东西，一只箱子、一块腊肉、一兜衣物、一缕从亲人头上剪下的青丝……一个年轻人抱着一张婚纱照，捂在胸前，表情僵滞地往城外走。我知道，这是他唯一的生命行李了。

同事告诉我，撤离途中，常会有人突然掉头跑向高处，只为最后看一眼县城、老宅和那些刚刚拱起的新坟……

我彻底懂得了什么叫"背井离乡"。

前年，做唐山大地震三十周年纪念节目，曾看到一位母亲给儿子动情地描述："地震前，唐山非常美，老矿务局辖区有花园、洋房，最漂亮的是铁菩萨山下的交际处……工人文化宫里面可真美啊，有座露天舞台，还有古典欧式的花墙，爬满了青藤……开滦矿务局有自己的体育馆，带跳台的游泳池，还有一个有落地窗的漂亮大舞厅……"

大地震的冷酷即于此，它将生活连根拔起，摧毁我们的视觉和记忆的全部基础。做那组纪念节目时，竟连一张旧唐山的图片都难觅。

震后，新一代的唐山人几乎完全失忆了。乃至一位美国人把他1972年途经此地时的旧照送来展览时，全唐山沸腾了。睹物思情，许多老人泣不成声。

故乡，不仅仅是一个地点和概念，它是有容颜的，它需要物像对称，需要视觉凭证，需要细节还原，哪怕蛛丝马迹、哪怕一井一石一树……否则，一个游子何以与眼前的故乡相认？

有人说过，百万唐山人虽同有一个祭日，却没有一个祭奠之地。三十年来，对亡灵的召唤，一直是街头一堆堆凌乱的纸灰。

莫非北川也要面临类似的命运？一代后人将要在妈妈的讲述中虚

拟故乡的模样？还有那些不知亲人葬于何处的幸存者，无数个清明和祭日，他们将因拿不准方向而在空旷中哭泣，甚至不知该朝向哪一丛山冈……还有那些连一张亲人照片都没来得及挖出的人，未来的某个时分，他们将因记不清亲人的脸庞而自责，而失声痛哭……

遥知兄弟登高处，遍插茱萸少一人。

一代人的乡愁，一代人的祭日，一代人的哀伤……

我知道它何时开始，却不知它何时结束。

4

我将记住一位同事的号啕大哭。

5月21日，在绵阳通往北川的山道上，一个老人挑着筐，踽踽而行。余震不断，北川已临封城。记者李小萌在回撤途中，迎面看见了这位逆行者，他太醒目了，因为已没人再走在他那个方向上……老人很瘦小，叫朱元荣，68岁，家被震塌了，在绵阳救助点躲了一周后，惦念着地里的庄稼，想回去看看。

李小萌劝老人别往前走了，太危险。可老人执意回去："俺要回去看看，看看麦子熟了没有，好把它收了，也给国家减轻点负担。"

又从北川那边过来俩人，也挑着担，装着从家里刨出的一点吃食。他们也劝老人别回去："那边危险得很。"

> 李小萌："你现在这些东西，是你全部的家当吗？"
> 男子："是，就这些喽。"
> 李小萌："你家人呢？有孩子吗？"
> 男子："死喽，娃儿都死喽。"

李小萌："那你妻子呢？"
　　男子："老婆，我老婆也死喽。"
　　李小萌："还有其他家人吗？"
　　男子："我妈，她也死喽。"
　　李小萌："一家四口，就剩你一人了？"
　　男子："就剩我一个喽。"
　　另一男子："他们死的死喽，我们活下的要好好活。"

　　俩人与老人道声别，走了。
　　自始至终，他们的语调、神情都和老人一样，平静、轻淡，没一点多余的东西。
　　无奈，李小萌嘱咐老人把口罩戴好，路上小心。
　　走出了几十米，那背影似乎想起了什么，转过身："谢谢你们操心喽。"
　　孤独的扁担一点点远去，朝着空无一人的方向……几秒钟后，李小萌突然扭脸号啕大哭，那哭声很大、很剧烈，也很可怜……
　　当在电视上看到这几秒的哭时，我再次感到肩头发颤。虽然我已被它震撼过一回了，那是在编辑机房。事实上，小萌哭得比电视上更久更厉害，为"播出安全"，镜头被剪短了。按惯例，那哭是要整个被剪掉的，可那天竟意外地留住了。这是央视的幸运。
　　庄稼在那儿，庄稼人不能不回去——这是本分，是骨子里的基因，是祖祖辈辈的规矩。老人遵守的，就是这规矩。这就是事情的全部真相。
　　是啊，规矩就是真理。正是这真理，养活了无数的人。我，我们。
　　老乡们的平淡让我感动，李小萌的失态也让我感动。那哭属于职业之外，纯属个人，但它却让我对所拥有的职业充满敬意和幻想。

我还羡慕小萌，她终于不再隐瞒、不再克制、不再掩饰。

这些天来，我终于听到了自由的大哭。

哭和流泪不一样。放声大哭，是灵魂能量的一次迸溅、一次肆意的井喷。

它安放了我们无处安放的哀伤。

5

一个在震墟上待了半个月的新华社朋友说，回北京的第一个清晨，从昏睡中揉开眼，当隐约听到鸟叫、看见从窗帘缝中挤进的第一束光时，他掩面长泣……

他说难以置信这是真的，昨天还是废墟，还是阴雨连绵，还是和衣而卧……他说受不了这种异样，这是完全不同的两种空气，没有粉尘，没有螺旋桨、急救车、消防车、起重机的尖厉与轰鸣；脚踩在地上，没有颤巍巍的反射……他说受不了这静，太腐败了，有犯罪感，对不住昨天仍与之在一起的那些人，他说想再回去。

是的，我理解你说的。

是的，我们真的变了。从惊天动地的那一刹，生活变了很多。泪水让我们变得洁净，感动让我们变得柔软，撕裂让我们变得亲密，哀容让我们变得谦卑，大恸让我们变得慷慨，剧痛让我们对人生有了醒悟……72小时的黑白世界，让我们前所未有地体会到了那个早就存在的"生命共同体"的存在。

那么，我们还会再变回去吗？惯性会让我们原路折返——会再次把我们打回原形、收入囊中吗？哪一个更像我们自己，更接近我们的本来和未来?

  祝福这个"共同体"吧。它不能辜负那么大的牺牲,不能虚掷那么高的成本和代价。

  即使不能飞翔,即使还要匍匐,也要一厘米一厘米地前行。

—— 2008 年

17

怎样才算一个好的时代

▬▬　一个死囚在临刑前哭喊对不起家人,他参与了一桩灭门杀人案;一个人在医院偷患者钱包,因母病重急需钱;一个官员贪污几千万,为了让深爱的女人锦衣玉食;一个父亲为了女儿上大学,设局顶替了别人家的女儿;一个老板拖欠民工的血汗钱,称别人欠自己的也没还;一个妇女从产房里将婴儿偷走,理由是太喜欢孩子却不能生育……

一个坏的时代,在人性、伦理、规则、逻辑上,默认或怂恿如下做法——

宠爱自己的孩子却漠视别人的孩子;孝敬自己的父母却欺凌别人的父母;善待自己的兄弟却盘剥别人的兄弟;荫护自己的眷属却虐待别人的眷属;爱惜自己的姐妹却侮辱别人的姐妹;扩充自己的钱包却

压榨别人的钱包；造福自己的家乡却掠夺别人的家乡……

天使与魔鬼，两种人格，两个身份，两套本能。

而这，每天都发生在贪官、恶奴、街霸、骗子、奸商、盗贼身上。偶尔，也会若无其事地发生在普通人身上。

一个好的时代，应最大限度地消解以上荒谬和悖论。

一个好的时代，会让天下孩子都遇到呵护，所有父母都得到孝敬；会以政府的担当替代百姓的焦虑，会以政府的信用激励民间的诚实；会以完善的制度保障游戏的公正、分配的合理、权力的谦卑；会让富人失去骄横，学会仁爱，会让弱者得到帮助却不失尊严；会让每个做梦的人都有光明之感，会让美德和纯真不被嘲笑与辜负；会让命运不亏待那些劳苦，会像麦田那样承诺耕耘与收成、汗水和果实成正比……

一个好的时代，个人的幸福不以别人的痛苦为肥料，个人的满足不以别人的忧愁为成本，个人的衣冠楚楚不以别人的衣衫褴褛为背景……甚至，人类"以人为本"的时候不再虐待别的物种，壮大人间的时候不再奴役大自然。

一个好的时代，空气中最大的成分是氧和爱，大街上最流行的风景是笑容，是问候、礼让、牵手、携扶，非怨恨、牢骚、争抢和骂骂咧咧。

一个好的时代，应尽快到来！应尽快变成共识和承诺，变成效率和实践。应只争朝夕地去呼唤，夜以继日地去兑现。

一个好的时代，不会把它的任务让渡给下个时代，不会找各种借口把今天的事推给明天。它会对公民此生的幸福负责。

因为人只有一辈子，未来可消费历史上的我们，而我们无法消费未来。"为了美好的今天",其神圣性与合法性,远远大于"为了美好的明天"。

  一个好的时代,不会因遇到苛求而恼羞成怒。
  一个好的时代,不需要世人去感激,只期待爱与批评。

—— 2009 年

18

向儿童学习

■ 每个人的身世中,都有一段称得上"伟大"的时光,那就是他的童年。泰戈尔有言:"诗人把他最伟大的童年时代,献给了世界。"或许亦可说:孩子把他最美好的童真,献给了成人社会。

孩提的伟大在于:那是个怎么做梦都不过分的季节,那是个深信梦想可以成真的年代……人在一生里,所能给父母留下的最美好的馈赠,莫过于其童年了。

德国作家凯斯特纳在《开学致词》的演说中,对家长和孩子们说——

这个忠告你们要像记住古老纪念碑上的格言那样,印入脑海,嵌入心坎:那就是不要忘怀你们的童年!只有长大成人并保持童心的人，才是真正的人……假若老师装作知晓一切的人，你们要宽恕他，但不要相信他。假如他承认自己的缺陷，那你们要爱戴他……不要完全相信你们的教科书，这些书是从旧的书里抄来的，旧的又是从老的那里抄来的，老的又是从更老的那里抄来的……

作家的最后一句话让我激动得几乎颤抖了。他这样说——

　　现在想回家了吧，亲爱的小朋友？那就回家去吧！假如你们还有一些东西不明白，请问问你们的父母。亲爱的家长们，如果你们有什么不明白的，请问问你们的孩子们。

请问问你们的孩子们！多么意外的忠告，多么精彩的逆行啊。

公正的上帝，曾送给每个生命一件了不起的礼物：嫩绿的童年！可惜，这嫩绿在很多人眼里似乎并没什么价值，结果丢得比来得还快，褪得比生得还快。

儿童的美德和智慧，常被成人粗糙的双目所忽视，常被当成废电池不以为然地扔进岁月的纸篓里。很多时候，孩提时代在教育者那儿，只被视作一个"待超越"的初始阶段，一个尚不够"文明"的低级状态……父母、老师、长辈都眼巴巴焦急地盼着，盼他们尽早摆脱这种幼稚和单薄，"从生命之树进入文明社会的罐头厂"（凯斯特纳语），尽早地变成和自己一样"散发着罐头味的人"——继而成为具有呵斥下一代资格的"正式人"和"成品人"。

也就是说，儿童在成人眼里，一直是被当成"不及格、非正式、未成型、待加工"的生命类型来关爱与呵护的。

这实在是天大的误会。天大的错觉。天大的自不量力。

1982年，美国纽约大学教授尼尔·波茨曼出版了《童年的消逝》一书。书中一个重要观点即：捍卫童年！作者呼吁，童年概念是与成人概念同时存在的，儿童应充分享受大自然赋予的童年生活，教育不应为儿童未来而牺牲儿童现在，不能从未来的角度提早设计儿童的当下生活……美国教育家杜威也指出："生活就是'生长'，一个人在某一阶段的生活，和另一阶段的生活同样真实、同样积极，其内容同样丰富、地位同样重要。因此，教育就是无论年龄大小都要为其充分生长而供应条件的事业……教育者要尊重未成年状态。"目前，国际社会普遍信奉的童年诉求包括：首先，必须将儿童当"人"看，承认其独立人格；其次，必须将儿童当"儿童"看，不能视为成人的预备；再者，儿童在成长期，应提供与之身心相适应的生活。

对儿童的成人化塑造，乃这个时代最丑最蠢的表演之一。而儿童真正的乐园——大自然的被杀害，是成人世界对童年犯下的最大罪过。就像鱼缸对鱼的罪过，马戏团对动物的罪过。我们还有什么可向儿童许诺的呢？

人要长高，要成熟，但成熟并非一定是成长。有时肉体扩张了，年轮添加了，反而灵魂萎缩，人格变矮，梦想溜走了。他丢了生命最初之目的和逻辑，他再也找不回那股极度纯真、天然和正常的感觉……

"回家问问孩子们！"并非一句戏言，一个玩笑。

在热爱动物、反对杀戮、保护环境方面，有几个成年人能比孩子理解得更本色、履践得更彻底和不折不扣呢？

当成年人忙于砍伐森林、猎杀珍禽、锯掉象牙、分割鲸肉……忙于往菜单上填写熊掌、蛇胆、鹿茸、猴脑的时候，难道不应回家问问自己的孩子吗？当成年人欺上瞒下、言不由衷，对罪恶熟视无睹、对丑行隔岸观火的时候,难道不应回家问问自己的孩子吗?

有一档电视节目,播放了记者暗访一家"特色菜馆"的影像,当一只套着铁链的幼猴面对屠板——惊恐万状地拼命向后挣扎时,我注意到,演播室的现场观众中,最先动容的是孩子,表情最震荡的是孩子,失声啜泣的也是孩子。无疑,在很多良知判断上,成年人已变得失聪、迟钝了。一些由孩子脱口而出的常识,在大人们那儿,已变得嗫嚅不清、模棱两可、含糊其词了。

应该说,在对善恶、正邪、美丑的区分,在对两极事物的判断、投票和立场抉择上,儿童比成人要清晰、利落和果决得多。儿童生活比成人天然、简明、纯净,他还不懂得妥协、隐瞒、撒谎、虚与委蛇——这些"厚黑"术。在对弱者的态度上,他的爱意之浓厚、援手之慷慨、割舍之坦荡,尤其令人感动和着迷,堪与最纯洁的宗教行为相媲美。

"天真"——这是我心目中对生命的最高审美了。

那时候,我们以为天上的星星一定能数得清,于是便真的去数了……

那时候,我们以为所有的梦想明天都会成真,于是便真的去梦了……

可以说,童年所赐予我们的幸福、勇气、快乐、鼓舞和信心,童年所教会我们的高尚、善良、温情、正直与诚实,比人生任何一个时期都要多,都要丰盛。

有一次,高尔基去拜访列夫·托尔斯泰,一见面,老人就对他说:"请不要先和我谈您正在写什么,我想,您能不能给我讲讲您的童年……比如,您可以想起童年时一件有趣的事儿?"显然,在这位历尽沧桑的老人眼里,再没有比童年更生动和优美的作品了。

凯斯特纳的《开学致词》固然是一篇捍卫童年的宣言,令人鼓舞,让人感动和感激,但更重要的是:后来呢?有过童真岁月的他们后来又怎样了呢?一个人的童心是如何从其生命流程中不幸消失的?那即使有过天使般笑容和花朵般温情的他又能怎样呢?到头来仍免不了钻进父辈的躯壳里去,以至你根本无法辨别他们——像"克隆"的复制品一样:一样的臃肿,一样的浑浊,一样的功利,一样的俗不可耐、无聊透顶……

一个人的童心宛如一粒花粉,常常会在无意的"塑造"中,被世俗经验这只蟑螂悄悄拖走……然后,花粉消失,人变成了蟑螂。这也就是康·巴乌斯托夫斯基所说的"生命丢失"罢。

所谓的"成熟",表面上是一种增值,但从生命美学的角度看,却实为一场减法:不断地交出与生俱来的美好元素和纯洁品质,去交换成人世界的某种逻辑、某种生存策略和实用技巧。就像一个懵懂的天使,不断地掏出衣兜里的宝石,去换取巫婆手中的玻璃球……

从何时起,一个少年开始学着嘲笑"天真"了,开始为自己的"幼稚"而鬼鬼祟祟地脸红了?

—— 2001 年

19

从生命到罐头

很多时候,生命的"成长"表现为一条从简单到复杂、从明晰到混沌、从纤袅到臃肿、从摇篮到罐头的路径。

对少年心理有着诱惑和塑造功能的并非课本,而是成人世界的生活模型和价值面貌。不管少年的天性如何纯真,无论童年的教育多么诗意和美好,一旦他离开童话和教室,面对实际的社会挑衅与竞争敌意——尤其是生活的诸多不公、复杂人际和"潜规则",在经历了短暂的惊愕、迷惘、沮丧、失措后,他便开始了适应市侩秩序、遵守集体契约的人生实习。

在这场旷日持久的追逐"成年"的游戏中,一方面,他为自己的稚气惴惴不安、羞愧难当,陷入深深自卑——他狠狠地撕毁童年的名片,宣布与之决裂;一方面,他潜心观察那些成人榜样,仔细揣摩、暗暗效之,唯恐模仿得不像,唯恐不知深浅不合规矩不对路数……渐渐地,他开始以"成熟"、"稳重"自居,以嘲笑同辈的"幼稚"、"单纯"为能事了。

至此,在其心目中,他才真正"长大"。他为自己终于换来的"老道"而沾沾自喜,引以为生命资本。其实,"老道"又何尝不是"势利"、"圆滑"、"乖巧"、"投机"、"见风使舵"、"趋炎附势"的同义语?可惜,他已不觉有何异常了。即使他童心未泯、良知犹存,偶尔也会对某些阴暗和不公露出愤懑,但这并不能改变什么。为了保全自己,他同样会向"复杂"妥协、对"臃肿"微笑、向"龌龊"献媚、与"潜规则"合作,甚至倚仗俗恶扩充自己的生存实力和地盘……

褪去了天真,生命也就失去了生动,剪掉了羽翼。当一个人的灵魂因饥饿而狼吞虎咽——并因不节食而变得臃肿,他就真的衰弱了,生命亦变得可疑。就像煮熟的扇贝,你已听不到涛声,嗅不出海的气息了。

生命终于变成了"成品"。一个个儿童排着长队,由教父们领着,经过"学校"一级级甬道,走向"社会"这座热气腾腾的孵化器。终于,一队队的商人、官员、买办、得意者、落魄者、蹒跚者、受难者——手执各种证件、履历、薪袋、诉状、合同、标书、欲望计划……鱼贯而出。

凯斯特纳说:"从前他们是孩子,后来长大成人,不过现在他们又是什么样的人呢?"

是啊,什么样的人呢?

冷漠、猜忌、等级、敌意,取代了爱、信任、平等和友谊,温柔变成了粗野,轻盈变成了浊重,慷慨变成了吝啬……生命变成了罐头。

生命就这样诗意地开始，又这样臃肿而可耻地结束。

孩子有了新的孩子，孩子成了新的教父。公正的上帝，曾送给每个人一件了不起的礼物——童年！可惜，有多少人很快就将其丢掉了？

然而，这绝非我们的初衷，绝非我们生活的目的。

尼采悲愤地说："我要告诉他们，精神如何变成骆驼，骆驼如何变成狮子，最后，狮子又为何变成小孩……小孩是天真与遗忘，一个新的开始，一个自转的轮，一个原始的动作，一个神圣的肯定。"

在神性的眼里，儿童世界，是人类的天堂。而孩子，代表着未来的全新的生命类型。

—— 2000 年

20

两千年前的闪击

去西安的路上,突然想起了他。

两千年前那位著名的剑客。

他还有一个身份:死士。

潇潇雨雪,秦世恍兮。

眺望函谷关外漫漶的黄川土壑,我竭力去模拟他当时该有的心情,结果除了彻骨的凉意和渐离渐远的筑声,什么也没有……

他是死士。他的生命就是去死。

活着的人根本不配与之交谊。

咸阳宫的大殿,是你的刑场。而你成名的地方,则远在易水河畔。

我最深爱的,是你上路时的情景。

那一天,"荆轲"——这个青铜般的名字,作为一枚一去不返的箭镞镇定地踏上弓弦。白幡猎猎,万马齐喑,谁都清楚这意味着什么。寒风中那屏息待发的剑匣已紧固到结冰的程度,还有那淡淡的血腥味儿……连易水河畔的瞎子也预感到了什么。

你信心十足。可这是对死亡的信心,对诺言和友谊的信心。无人敢怀疑。连太子丹——这个只重胜负的家伙也不敢怀疑分毫。你只是希望早一点离去。

再没什么犹豫和留恋的了吗?

比如青春,比如江湖,比如故乡桃花和罗帐粉黛……

你摇摇头。你认准了那个比命更大的东西:义。人,一生只能干一件事。

士为知己者死。死士的含义就是死,这远比做一名剑客更重要。干了这杯吧!为了那纸沉重的托付,为了那群随你前仆后继、放歌畅饮的同行。樊於期、田光先生、高渐离……

太子丹不配"知己"的称号。他是政客,早晚死在谁手里都一样。这是一个怕死的人。怕死的人也是濒死的人。

濒死的人却不一定怕死。

"好吧,就让我——做给你们看!"

你峭拔的嘴唇浮出一丝苍白的冷笑。

这不易察觉的笑突然幻化出惊心动魄的美,比任何一位女子的笑都要美,都要清澈和高贵——它足以招来世间所有的爱情,包括男人的爱情。

风萧萧兮易水寒,壮士一去兮不复还。

渐离的筑歌是你一生最大的安慰。

他的唱只给你一人听。其他人全是聋子。筑声里埋藏着你们的秘密，只有死士才敢问津的秘密。

遗嘱和友谊，这一刻他全部给了你。如果你折败，他将成为第一个用音乐去换死的人。

你怜然一笑，谢谢你，好兄弟，记住我们的相约！我在九泉下候你……

是时候了。是誓言启动的时候了。

你握紧剑柄，手掌结满霜花。

夕阳西下，缟绫飞卷，你修长的身影像一脉苇叶在风中远去……

朝那个预先埋伏好的结局逼近。

黄土、皑雪、白草……

从易水河到咸阳宫，每一寸都写满了乡愁和永诀。那种无人能代、横空出世的孤独，那种"我不去，谁去？"的剑缨豪迈。

是啊，还有谁比你的剑更快？

你是一条比蛇还疾的闪电。

闪电正一步步逼近阴霾，逼近暗影里硕大的首级。

一声尖啸。一记撕帛裂空的凄厉。接着便是身躯重重仆地的沉闷。

那是个怎样漆黑的时刻。漆黑中的你后来什么也看不见了……

死士。他的荣誉就是死。

没有不死的死士。

除了死亡，还有千年的思念和仰望。

那折剑已变成一柄人格的尺子,喋血只会使青铜陡添一份英雄的光镍。

一个凭失败而成功的人,你是头一位。

一个因倒下而伟岸的人,你是第一株。

你让"荆轲"这两个普通的汉字——

成了一座千古祭奠的美学碑名。

成了乱世之夜里最亮最傲的一颗星。

那天,西安城飘起了雪,站在荒无一人的城梁上,我寂寞地走了几公里。

我寂寞地想,两千年前的那一天,是否也像这样飘着雪?那个叫荆轲的青年是否也从这个方向进城?

想起了诗人一句话:"我将穿越,但永远无法抵达。"

荆轲终没能抵达。

而我,和你们一样——

也永远到不了咸阳。

1995 年

21

白衣人：当一个痛苦的人来见你
—— 对现代医学的人文透视

> 我愿尽我力之所能与判断力之所及，无论至于何处，遇男遇女，贵人及奴婢，我之唯一目的，为病家谋幸福……
>
> —— 希波克拉底誓言

角色体验

患病，乃一种特殊境遇。无论肉体、意志和灵魂，皆一改常貌而坠入一种孤立、紊乱、虚弱、消耗极大的低迷状态。一个生病的人，心理体积会缩小，会变异，会生出很多尖锐细碎的东西，像老人那样警觉多疑，像婴儿那样容易自伤……他对身体失去了昔日那种亲密无间的熨帖和温馨的感觉，俨然侵入了异质，一个人的肉体被劈成了两瓣——污染的和清洁的、有毒的和安全的、忠实的与背叛的……他和自己的敌人睡在一起,俨然一个分裂着的祖国。

求医,正是冲此"统一大业"而来。

相对白衣人的优越与从容,患者的弱势一开始即注定了。他扮演的是一被动的羔羊角色,对自身近乎无知,束手无策,被肉体的秘密蒙在鼓里——而底细和真相却攥在人家手中。身体的"过失"使之像所有得咎者那样陷入欲罢不能的自卑与焦虑,其意志和力量天然地被削弱了,连人格都被贬损了。他敬畏地看着那些威风凛凛的白衣人——除了尊重与虔诚,还混含着类似巴结、讨好、恭维、攀附等意味。他变了,变得认不出自己,唯唯诺诺、凄凄惶惶,对白衣人的每道指令、每一抹表情都奉若神明。那是些多有力量的人啊,与自己完全不同。他们代表医学,操控着生命的方程和密码,仅凭那身洁白,无形中就匹配了某种能量与威严。

每个患者都心存侥幸,奢盼遇及一位最好的白衣人,有时出于心理需要,不得不逼迫自己相信:眼前正是这样一位!(你不信?那是你的损失)由于专业隔膜和信息不对等,白衣人——作为现代医学的唯一权力代表,已成为患者心目中最显赫的精神砥柱和图腾。而且,这种不对称的心理关系几成了一种天然契约,作为医治的精神前提而矗立。

但是,我们必须关注接下来的发生,即白衣人的态度。

对于患者的种种弱势表现,他是习以为常、乐然漠然受之,还是引为不安、勿敢怠慢?在一名优秀的白衣人那里,患者应首先被视作一个"合格"的生命,而非一个被贬低了的客体(无论对方怎样自我放逐,但自贬与遭贬是两码事)。甚至相反,患者更应作为一位"重要人物"来看待,赢得的应是超常之重视——而非轻视、歧视、蔑视。

一名有良知的医生，他一定会意识到：再去贬低一个已经贬低了自己的人，于心于职都是有罪的。同时，他也一定能谙悟：正是在患者这种可怜兮兮的表象下却潜伏着一股惊人的力量——一股让人难以抗拒的莫大的道义期冀和神圣诉求，它是如此震撼人心、乞求回应，容不得犹豫和躲闪，你必须照单领受并倾力以赴，不辜负之。不知现代医学教程中有无关于患者心理的描述？我以为它是珍贵而必须的，每个白衣人都应熟悉并思考如何善待它。

"弱势"在良知一方总能激起高尚的同情和超量回报。但在另一类那里，情势就不妙了——

走进挂有门诊牌号的格子，随时可见这样的会晤：一方正努力陈述痛苦，显露出求助的不安，同时不忘递上恭维；一方则满脸冷漠，皱着眉头，一副轻描淡写、厌倦不耐的样子……这真是一种奇怪的接见，如贵族之于乞丐，官衙之于芥民。更要命的是，很多时候，这涉关"生死大计"的接见维持不了几分钟即草草收场了，更像是个照面。若患者对轻易挥就的那寸小纸片不放心，还巴望着多磨蹭会儿，白衣人便道："先试试看，再说……"其实，这话大有端倪，也就是说，此次诊断只是个演习，乃试验性的，他已提前透支了一道权力——一次允许犯错误的机会。俨然一马虎士兵，从未要求自己"一枪命中"，竟打算连射下去，直到命中为止（或者不命中也为止，搂空了弹匣即玩完）。多么荒诞的规则，连最正常的逻辑都忘了：既然射技实在欠佳，何不趴在准星上多瞄一会儿呢？否则，说不定用不上几轮"下回分解"，就把人家的性命给误掉了。

细想一下那些粗鲁的医学行为，若稍加警觉，许多细节皆令人不寒而栗。其实在心理上，患者对白衣人的吁求有多么卑微啊，假若能与自个儿多聊片刻，对自个儿的身体多指摘几句，也就心满意足、感激涕零了。

一名正实习或上岗伊始的医生常有这样的体会：当病人径直朝自己走来——一点亦不嫌弃自己的年轻，在冷冷清清的案前坐下时，自己的内心会激起多么大的亢奋和感动啊，他定会比前辈们表现出更大的热忱与细致，会倾其所有、使尽浑身解数以答谢这位可敬的病人……遗憾的是，随着光阴流逝，随着日复一日的积习，这份珍贵的精神印象便和其他青春记忆一起，在脑海中褪色了……当一个白衣人终于持有了梦寐以求的工龄和资历之际，他究竟比年轻时多出些什么呢？

尊敬的白衣人，一定有过这样的事吧：冷不丁，您的衣襟突然被患者家属给紧紧拽住了——就像溺水者抱住一根浮秸，急迫而笨拙，绝望而不假思索……这时，您的第一反应是什么？敌视、憎厌、恼怒其无礼？还是沉痛与悲悯？是冷冷打掉那双手还是高尚地将之握住呢？

常闻病人家属向大夫送"红包"，亦曾目睹有人在医生面前苦苦央求乃至下跪，那时我想，我们的医职人员何以让患者"弱"到此等不堪呢？那"包"和"跪"里装的是什么？是人家对你的恐惧，是对你人格的不信任，是走投无路的灵魂踉跄与摔倒……"包"何以为"红"？那皱巴巴的纸币分明是喂过血和泪的啊！从精神意义上讲，窝藏这包之人已不再有白衣人的属性，那丝丝缕缕的"红"已把他披覆的"白"给弄脏了。一个冒牌的赝品。

托马斯宣言

美国医学家刘易斯·托马斯在其自传《最年轻的科学——观察科学札记》中，毫不隐讳地说，他对医生本人不患重症感到"遗憾"。因为如果那样，医生本人就无法体会患者的恶劣处境，无法真切地感受一个人面临生命危难时的悲伤与恐惧,亦即无法感同身受地去呵护、体恤对方。

　　读至此,我唏嘘不已,除了感动,还有感激,更有敬意。难道不是吗?没有比这种"角色亲历性"更能于蒙昧的医学现实有所帮助了。体会做病人的感觉——这对履行医职乃多么重要的精神启示!它提醒我们,一名优秀的白衣人永远不能绕过患者的痛苦而直接揳入其躯体,他须在对方的感觉里找到自己的感觉,在对方的生命里照见自己的生命,于对方的痛苦中认出自己的那份——尔后,才能以最彻底和刻不容缓的方式祛除这痛苦。

　　托马斯的假定并无恶意,更非诅咒。他只是给自己的岗位设定了一种积极的难度,一份严厉的心灵纪律,进而从人文的角度更近地帮助医学,提升其关怀质量。

　　医学是"保卫生命"的事业。它催促我们的白衣人:以生命的名义,以全部的激情、理性和庄严努力工作吧!争分夺秒与死神赛跑吧!因为,拯救别人就是拯救自己,病人之现实亦即我们之现实(至少也是明天之现实),个体之命运即人类之命运。

　　"托马斯宣言"无疑是理想的、奢侈的,甚至不具科学及"合法"的操作性,但它却包含着诱人的信息,预示了一种高贵、纯洁的医学伦理前景——从中我们看到了白衣精神的良知、力量和希望。

　　医学,不仅是物质与技术的,更应是精神与人文的,她应成为一门涵盖自然、伦理、哲学、审美、道义、心理、教育等元素在内的学科。因为,她面对的并非物理实体,竟是灵肉丰盈之生命——万物中最神奇、最复杂、最瑰美和深邃无比的人。人是最宝贵的,每个"他"都永远唯一,永远"自在"而不可替代。医学即人学,对生命本体的尊重、仁爱、体恤,应成为"红十字"精神的核心。

有时候，我常奢想，白衣人之角色该由人类中最优秀的成员来充任。他须集智识、德能、信念于一身，不仅是个工具知识分子，更兼人文知识分子的品质和理想——对生命充满虔敬热烈的关怀，于职业抱有高尚的理解及打算，对人性持有出色的亲和与体贴能力……他还应是个感觉丰富、细腻敏锐之人，唯此方能充分采集患者的感觉，对那些极不确定和模糊的信息给出准确判断、归纳与推理。必须有心灵的参与，其才华和技术方不会打折扣，那些物质注射才会在人体上激起神奇的响应与回馈。相反，如果他从感情上贬低了生命——对之采取了一种疏远、懈怠、轻蔑的姿势，那他就无法从行为上去拯救生命。

无疑，一个白衣人的医绩乃其对"人"之信仰的结果，乃其对生命尊重程度所获得的来自人体的诚谢与报答。

死亡：医学的耻辱

在和平年代，医院已正式成为接纳死亡最多的场所，也成了唯一能使死亡"合法化"、"专业化"、"技术化"的领地。在世众眼里，包括很多白衣人看来，死亡现象显然已"合情合理"——事情似乎明摆着，即使拼了力，使尽了所有手段，而那些顽疾、重伤、癌症、艾滋病……生命的溃口毕竟太大了，有限的医学现实难免败下阵来。

但我想说的是：作为一名严格意义上的白衣人，一位怀有深厚的人道心理和生命关怀力的施治者，无论如何，都不能将死亡（如此剧烈之惨变）视为"合理"——这与医学的最高境界和使命是背道而驰的。

从古老的诞辰日起，医学即注册了其性质只能是"生命盾牌"而绝非任何形式的"死亡掩体"。她是以"拒绝死亡"为终极目标的，这也是其最高的美学准则和道德律令。从纯粹意义上讲，任何非自然的死亡都将是医学之耻辱，都是医学现实的无能所致，都是对生命的辜负和渎职——只有满足了这一指控，只有基于这种最严厉的批评和诠释，"红十字"才能当之无愧地享有她天然的神圣与崇高，才堪称人世间最巍峨最清洁的精神标识。

"必须救活他"——假如医学在这一誓言前让步了、畏缩了，那她自身的价值尺度和尊严即遭到了损害，即等于自己侮辱了自己。

托马斯在他的书中还回忆了一桩终生难忘的事：

一位年轻的实习大夫，在目睹自己的一名患者死去时，竟失声痛哭。作者尤其指出，那死并非"事故"所致。也就是说，按通常理解，医方并无过失。可一个并无过失之人何以伤心到"必须哭泣"的地步呢？

意义即在此，境界即在此，信仰即在此。

我想（或许亦符合托马斯的理解），那一霎，促使年轻人流泪的除了悲悯之外，还有赖于另一项更重要的刺激，即一个他难以接受的事实：医学之无能！医学对一个生命的辜负和遗弃！他见证了这一幕，他感到震惊、感到害怕、感到疼痛和悲愤、感到内心的罪感……他竟如此地不习惯死亡！他被压迫得喘不过气来。他无法原谅自己所在的"医学"（自己曾是多么器重她、敬慕她）——他投奔这座殿堂，是冲着她"保卫生命"的伟大含义去的，而其现实却如此拙劣、平庸，她对生命许下的承诺竟如此难以兑现——作为这殿堂上的一员，他无法不为自己的集体汗颜。在死亡对医学的嘲笑声中，他觉得自己亦被嘲笑了……

习惯死亡是可怕的。倘若连一颗心脏的骤停——这样巨大的事实都唤不起情感的悸动，这说明什么呢？麻木与迟钝岂不是比昏迷更可怕的植物心态？在所有的医疗事故中，同情心的死亡乃最恐怖的一种。

让我们与托马斯一道，向这份珍贵的哭泣致敬！它来自一名年轻人献给这世界最干净的礼物：痛苦和自责的勇气。

医学的身份

根据体会，凡特别尊重生命与自我的人，在开始一项长期劳动前，是需要匹配一束强大理由的。这理由必须坚实、饱满，有不俗的精神魅力和荣誉性，符合主人的审美心理和价值诉求——唯此才能对该事业起到牢固的支撑和持续的推动力。

不知现在的医学教育有没有正式向学员发出这样的设问：何为医职？何以为医？

如果仅仅把"红十字"作最平庸最无能的理解，比方说为了糊口、谋生，而非基于人文理想的考虑，并无任何高尚的心理打算和精神准备——那他的身份就极可疑。由于信仰的缺席——他根本不对人生提出正式的价值期待，其行为即很难从正常意义上去确认、检验和评估了，姑且称之为"混"罢。现实中，大量粗鄙的医职人员就是循着这样的职业流程从医学院的轧模机上被复制出来的——犹若假肢一般（无精神性可言，只有空荡荡的工具含量）。说到底，他取得的只是一张不及格的上岗证，而绝非生命的身份证。

尽管当代亦不乏值得骄傲的白衣人形象，尽管现时医学已取得了物质与技术的高度繁荣，但必须承认，从心灵和人文角度看，我们曾一度清洁的医学传统，实际上正披覆着可怕的蒙昧，我们的很多医职人员并未很好地履行使命，"红十字"的尊严与荣誉正屡屡遭受来自内部的诋毁和污损。翻开报纸：少女被误摘卵巢，妇女腹遗纱布十几年,儿童被推错了手术室……

况且这尚非技术原因造成,仅由粗鄙的医疗态度所致。至于误诊漏治而酿的隐性事故就更无从指认了。由于病理本身的复杂和专业隔膜,患者及家属很难对医疗质量进行有效的判断、跟踪和鉴别,治好了乃医之功德,治坏了是自己不争气……说到底,这是一份没有合同保证的契约,医方永远是赢家,是受益者。所以,在医疗诉讼中,患者一方总处于劣势,除了乞求与悲愤,实难为自己找到有力的证据支持。

由于天然的德能地位,医院本质上有异于任何一项服务产业。经验证实,医务质量与经济效益是难成正比的。单靠功利欲望作兴奋剂,激弹起的只是世俗的阴暗心理,削弱的却是真正的医学精神和心灵尺度。若不把患者当作一个有尊严有价值的生命——而仅视为一间小小的"银行"(暗中作着"提款"或"洗劫"打算),并据此确定自己的服务程度,那医院就不再是本质意义的人道场所,那枚和教堂一样高耸的"十"字就应声坠落了。

医学的原色是伟大的。作为一项最古老的职业,从几千年前起,她就扮演了一项近乎于神职(西方的上帝、东方的菩萨)的角色。她发轫于道义,并靠道义来维持呼吸和繁衍。她荫惠天下,布济苍生,承纳民间的膜拜和无数感激,而荣誉的犒赏又滋养了其德能力量……

为西方医德最早立下纪念碑的,是古希腊的医生希波克拉底,他每次行医前都要重复自己的誓言:"我愿尽我力之所能与判断力之所及,无论至于何处,遇男遇女,贵人及奴婢,我之唯一目的,为病家谋幸福……"而唐朝名医孙思邈可谓东方医德的代表,他对"郎中"的道德诉求是:"无欲无求,先发大慈恻隐之心,普救生灵之苦。"再像古时的扁鹊、华佗、张仲景、李时珍等,他们的职业理由比起今人来说，皆纯粹和本真得多，均散发着浓郁的博爱色彩和济世情怀。某种意义上，古代医学行为更接近医学的精神正源，其对外部世界的慷慨施予，于自我严格的修为操守，堪与最清洁的神性劳动——宗教行为——相媲美。

你准备好了吗

　　选择了医学，即选择了她的美德和自在尺度，即须义无反顾、理所当然地对全社会起誓："为了保卫生命，我决心投身医务！"

　　许多精神常识于一个白衣人的青年时代即应早早确立了。

　　想起医学院的莘莘学子，在尔辈携着稚气、满怀憧憬地步入校园之际，有没有迎来这样的时刻：你们尊敬的老师或校长，突然决定领你们去见一个人，一位刚刚失去爱子的母亲。

　　你们应握住那虚弱之手，凝注其黯淡的瞳仁，聆听她凄恸的抽泣……你们应努力结识这位不幸的母亲——而她可能是任何一个人的母亲！请记住这严酷的一幕，记住这是由医学的无能造成的。你们应感到悲伤，感到歉疚才是。更重要的，你们应试着对医学的现实发难，直面前辈们落下的耻辱。既然是耻辱，就建议你们大胆地去咀嚼，直到咀嚼出力量来。而在未来，你们将获得荣誉。

　　如果这真能成为开学以来的第一课，我将羡慕、祝贺你们——终于有了一所好学校！在那儿，你们将遇到真正的知识和精神。倘若根本不是这样，我则替你们感到遗憾，遗憾没有遇到好的老师和校长。

　　做一名白衣人对世界意味着什么？

　　每个人都可能在某个忧郁的日子里来见您。他走了那么远的路，挨了那么久的煎熬，打听了那么多的门牌和号码，费尽周折，终于站在了您——一个有力量的人面前。他强打精神,满怀期待,献上感激,指着自己的心脏、胸口或某个沉重的部位:这儿,这儿……

他选中了您,也就把身体的支配权给了您,亦把巨大的荣誉和信赖给了您,仰仗您能挽救他,留住未来的时日和幸福。总之,他是怀着朝圣的心情来见您的。无论一个平素多么轩昂和自恃有力的人,此时,其眼眸深处都跳跃着一粒颤抖的火苗:请,救救我……

可,尊敬的白衣人,您准备好了吗?

— 1998 年

22

从"高石之墓"到经典爱情

我愿燃烧我的肉身化成灰烬,我愿放浪我的热情怒涛汹涌;天呵!这蛇似的蜿蜒,蚕似的缠绵,就这样悄悄偷走了我生命的青焰。

我爱,我吻遍了你墓头青草在日落黄昏!我祷告,就是空幻的梦吧,也让我再见见你的英魂。

——石评梅

1

知道高君宇与石评梅是在 1985 年。夏天。

一个少年中午放学回家后的第一件事,便是急急调好收音机,咬着饭团噙着泪光,听一位女播音员讲述 20 世纪初北平的一段倾城之恋。

那是怎样哀恸的冰雪之恋呵:"生前未能相依共处,愿死后得并葬荒丘。"

那是怎样令人唏嘘的红颜挽歌呵:"这时候,君宇君宇,你听谁在唤你?这时候,凄凄惨惨,你听谁在哭你?君宇,今夜你一定要入梦来,一定来呵……"

这故事陪伴了少年一个雨季。

夏天结束时,他迎来了16岁的初恋。他偷偷恋上了那个美丽而短命的梅,恋得热烈、绝望、深不可测。少年竟懂得写诗了,厚厚的日记,写得吃力而脸色苍白。

十年后的某天,当诗人和一个女孩坐在一起,抚摸老去的日记,不禁再次被那些分行的汉语所感动。"爱情是一场美丽的疾病。"女孩的声音忧郁而沙哑,像从很久以前飘来的一片羽毛。

听一下她的故事,好吗?对方说。

2

不错,爱情是一场美丽的疾病。

七十年前的那场病夺去了中国现代史上两颗璀璨的星子。一个是北大才子、共产党人高君宇;一个是誉满京华的女诗人石评梅。

1920年,在一次山西同乡会上,两人邂逅并留下了深刻印象。但因高君宇奔波于事业,彼此接触并不多。

1922年,高君宇政治上最忙碌的一年。从苏联回国后,他先后出席了中国社会主义青年团成立大会和中共"二大",并当选为中央委员。此间还参与领导了"京汉铁路大罢工"。

这一年,石评梅却是在痛苦中熬过的,一个叫吴天放的人在感情上欺骗了她。突如其来的梦魇冻结了评梅快乐的天性和青春活力，在悔恨与羞辱中，她抱定独身的决心，誓不论嫁……不久，当君宇将一枚题有"满山秋色关不住，一片红叶寄相思"的枫叶赠予评梅时，她竟挥泪写下"枯萎的花篮不敢承受这鲜红的叶儿"，退了回去。

陶然亭。

位于北京城西南，永定河畔，本是古刹慈悲庵所在，风景怡人，但战乱以来，坟茔累累，荒草肆虐，成了无人问津的野地。陶然亭对高石来说，有着特殊的私人意义。数年间，两人不知多少次相约来此，散步、谈心、吟诗……陶然亭成了"高石之恋"最亲密最知情的见证！他们在一起的大部分时光，留在了这块安静之地。

谁曾料，现代史上最悲怆的爱情挽歌即要在此上演了。

1925年1月5日，星期一。评梅陪君宇雪后游陶然亭。湖山空旷，雾野迷蒙，不久前，君宇在筹备"国民会议促成会"时突然病倒，此时身体十分虚弱。评梅挽着他走走停停，内心各有说不清的惆怅和隐痛……突然，君宇举起手杖，指向葛母墓旁一片空地："请记住，珠（评梅小名），若我有一天会死，就请把我葬在这里吧。"

谁知，竟一语成谶。

仅过两个月，3月15日，高君宇在北平协和医院因猝发盲肠炎去世，享年30岁。

他是在夜里悄然走的，无人在场，伴他的只有那枚风干的红枫和凌晨的寒意……他是在寂寞中死去的，怀着对评梅的无限眷恋和殷殷期盼，留下的只有三行诗：

> 我是宝剑，我是火花
> 我愿生如闪电之耀亮

我愿死如彗星之迅忽

山西青年高君宇,就这样魂消影绝,告别了苦苦追求的女子,告别了刀光剑影、风声鹤唳的政治。不,来不及告别!

评梅来了,带着被噩耗震醒的爱,永远地迟到了。她不顾众人劝阻,一次次哭晕在病榻前。"君宇,为何那时候你柔情似水,我却心硬如铁……为什么你不血染沙场,马革裹尸,为什么你不去殉你的事业,偏偏是病死,在这动乱的岁月,在这谁都顾不上你的时候……"任凭她怎样抢呼,那具冰冷的躯体已不能回答她什么了。

按评梅的要求,君宇被葬于陶然亭。

> 君宇,我无力挽住你迅如彗星之生命,我只有把剩下的泪流到你的坟头上,直到我不能来看你的时候……

这是评梅亲自题写在墓碑上的话。

陶然亭太冷清了。高君宇太孤独了。

此后三年里,不管春夏秋冬、风雨霜雪,每个周末,每个清明节,评梅都到陶然亭畔哭君宇。对无枝可栖的灵魂来说,这儿就是她的家。

> 我的热泪为何救不活冢中的枯骨为何唤不回逝去的英魂,这怯懦无情的泪有什么用?

她的泪快要流干了,加上生活贫寒,她虚弱的身体每况愈下。

这一天终于来了。

评梅在师大附中上课时突然晕倒,不省人事。9月30日,一条消息出现在北平各大报纸上:"京都一代才女石评梅先生因患急性脑炎,病逝于协和医院。享年廿七岁。"

评梅死了。从发病到辞世仅仅12天。她和君宇竟是在同一家医院,又几乎同一时刻——凌晨两点一刻离去的。

评梅真的死了。带着那洒脱的文采、清幽的天性,结束了冷艳传奇的一生。她匆匆去追心爱的人了。

从南方赶来的庐隐等人,根据评梅生前的心愿,将之葬在陶然亭君宇的墓旁。用的是一模一样的白玉剑碑,篆刻"春风青冢"四字。

"生前未能相依共处,愿死后得并葬荒丘",两个备受思苦折磨的人,终于得以厮守了。

3

女孩沉默半晌,说:"太感人了。就像杜鹃啼血、黛玉葬花给人的感觉,那么冷,那么静,爱得那么纯粹,那么目不转睛……总之,有一种经典的美。"

我若有所思。她让我隐约想到了一个词:经典爱情。

何谓经典?

虽一时无法定义,但脑子里迅速闪过一连串熟悉的角色:哭长城的孟姜女、《孔雀东南飞》里的刘兰芝、陆游和唐婉的《钗头凤》、化蝶的梁山伯与祝英台……及罗密欧和朱丽叶、小仲马笔下的茶花女等。

他们都有一个共性:爱情的核心在于务虚而非务实,在于牺牲而非保全——生命为爱而来,为爱而去——在爱的敌人面前,他们不妥协,敢于作孤注一掷的付出,体现了一种绝对精神和宗教体征,一种肝胆相照、至死不渝的悲剧美。

人群中有一个现象：务虚者反而充实、高蹈，务实者反而虚无、萎靡。

今人尝试"经典爱情"的机会越来越小了。

和前者那种宁折不弯、玉石俱焚的"硬碰硬"的傻气相比，今人机灵多了，乖巧与软和多了——感情上更讲策略与技巧，更熟谙实用之道，更追求变通和利益最大化。老成持重、圆滑世故成了今人精神成熟的标志，故有人称现代人一生下来就是老人。

爱情主题，正蜕变为一种物化的性别联盟和性别消费。在任何问题上，今人都是算术的好手，都要合计成本和收益，都鄙视亏损、主张赢利，爱情也不例外。由于掺和了经济学元素，现代爱情普遍背叛了天然的诗意逻辑，丧失了自然纯度和几千年的精神光泽，沦为商业生态下的性别产品。孰不见大街上流行的小册子，诸如《怎样写情书》《恋爱成功秘诀××例》《初涉爱河导游》，孰不见报纸征婚的"条件"及电视"非常速配"……莫非现代人已完全吃透了爱情？坐穿了爱情的牢底？这实际上已把爱情归于一项有形的实业来经营，甚至不惜加入技术手段——实在是天大误会！

现代人缺少什么？

缺少务虚的宗教精神和理想主义，缺少血性缺少疼痛缺少玉石般的品格和誓言，缺少不畏势不重利不惜命的义气和骨质，缺少赤裸的激情和专注投入的禀性。

甚至缺少眼泪。

无论政治、文化、艺术，还是信仰和爱情，现代社会都缺少英雄和圣徒。

我不禁一次次遥望20世纪初那片风景，像古希腊一度成为智者和缪斯的"伊甸"一样，此乃中国历史上最富魅力的生命创意时代。它不仅诞生了梁启超、谭嗣同、秋瑾、林觉民、蔡元培、陈独秀、鲁迅、胡适、瞿秋白、郁达夫……这些舍我其谁、咯血请缨的精神刺客和猛士,也贡献了萧红、石评梅、庐隐、张爱玲、阮玲玉、林徽因……这样的冰雪才女,乃至还出现了"革命与恋爱并不矛盾"(周恩来评语)的"高石之恋"。

从生命行为上看,他们中文人更像文人,志士更像志士,烈士更像烈士。他们比今人爱得要深,恨得要深,理想要深,扎根生命要深。他们生存简单,灵魂纯真,内心独立,精神自治,不造作不伪饰不压抑,坦坦荡荡,侠肝柔肠,情深义重……这种心态、人格离艺术和宗教最近,距功利和交易最远。正由于这些基因,在他们身上,欢乐和疼痛、理想与苦难才如此密不可分。其道路才危机四伏,充满笔直和坎坷;其生涯故事才更激昂、更壮美。

无论才华、品格,还是灵魂纯度、精神定力,今人都相形见绌、力不从心了。

说到底,现代爱情与经典爱情相比,仍是一个有无"信仰"的问题。对纯粹和绝对的爱情,对古老的爱情神话和价值观,信还是不信?现代人大都是不信的,怀疑、冷漠、松懈、揶揄、自嘲,以不屑的眼光匕斜一切……这种玩世的态度使其无法再在精神上恪守与捍卫什么,心性慵散,惰性十足,琐碎的利益和肤浅的享乐像白开水冲淡了生命血质的黏稠,内心的庄重和虔诚在逻辑上被消解了,他们再也端正不起来、神圣不起来、挺拔不起来……由信到不信,今人的情感思维已遭到"质"的损坏。

如果说,经典爱情表达了一种献身精神,现代爱情则暴露了一种占有欲望。经典爱情是"亏损"的,现代爱情是"赢利"的。

我常常想到普希金,爱情在这位俄罗斯天才身上竟占了那么大的体积，他竟以性命与爱的敌人决斗。他是我认为最纯真最有尊严的男人之一。谁有资格去指责他的"冲动"和"轻信"呢？

爱情从来就不是利害的选择问题，而是一种纯粹的信仰，一件怎么追求和妄想都不过分的事。我曾在一篇小文中写道："我是一个极不实用的人。我一直深信世上该有一种纯粹'为了爱'的爱情，绝对的倾心，绝对的投入，绝对的感情用事，绝对忠诚无怨，绝对美丽而慷慨……"朋友说："你太浪漫。不是生得太早就是太晚，不是太超前就是太过期了。"朋友没有贬义。的确，走在物欲汹涌的大街上，我常有一种落伍和被遗弃的感觉。正像洪峰所说：我的脸上溅满行人驶过的尘土。

但我宁愿。信仰就是愿意信仰，这和命定的精神气质有关。而一个本质上极简单极"愿意"的人，世界是拿他没办法的。

4

一个像要落雪的傍晚，女孩突然问：世上什么最冷？

我想不出。她叹口气，低低说：被背叛女子的眼泪，尤其是才女。才女的伤口更深。

我问：在你印象里，她们是谁？

"萧红、张爱玲、阮玲玉，还有你提过的石评梅……"她继续道——

她们是美的，她们也是寂寞和被伤害的。美和才华使之纤弱憔悴，像草间的蝴蝶、夜晚的蟋蟀，远离白天和尘嚣……她们生来就落在花园里，生来就是为了爱……她们实在太安静了，心地善良又无法自卫，她们的身体里永远住着无声无尽的大雪，在诉说、在倾听……她们不属于哪个时代，可每个时代都传播着她们的花粉和体温……她们是古典的，也是未来的。

三毛也死了。这个时代还配不上她，那样纯粹的植物是绝难存活的。她的出现本来就是误会，一次美丽的"搭错车"。

末了，她说了段令我感动的话：

"真正的好女子，不仅男人喜欢，女人也喜欢，我宠爱她们胜过爱自己……可少有优秀的男人配得上她们。上帝真是残酷，派出了她们却没同时送另一种男人到这世上，所以，她们的爱注定是一场疾病，注定要在疾病中早早夭折，生也孤零，死也孤零……"

我无言。这时，雪落了下来。

—— 1995 年

23

爬满心墙的蔷薇
—— 读康·巴乌斯托夫斯基《金蔷薇》

他有一种使他触及的一切变得高尚的才能。

—— 歌德

巴氏在形容对契诃夫的爱时,用了一个特殊的词——"契诃夫感"。许多年来,在我一遍遍阅读巴氏的过程中,也反复涌上一股感受——"巴乌斯托夫斯基感"。

《金蔷薇》,一册薄薄的散文体小书。一打开,扑面而来的森林、溪水和冰雪气息立即让我安静下来,童话般的语境让我仿佛置身于缪斯的圣诞夜,而巴乌斯托夫斯基,便是那个挨门逐户送祝福的白胡子老人,他的礼物是诗、是激动人心的月光、是欢悦生命的美……

书的开篇叫《珍贵的尘土》:善良的退伍老兵夏米,相貌丑陋,以清理作坊为生。一天,他遇见了早年照料过的一位姑娘,并再次伸出援手,后来,他突然被一股"依依不舍"的情感所折磨,自卑、怯懦、羞愧……他暗暗祈愿姑娘能遇到真正的爱情，并冒出一个念头——送一朵传说中能带来幸福的金蔷薇给她。从此，每天夜里，夏米都背着一个大垃圾袋回家，里面装着从银匠作坊里扫来的尘土，他用筛子不停地扬着……终于有一天，他捧着一小块金锭去找银匠。当"金蔷薇"终于诞生时，姑娘已去了异国。不久，夏米去世了。

每一分钟，每一个无意中说出来的字眼，心脏每一次不易觉察的搏动，犹如杨树的飞絮或深夜映在水洼中的星光——无不是一粒粒金粉……而作家，以数十年光阴筛取这微尘，将其聚拢在一起，熔成合金，然后铸出我们的"金蔷薇"——小说、散文、长诗。

这是对文学劳动最深刻的诠释和忠告了。从读到它的那刻起，我知道自己踏上了一条多么艰辛、费力且没有保障的路：一辈子像夏米那样背驮麻袋、汗流浃背地扬尘，无数个不眠夜后，或许还不如夏米幸运——我筛得的"粉末"尚不足铸一朵幼小的金蔷薇，有的只是他的不幸，心爱的女人已擦肩而过……最后又像他一样寂寞地死去。

但我宁愿，为了那朵皎洁的蔷薇梦。

试想一下，有谁像安徒生那样痴爱童话和森林以至迷狂的境地？我想，巴乌斯托夫斯基是最具竞争力的一位。他们的心性、气质和天赋都那么像，仿佛灵魂的孪生兄弟。在巴氏的文学客厅里，你几乎可瞅见那个时代所有的俄国文豪，但倘若里面只有一位客人的话，那人一定叫汉斯·安徒生！巴氏笔下，这个丹麦人是被描述最多，也最动情的——

这个腼腆的鞋匠在炉边蟋蟀的歌声中溘然长逝，他是一个极普通的人，然而却把自己的儿子——一个童话作家和诗人献给了世界。

安徒生喜欢在树林里构思……每根长满青苔的树桩，每一只褐色的蚂蚁强盗（它拽着一只长有透明绿翅的昆虫，就像拽着掳掠来的一个美丽公主），都能变成童话。

他是穷人的诗人，尽管国王们都把握一握他那枯瘦的手视为荣幸……任何地方都没有像丹麦那样宽阔而绚丽的彩虹。

对这位早生一个世纪的外国人，巴氏有一种特殊的亲情，他7岁时遇到了对方的童话，这是其生命旅途邂逅的第一朵金蔷薇："这一点我很久之后才懂得：在伟大而艰辛的20世纪的前夜，我能结识安徒生这位亲切的怪人和诗人，简直走了运。"安徒生童话之于他，有着生命磁场的意义："人类的善良品质，犹如一种奇妙的花香，从这本镶金边的书里飘了出来。"

和安徒生一样，巴氏的才华受孕于善良的性情和对美的深沉凝望——一种月光般的能量——由对世界的悲悯、对苍生的关爱、对草木的体恤所喷涌出的激情和美德。

善良有多深，才情和关怀力就有多大。

酷爱自然，几乎是俄国作家的共同品质，而像《金蔷薇》这样执着地寻访文学与地理、精神与自然的关系，却不多了。

假如雨后把脸埋在一大堆湿润的树叶中，你会觉出那种沁人

> 心脾的凉意和芳香……只有把自然当人一样看,当我们的精神状态、喜怒哀乐与自然完全一致,我们所爱的那双明眸中的亮光与早晨清新的空气浑然一体,我们对往事的沉思与森林有节奏的喧声浑然一体时,大自然才会以其全部力量作用于我们!

这多少让人想起了中国的一句诗:为什么我的眼里常含泪水,因为我对这土地爱得深沉……

在《洞察世界的艺术》中,他转述了一位画家的话:"每年冬天,我都要到列宁格勒那边的芬兰湾去,您知道吗,那里有全俄国最好看的霜……"直到今天,我还能忆起撞上这句话时的激动和羞愧,因为我从未留意霜的差别,更毋论"最好看"了——自己的感受原是多么粗糙!

他告诉我:"真正的散文饱含着诗意,犹如苹果饱含汁液一样……散文是布匹,诗歌是经纬。有的散文毫无诗的因素,它所描绘的是一种粗糙的、没有翅膀的生活。"这些话对我的写作影响极大,让我对随意写下的句子抱有一种警惕:是不是偷懒了?能否再准确和精密些?对文字作修改时,我也习惯用他的一句话提醒自己:"我们是否时刻按照这种语言理应得到的地位来对待它呢?"

和同胞作家相比,巴氏似乎是个特例。在作品气质和主题上,他都没有鲜明的俄罗斯式烙印,母邦文化的苦难基因和悲剧资源并未将其心灵格式化,他也没有被卷入到时代的政治伦理斗争中。像果戈理、陀思妥耶夫斯基、托尔斯泰、爱伦堡、帕斯捷尔纳克、索尔仁尼琴等,都是在一种巨大的精神压力和灵魂纠结下,以反抗、挣扎、悲愤的姿态实施突围的,而巴氏不,他既没背负民族传统,也未被时代的罪恶拦住去路。唯美、温情和诗意,乃其与生俱来的打算,他从未因某种现实而在这些方面打折扣。在《似乎无足轻重》一文里,他提到写作时的精神氛围:"不管别人怎么样,反正对我来说,感觉到有一座孤独的果园,感觉到村外有绵亘数十公里的寒林,林中有一个个湖泊(这样的夜里,湖边绝不会有一个人影,只有星光跟百年前一样,跟千年前一样,倒映在水中),是有助于我写作的。可以说,那样的秋夜,我是真正幸福的人。"

或许,正因其写作是由这种美好意境和明亮情绪来启动的,所以,他的文字无形中铺了一层干净和温暖的草,并转化为了读者的幸福。这种心灵的舒适与和平,这种不被时代耽误的健康心性和稳定品质,在苏联严酷的政治环境中,是非常罕见的。他这样说:"对生活,对我们周围一切的诗意的理解,是童年时代给我们的最伟大的馈赠。如果一个人在悠长而严肃的岁月里,没失去这个馈赠,那他就是诗人或者作家。"

我认为,这是个极重要的提示,尤其是对工业时代的人和现代教育,尤其是对21世纪的我们——沉溺于物理和实用,荒疏了自然、哲学和诗歌——从而远离生命真相和本体意义的人。

阅读巴氏,是一种美和心智的享受,你不会有压抑感,连故事里的哀痛,也是美的,让人感激。正像他解释安徒生时所说:"是的,我们需要幻想家,是停止对这三个字进行讥笑的时候了。""童话不仅为孩子,也是为成人所需要的。""对生活的宽容态度往往是一个人丰富内心的可靠标志。像安徒生这样的人是不愿把时间和精力浪费在世俗纷争上的,因为周围闪耀着鲜明的诗意,不要放过春天亲吻树木的那一瞬间……"

虽然有大量现实作品,但骨子里,他不是现实感和斗争感很强的作家，他更像灵魂方面的美学大师——大自然最亲近、最信赖之人，理想主义的冥想者和歌颂者，那种干净得能聆听到花鸟物语、拿到童话钥匙的人。对现实，他的反抗工具是"美"，是对丑和恶"背过脸去"的姿势，是以回答"人应怎样生活"、"何以不辜负这个世界"的方式来进行的。他消化矛盾、超越苦难的愿望和能力都太强了，他不能忍受被阴暗挡住光线、降低视力的生活。而且，这毫不妨碍他对那些英勇的同胞报以爱和尊敬，这在他对茨维塔耶娃、巴别尔、爱伦堡等人的评述中清晰可见。他熟悉对方的价值，清楚对方的意义，拥戴对方的劳动。比如他这样说爱伦堡——

> 我们每个人都想象一个永久的幸福和平的时代，一个自由、理性的劳动的时代。在这个时代，饱经风霜的生命应享受安宁和幸福……一旦这个时代到来，一旦太阳在摆脱了恐惧和暴力的大地上升起，人们就会怀着深深的感激之情怀念所有为它的到来而贡献了劳动、才华和生命的人。在这些人当中，伊里亚·爱伦堡必将名列前茅。

诗性、浪漫、理想人格、美学的纯粹、对永恒价值的守护、对细微之物的深情、对教育和艺术的关注、突破时代纠缠的行走……这一切，奠定了巴氏风格，一种知识和精神上的"百科全书"风格。

正是基于这种高尚的巴氏风格，这种完美的人道主义风范，1965年，他被提名为诺贝尔文学奖候选人。

多年来，我已惯于将《金蔷薇》搁在枕边，就像小孩子让最爱的糖果触手可及。睡前翻开某页，无论内心多么浮躁，这时都会安静下来，连空气都变得像书中的森林里那样：清澈、湿润、流畅，有股沁人心脾的薄荷的静、绿的香……

　　它滋养你的精神、你的呼吸、你的肺……在有益于身心健康方面,我认为巴乌斯托夫斯基是最令人难忘的一位。

— 2000 年

24

向死而生

> 死说不定在什么地方等我们,那就让我们到处等它吧。
>
> —— 蒙田

■■■■ "要是一个人学会了思想,不管他思考的对象是什么,他总是在想着自己的死。"

初读托尔斯泰这句话,我灵魂上的颤动不亚于一场地震。它揭开了"理解死亡"与"醒悟人生"之间的通道秘密。是啊,许多大智慧者正是站在死之界面上俯瞰生命全景和浮世万象的,从终极角度关怀、检索、省察人生,以死为尺测量各种得失和价值轻重,用直面死的勇气填充生存意志的虚弱……比如奥德留主张"像一个将死者那样看待事物"、"把每天当作最后一天度过",又如海德格尔的《向死而生》,雅斯贝尔斯的《向死而在》,皆道出相同的生命之义。

"向死",果是一盏智慧灯,能为夜茫茫的人世旅途照明吗?我们不妨试一试吧——

假若你是一个濒死者,从医生手中领过了诊断书,像预感的那样,时日已剩无几。

你沉痛但平静地谢过医生。虽然家很远,但你决定用脚走回去。

通往家的路,突然很陌生,仿佛是去一个从未去过的地方。走得很慢、很用力,这使你觉得累极了,双腿像灌了铅……真想,真想睡一会儿啊,于是你在临湖的一条石凳上坐下……又不知过了多久,你醒来了,阳光微醺,波光粼粼,空气中有股青草和树芽的甜味,多好呀,陪伴这一切多好呀,真想摇身一变,变成一只年轻的雀或一只蝉,只要还能留在世上,只要还有日出日落……你微微合眼,开始遐想风风雨雨磕磕绊绊的几十年,那些具体或抽象、清晰或模糊的一幕幕——

想起童年夏夜里的"数星星"(你以为一定能数得清于是便真的去数了,这多么令人鼓舞呵);想起作文本上的梦想,少年时的奖状;想起与你在课桌上划"三八线"的小姑娘;想起揭榜前的紧张和填志愿时的激动;想起大学里的夜自习,绿茵场上的长途奔袭,偷看"劳伦斯"的惶恐和论文答辩的激昂;想起毕业前的篝火和《友谊地久天长》的手风琴,赠言簿上"拯救世界"的大言不惭……

你忍不住微微笑了,眼眶涌出一股湿热的黏液。继续往下想,你发现自己的人生越来越不清晰,乃至面目全非了,像断线的风筝开始随波逐流,仿佛自愿又仿佛被劫持着,混入了黑压压的更多"断筝"的队伍。因瞻前顾后而背叛的初衷,因顾忌名声而割舍的情爱,因害怕落败而放弃的冲试,因圆滑世故而涂改的个性,因贪图惠利而委屈的人格,因趋炎附势而轻视的友谊……忙于升迁,忙于察言观色、左右逢源,忙于人脉、职务、级别、工资、待遇……一路即这么战战兢兢、如履薄冰地蒙混过来了。你发现把自己给弄丢了(像小学生将作文写跑了题)——那个血气方刚、英气飞扬的追梦少年,再也找不回来了。你竟把生命和才华交给了他人或自己的虚荣来主宰,交给世俗的某种程序来管理,交给某个大权在握却劣质无能的上司来使唤,还交给……你不过是旱地里的一条鱼,棋枰上被随意搁置的卒子,一只躲在地洞里瑟瑟发抖的鼹鼠。

总之,你不再是原来的你了。你成了一个赝品、一个替身、一个生命的冒牌货。唉,无端总被东风误,白了少年头,倘若还有来世——

倘若有来世,又会怎么样呢?

总之,你会换一种活法,不会再伪饰再推诿再欺瞒,不会再把鲜活的生命交给任何模式,你会奋然不顾地去追随梦想、爱情和自由,听从生命最本色最天然的召唤,做你认为最重要、最不能错过的事儿……总之,你不会委屈了生命,你要做回一个真实的不折不扣的自己,任何绳套都不能挽留你,任何障碍都不能削弱你,任何诱饵都不能使你拐弯……

这时候,你仍坐在湖畔的石凳上,蝉声已歇,夕霞似一片火红的枫林漫天舒卷,你身体发烫,像刚跑完很远很激烈的路。突然,空气中跃出一丝凉意,你蓦地一惊。

奇迹出现了,你确认刚才不过乃一假设,你不过被死神象征性地吻了一下,你活着,活得好好的,健健康康,又不算老,还有长长的日历,还有无数若隐若现、翩翩起舞的光阴……这复活的感受真是无法形容,大梦初醒般阵痛与庆幸!为此,你必须学会感恩和珍惜,感激那虚惊一场的梦游,报答这唯有一次的生命,决不辜负和怠慢了它!

的确,"向死"给我们提供了一次难得的人生体悟:当"死"闪电般刺透灰蒙蒙的天窗向你招手,生存的暗房骤然被照亮,瞬间,你看清了许多隐瞒着的"核"与真相——生命的目的、本质、诉求和广阔的道路……"死"还像一辆重型铲车,那些日常牢不可破的栅栏、貌似威严的俗规戒律、假惺惺的世故常道——竟多么虚妄、多么荒诞,积木般一触即瘫……权势、城府、争斗、盘算、谄媚、犬马声色、戚戚名利——与生命何干?与灵魂何干?在生死这样重若磐石的大题目前,全变渺小了、猥琐了,儿戏一般。

痛定思痛,有了这些思考结果,当你重返生活时,至少能变得从容一点、超脱一点,少些势利、少些俗套、少些束缚和烦扰。

"向死",确是一种大激励、大警策、大救赎。俗尘凡世,人生难免有疾,而思考死,恰是一味大施洗、大澄明的苦药,关键有无那份灵魂体检的勇气和自医精神。

多少人都没有。多少人都忘记生命的真实身份了。

── 1995 年

25

信仰絮语

> 那在制度之外的,那在最远一颗星后面的,那在亚当以前的,那在末代之后的……
>
> ——梭罗《我生活的地方》

1

从某个时候起,人们大概以为,凭宇宙起源论、进化论、唯物论这些铲车,足以扫荡一切宗教殿堂了,可最终发现,这种在宗教与科学间策动火拼的做法,纯属徒劳。

宗教的意义在于心灵而非事实。它和梦同质,属大脑的一种化学反应;而科学实证,更像一种物理变化,二者互不替代。

宗教的发祥地是天空,乃久久仰望的结果。

科学打听的是事物的隐私,它是专业侦探。

2

本质上，宗教和外界没有一丝实在联系。
对信仰作任何逻辑或科学挑剔，皆无礼。
信仰就是愿意信仰，它从来不战而胜，不证自明。
真正的虔敬者，不会去体外寻找某个客体化的神。
因为神在心中。

3

一位年迈的俄罗斯画家，在林间散步，这时，一轮满月从树梢后缓缓移出。

他怔怔地看着，突然被一种完美的圆润和安宁，被一种博大的庄严和洁净惊呆了，泪流满面，恍如人生之初见。

他看到了大自然的神性。那月光仿佛上苍的注视，仿佛天国的雪花沐浴着他。他颤动，他幸福无比，他沉浸于灵魂的节日。

这是他和神之间的一次邂逅。他被邀请了。

4

仔细想，若非用坏了的话，"迷信"——多好的一个词啊。
迷与信，多美的搭配！迷恋、沉醉、笃信、虔敬不疑……
神秘与纯真总是孪生。扼杀了神秘，即消解了单纯与童真，即削弱了善和谦卑、提拔了恶和戾气。

5

那些受到时间表彰、被誉为道德榜样的人，不外乎两种情形："为人民服务"和"为上帝服务"。

有时候，我觉得它们是一回事，比如史怀哲医生、特蕾莎修女。

有时候，却恰恰相反。

关键在于，是政治语境的"人民"，还是普世意义的"人民"。

6

爱因斯坦给一位友人的遗孀写信："按照相对论，若时间是不确认的，那我们就不知道他是否先于我们而死，因此你不必悲痛。"

莫·梅特克林说："我们只是那活着的死者……生存，即是遗忘死亡；死亡，即是遗忘生存。"

这是哲学和艺术的说法，更是心灵的化学反应。

7

在人神——人性和神性的结合上，没有哪个时代比古希腊做得更纯真。

它在自然、身体、艺术、智力、公共、契约等领域的全面绽放和灿烂程度，让后世为之动容和仰望。

那是个没有宗教却人神相拥的时代。

与神为伍，以神为邻。人不能的，就去问神；神不懂的，就来求人。人和神，就是串门、玩耍的"儿戏"关系。

每个人都有几位要好的神。

每个神在俗人中都有亲信。

歌德、席勒、济慈、华兹华斯、雪莱……齐声称："我是希腊人！"

8

费希特在《人的使命》中说："只有那宗教的眼睛才能深入参悟美的王国。"

伟大的艺术和哲学，莫不在最贴近神性的心灵中诞生。

自然景象中，没有比星空更能唤起人心底神性的了。

康德习惯在深夜站在户外，在《实践理性批判》中，他说："有两样东西，对它们的盯凝愈深沉，在我心里唤起的敬畏与赞叹就愈强烈，即头顶的星空和心中的道德律。"

还有贝多芬，他豪迈地宣称："我的王国在天空。"

> 当黄昏来临，我满怀惊奇，注视天空。一群闪闪发光的星体，那就是我们称之为世界和太阳的事物。我神游魂驰，一直向那万物之源奔去……渐渐，我试着把那团激情转为音响……打进心坎的东西，必来自天空。

1822 年，贝多芬在本子上飞快地划出一行字："我们心中的道德律，我们头顶的星空。康德！！！"

三枚惊叹号。

9

无论哲学、科学、美学和艺术,大自然都是深情的子宫。

世间最完美的韵律、最神圣的逻辑、最深沉的情怀——无不孕育其中。

自然科学的那些"定律"、"公理",不都在诉说上帝的构思吗?"圆周率"、"黄金分割"、"三角重心"……你不惊叹宇宙的诗情画意吗?

大自然构成中,最体现万物和平、最富神性和美学启示的部分,是荒野。

丰饶、本初、纯粹、完整、自在,乃荒野之境,也是人性眺望的境界。

一个专注于精神之美的人,很难遏制对荒野的兴趣和奔赴冲动。1792 年 7 月 2 日,黑格尔在给女友的信中说:"我时常逃向大自然的怀抱,以便在她这儿能使我跟别人……分离开来,从而在大自然的庇护下,不受他们的影响,破除同他们的联系。"

黑格尔的大自然,无疑乃荒野。

荒野对人不仅是一种视觉冲击,更重要的在于精神濡染:在神态安详的原始风物前,生命的原初感、清新感、婴儿感——骤然苏醒,尘嚣被远远抛开,个体的真实、精神的独立、灵魂的纯洁与诚恳——重归人体。无论沐浴脑力,还是洗涤情怀,荒野都是高能量磁场。

一个朋友,千里迢迢奔向神农架。

他说在城里快憋死了,此行只有一个愿望:大喊一场。

尽情地、肆意地、拼出吃奶的劲大喊一场。

在大街、在办公室，甚至在家里，一个人都是被剥夺这自由的，谁能？谁敢？他盯着我。

他去了，他喊了。

几周后，他豪迈而归，神采奕奕。

想起一句诗：归来时，你已是陌生人。

后来我常被这件事惊醒，我想起黑格尔，想起托尔斯泰临终的奔逃……我心里赞叹朋友的优秀，并非他比别人智慧，而在于他敢——敢于厌恶自己，敢于对"活着的死"说"不"，敢于用树叶给灵魂洗澡，敢于给生命换件衣服。

同时，我也觉悲哀，"喊"一声，竟要跑那么远，才能甩掉黑压压的盯梢和追赶。

10

生计，像一场紧盯地面的觅食，久之，目光会变得像鸡一样短浅、黏稠，体态也因贪婪而臃肿起来。

是的，我们必须仰望点什么。必须时常提醒自己，让疲倦的视线从物面上移开，从狭窄而琐碎的生存槽沟里昂起，向上，向着高远，看一看巍峨与高耸，看一看自由与辽阔、澄明与纯净……

我们必须在抬头时迎住点什么。

欧洲城镇，给人印象最深者即教堂尖顶。净阔的钟声，和草木、飞鸟、雕塑、喷泉一起，诉说着一种古老的神谕和抚爱。

和现代化相比，它是喧嚣中的宁静、浮动中的安详、振荡中的稳重。

不管行色多匆忙，路过它时，目光都会突然被握紧，你会忍不住将步子放慢、放轻，会感到一股力道、一抹画外音正从某处升起……

你有了仰望，有了聆听。

像一架巨大的天平，它使倾斜的东西归于平衡。

凝视那些尖顶，不禁感叹筑造者的用心：作为一种"矗立"，它连通着世俗与天界——像一束被注入了神性的飘带，它率领着风云和尘埃，为灵魂配音，给世间放下绳梯……

它提升你的视线，培养你"仰望"的习惯。它时时提醒着什么，让你重复一些伟大的词汇和语句……

这就是教堂和尖顶的意义。

中国有那么多古老而美丽的塔，我深爱它们。

遗憾的是，它们始终没能与阳光、风雨、光阴一起，凝成一种"塔尖"精神。一种清洁而辽阔、虔诚而敬畏的生存精神，一种人人有份的精神。

† 2002 年

26

一条狗的事业

1

日本"3·11"地震中,福岛老人大江五郎痛失爱犬 Aya,紧急逃难时,它被割舍了。此后,老人愧疚不已,两度冒险返寻,未果。八个月后,灾民还乡,远远地,老人惊呆了,自家的报废车旁,有个影子静静地趴着,是 Aya!虽瘦弱不堪,无力跑向主人,但它活着!它一直守着家的残骸。

东京涩谷车站有座犬的铜像。1924 年,一条叫八公的犬随主人迁来东京。每个晨昏,它都在这座车站迎送主人。某天主人未归,他上班时突发心脏病去世了。此后九年,该犬每天准时蹲候于此,风雨无阻,直至终老。1987 年，诞生了一部著名电影，《义犬八公的故事》。

这些伟大举止，其实只是一条狗的平常事业。

狗的特质在于：它需要家。

一条狗，天生即有归属，它直奔人而来，它是来投亲的。

它以儿童身份，闯入人的亲情体系，成为一名四条腿的家庭成员，成为一个没有血缘的孩子。

如皮筋，狗黏人，其一辈子的嬉戏跳跃，皆以主人膝盖为圆心，以主人唤声为半径。人类从狗身上获得的，正是父母在儿童身上获得的。

幼儿会长大，会叛逆，会用复杂覆盖简单、以深刻替换纯真，狗不，它是永远的蒙童。其心智稳定，不求深奥、不改伊始，你见过一只狗用智力欺负另一只狗吗？即便发生冲突，也仅在体力上进行，这正是儿童特征。

人不仅做家长，更是狗之偶像、狗之宗教。一个人，无论社会角色多卑微，在膝下狗眼里，都是伟岸的，是神明、是唯一和全部。狗之仰，会让一个乞丐成为富翁，让一个流浪汉成为国王。

此等崇拜，不单是骨头的贿赂，更与狗的基因和禀性有关，与狗的世界观有关。

执着、依恋、从一、耳鬓厮磨、情大于智，这是狗身上最迷人的东西。

亦正是儿童的品质。

每条狗，都有一双手抚摸它的头。它用摇尾和皮毛的温情来回报。

唐人潘图有诗，形容了落魄之人的还乡："归来无所利，骨肉亦不喜。黄犬却有情，当门卧摇尾。"

有幅照片，拍的是纽约街头的一个男人和一条狗：理查森，男，1984 年起连续投资失败，2007 年破产，妻子离弃，亲朋远之，唯有一条叫 Jooy 的狗寸步不离，陪之街头流浪。从 Jooy 恬静的睡姿中，可见它对主人的信任和对现状的满足。

这样的忠诚度，大概唯影子可比。

精神上，或许每个人都需要一条狗，以弥补同类之间缺失或断裂的那种关系。

2

苏格兰爱丁堡，一位病重的老人请流浪狗巴比吃了顿饭，老人去世，送葬队伍前往墓地，巴比一路紧随，驱之，无效。此后 14 载，除去觅食，巴比一直蹲守墓旁。为瞻念，当地人在广场立了座巴比雕像。

日本有家养老院，专门收留退休后的导盲犬，每只犬去世后，都有一座小小墓碑。它服务过的盲人或亲属常来扫墓，带来鲜花和它喜欢的玩具。

这些故事的启示是——

仅靠同胞之间产生的情感，在类型、成分、配方和营养上，也许是不够的。人与动物往来的价值即于此，尤其是性灵动物，人在其身上的投入和彼此交换的内容，定会反哺自己，使人更加像"人"，此即宠物的诞生原理和美学意义。人在宠他中体验被宠，在被需要中实现自我需要，在被器重中学习自我器重。

但双方并不完全对等。动物美德，会无遗地赠与人类；人之美德，只是部分地、有条件地对异类开放。

2008 年 5 月 12 日午间，四川北川县，一只叫小花的狗忽然狂吠，拼命叼人衣脚，众人惊惧，随之离屋。俄顷，地动山摇，房舍成墟。地震一周后，为防疫，政府颁灭狗令，小花被绞杀，毫无逃避之意。

狗从不怀疑主人的召唤，任何时候，都会径直奔来。

人陶醉于这份信任，而自己却常常撕毁它、辜负它。

重庆西南政法大学的校区，有只整日徘徊、神情凄然的狗。据附近店主说，它叫大黄，主人是名学生，两年前毕业时抛下了它，过去，主人傍晚即带它沿此溜达，这曾是一只快乐的狗。

它不知发生了什么，只嗅得出这条路的意义，它行走在往事里。

我在微博上说："这是一条狗的《寻人启事》。可怜的孩子，这么早就开始回忆了……"

一个辜负了动物信任的人，很容易辜负他的同类，撕毁人间契约。

3

我曾多次被问：何以反对吃狗肉？何以鸡杀得，狗杀不得？

我问：你会围剿一只老鼠，但你会侵害一只米老鼠吗？你会面无表情地宰一只鸭子，而当一只唐老鸭跑过来时，你还下得去手吗？

是"熟人"的身份震慑了你。

这份难度和阻力，就叫文明。此即动物眷属的含义。

不忍，不愿，不敢。

因为它的社会性身份，因为它已被充分人文化、人格化了，因为你热爱这个童话里的精灵。无论它住在卡通积木里或大摇大摆地走出来，你都会垂怜有加。

它们是老鼠、鸭子，但却是另个版本的老鼠和鸭子。

于是全变了。

狗也一样。它离人太近、太贴身。每只狗都被主人赋予了唯一性，都有一个让之随时竖起耳朵的昵称。在生活角色、情感地位和彼此给予上,它已逼近人类自己的位置了。

狗不再是洪荒年代的狗,人也不再是山洞里的猿。

这就是进化,这就是狗的殊遇之由来。

世上有一种权利,只有当它普遍被弃用时,我们才深切感到:人,配得上更多的授权。

吃狗肉,即这样的权利。

4

米兰·昆德拉说:"狗是我们与天堂的联结。在美丽的黄昏,和狗儿并肩坐在河边,犹如重回伊甸园。"

狗,是一种幸福的意象,它象征着人烟、故里、守望、伙伴、记忆、天伦、安居乐业……中国古人对此作了淋漓尽致的描绘:

暧暧远人村,依依墟里烟。狗吠深巷中,鸡鸣桑树颠。

柴门闻犬吠,风雪夜归人。

老夫聊发少年狂,左牵黄,右擎苍……

天地之间,人和狗相认,是何等缘分!

上苍造人,接着造的,一定是狗。

人在荒野里捡到了它,带回家,取个男娃或女娃的名……它回报主人的,是一生的童年和相濡以沫。

如果你身陷绝地,仍不觉孤单,那是因为,你有一条狗。

如果你家徒四壁，仍不觉惨淡，那是因为，你有一条狗。
如果你膝下无嗣，仍不觉苍凉，那是因为，你有一条狗。

——2012 年

27

武器的纯洁性（二章）

上帝的幸运

德国科隆有座举世闻名的地标：莱茵河畔的中世纪大教堂。

其巍峨、肃穆、沧桑感和精湛工艺，每天吸引着无数游客。教堂广场上有一面"和平墙"，每个参观者都会在此久久驻足。它由一张张照片连缀而成，其中最大一幅是1945年"二战"结束时拍摄的：镜头从高处鸟瞰空袭后的科隆，细心者会发现，尽管城市一片废墟，90%的建筑沦为瓦砾，但大教堂依然耸立，只受到一点轻微的拂及。

其实战争一结束，科隆人就发现了这一怪事，明明乃本城最惹眼的靶子，按说该最早沦为牺牲品，可它竟一次次逢凶化吉……有人猜测这是盟军故意留下的标志，以便飞行时确认方位，也有人认为这是上帝保佑。后来，真相终于大白，"上帝"不是别人，正是执行轰炸命令的一位美空军指挥官——

此君战前曾获德国洪堡奖学金，在科隆和亚琛做研究工作，他非常热爱科隆大教堂，闲暇时常流连于此……战争爆发后，他入伍并成了一名指挥官，当领受空袭科隆城的任务后，他对手下附加了一份私人命令：投弹时尽一切可能避开大教堂！

有了这份"擅作主张"和"以权谋私"，方诞生了上述奇迹。

这是战争中的诗意，这是艺术和文明的幸运，这是生活对上帝的答谢。

否则，我们今天看到的绝非钟声洪亮的大教堂，而是如圆明园般的荒冢野墟了。可惜，世上无数文化遗产却无此幸运：埃及的亚历山大城，曾以藏书浩瀚闻名于世，公元前48年，罗马人破城后的第一件事，即是焚书，无数宝典被火舌舔尽；公元555年1月10日，中国梁朝都城江陵被西魏大军围困，梁元帝令人将14万卷图书全部焚毁；20世纪中国"文革"对文物古迹的打砸烧，更是罄竹难书，曲阜的孔墓被炸得天翻地覆……

一切取决于人，人的素质。

他是个军人，但更是生命。比军人更大的是"人"。比政治和军事更大的，是艺术和生命信仰，是对文明的爱与忠诚。

这是人群中的"个"，集体中的"私"，一致中的"不轨"。这是喧嚣中的宁静，狂热中的理性，严酷中的温情。

试想，在人类活动史上，若没有这些"个"和"私"的闪光，我们的生活和文明该呈现怎样的面貌？该会多么狼藉与荒芜、阴冷与凄凉？

谢谢他，谢谢那支私人指令。在他一生发出的所有指令中，这将是最灿烂和瑰丽的一支！它为阴郁残酷的战争铁幕，升起了一丝人性的光焰，一道理性的彩虹。

怎么感谢都不过分。

数学花木兰

金克木在《数学花木兰·李约瑟难题》中提到了辛格《费马大定理》书中的一件事——

公元1806年，拿破仑大军横扫欧洲，在攻陷普鲁士邦后，一名前线军官发出一道指令：保护好数学家高斯教授，任何人不得侵扰或伤害。

高斯：请问为什么对我这样优待？

军官：我是受朋友的托付，万不能再重酿罗马士兵杀死阿基米德的悲剧。她是和您进行数学通信的一位女士，热尔曼小姐。

高斯惊愕不解，在法国，确有一个陌生人和自己交流学术，但对方的署名是"勒布朗先生"啊。

后来，谜底揭开：索菲·热尔曼小姐，法国人，自幼迷恋数学，童年时读到一本关于阿基米德的书，他被破城而入的罗马长矛杀死时，还埋头在沙地上画几何图，甚至说："请等一等，让我把这道题解完。"故事极大地刺激了热尔曼，她立志要像阿基米德那样献身数学。

由于当时的法国高校拒收女生,她化名"勒布朗先生"进入一所学院,乃至与高斯通信时,仍用这个名字。

后来,热尔曼参与了"费马大定理"的论证,成为著名的数学家和物理学家,并获法国科学院金奖。

热尔曼于 1831 年去世,年仅 54 岁。而与高斯开始通信时,她还是个年轻姑娘。

这样聪慧的"数学花木兰",的确是法兰西科学苑里一朵迷人的玫瑰。而她对朋友的那份特殊嘱托,更为人类文明史添置了温暖的一页。

这是一颗大脑对另一颗大脑最深沉的关切和问候。

这是科学的幸运,更是人类良知精神的一记闪耀。

有时,我不禁感喟:能和这样的人一道成长在同一天空下,能携手穿越一个共同的时代,该多么欣慰啊……即使道路充满阴影与荆棘,即使生存被政治和战争刺得千疮百孔,你也会说,这是可以忍受,值得忍受的!

你很想走过去,对她说声:谢谢。

—— 2001 年

28

俄罗斯课本

有好几个冬天,深夜,陪我失眠的竟是俄罗斯电台的音乐。那个积雪上的民族仍无睡意,她在播放几个世纪以来最经典的曲子,像一位落落寡合的祖母,深情地怀念逝去的岁月。那曲子具有标志性:辽阔、忧伤、沙哑、苍远,帷幕般的厚重……我总有被击中的感觉,脑子里会出现嘀嗒的电波和徐徐流动的油画:呜咽的伏尔加河,孤独的烧焦的橡树,被风雪遗弃的木屋,缓缓匍匐的黑棺和送葬队伍,疾风扬起的妇女披肩以及她脸上的骄傲与担心……

这不是天籁,而是冻土上的招魂。是风、砂石、山脉、篝火、冰凿、纤索、雪橇……激荡的声音;是硫黄、枪刺、广场、绞架、烈酒、风琴、教堂唱诗……混合的交响。

眼前不由得浮出叶赛宁的诗:"茫茫雪原,苍白的月亮/殓衣盖住了这块大地/穿孝的白桦哭遍了树林/这儿谁死了？莫不是我们自己？"

我低低地抚摸这音乐。她来自生命深处的清冷和哀恸，整夜感动着一个不懂音乐的青年。隔着厚厚的寒帐，隔着刺不透的阴霾，我默默地向着北方——向那股伟大的气息致敬，向她苦难的历史和英勇的人民致敬。

夜聆俄罗斯，不仅成了一个习惯，也成了一道仪式、一门功课。

俄罗斯的烈士和她的风雪一样，是出了名的。

没有哪块土地上的黑夜像她那般漫长、动荡而凶舛；没有哪一民族的知识分子被编成如此浩荡的流放队伍；没有哪国的青年一代出于良心、理想或浪漫而遭受那么重的苦役与刑期……单是彼得堡罗要塞、西伯利亚矿井、"古拉格群岛"这些传说中的魔窟，就收押过多少悲壮的名册。一队队郁郁葱葱的生命曾被囚禁、锁铐在那儿，他们纯洁的热量在空旷中等待熬干、蒸发……然而，一代代的精神路标也正从那儿矗起、辐射，叩响了整座俄罗斯冻土。

海涅说："文学史是一个硕大停尸场，每个人都在那儿寻找自己亲爱的死者，或亡故的兄弟。"我要找的，正是这样一批最纯真最英俊的精神面孔。他们一边写诗，一边流血，迅速地生活，又迅速地死去。普希金、莱蒙托夫，这对同样选择了决斗的兄弟，其岁月总和还不抵一位长者的寿龄，俩人忧郁的神情，看上去那么相似——绝无庸人那种散漫、悠闲和凑合过日子的迷茫。他们的母亲仿佛是同一位。

翻开俄国文学史，"十二月党人文学"是最英年、最让人揪心的一群：格利包耶夫（1795—1829）、雷列耶夫（1795—1826）、别斯士舍夫（1798—1837）、奥陀耶夫斯基（1802—1835）……哦，20岁、30岁，像深夜划过的流星，他们飞得太快、飞得太疾，让人来不及看清。他们太急于用生命、用青春去赌一件事了。为此，1825年12月的那个清晨，他们告别了彼得堡，告别了诗歌，告别了昔日欢聚的舞场、花园、那些尚在睡梦中的恋人和被暗恋的人……

在其眼里，最急于喊出的不是情诗，而是社会正义，是俄罗斯的未来，是激情和身体的行动。"要做一个诗人，但更要做一个公民！"为了迎娶一片适于居住的国土，为了自由地生活，先要准备不自由地死去……在这样的精神星空下赶路，其行色匆匆早已注定，亦注定了其生涯故事要比其诗集流传得更久、更远。

整个19世纪，俄国的青年已过惯了判决和牺牲的日子。陀思妥耶夫斯基被判死罪时仅28岁。他说："我只担心一件事，我怕我配不上自己所受的苦难。"他配得上，他的狱友和精神兄弟们全配得上！于是更多的俄罗斯青年就有幸听到了那个时代最激动人心的声音："谁之罪"、"怎么办"、"谁在俄罗斯能过上好日子"、"被侮辱的与被损害的"……单凭这俯拾皆是的标题就足以证明：俄罗斯文学在艺术之外竟挑担了如此繁重和危险的职责。他们用头颅来为信仰服务，以牺牲来灌溉理想——绝无现代艺术家那种"先舒服了肉体再说"的痞性，这正是俄罗斯文学最值得骄傲和令后世怀念的地方。

知识者是最不能喑哑的。假如连这些民族的头脑都沉默了，那么这个国家的精神夜晚立即会黯淡无光。

下面，我急于提到"贵族"和女人。

在俄国农奴制时代，贵族就是那类"最先富起来"并有机会接触书本的人，可这些人中也最易滋生叛徒和异端。他们所干的事不仅令沙皇寒心，更让阶级身世论者大跌眼镜——

众所周知，1825年的"十二月党人起义"乃一次货真价实的贵族造反。他们血统高贵、气宇轩昂，是俄国拥有最多财产和藏书的人，亦是凭艺术和高谈阔论而成为"精神贵族"的青年才俊。他们从对书籍和时代的打量中获得了生命冲动，却把沉重的财物晾在一边。尽管其童年、少年皆在豪华宫廷、玫瑰庄园中度过，但他们长大后的第一件事竟是发誓再也不当贵族了。在沙龙舞会上，除了诗歌和爱情，议论最激烈的即数"民主、权利、自由、尊严"这些新鲜字词了。他们把目光投向饥饿的乡村和像骡马一样佝偻的农奴，并为自己华丽的衣服而自责，终于，他们知道该怎么干了。

史料表明：1827—1846 年，贵族在俄国政治犯中占 76%。甚至到了 1884—1890 年平民知识分子运动后期，政治犯名单中仍有 30.6% 出身于世袭贵族。

连欧洲的政客们都愤愤不平了：穷光蛋造反是想当财主，财主造反难道要为了做穷光蛋？是啊，作为既得利益者，按常理，他们该誓死维护旧体制才是，有什么牢骚可发？有什么可折腾的呢？

这正是俄罗斯奇观，也是俄罗斯知识品格和人文精神的最大骄傲。同时我更笃信培根的名言，"知识就是力量"。知识给人苏醒的力量，受过良好教育的读书人更应成为启蒙一代，更有机会率先从混沌与蒙昧中睁开眼。况且，贵族起义与农奴造反有别，前者通常从理想主义和"精神遭遇"出发——从而可能献身一个比个人大得多的目标——它服务于整体和长远；而后者往往出于现实利益及"物质遭遇"的考虑，只迷恋于一己和眼前处境的改善——且这种集团式的暂时改善用不了多久，即会迂回到原先的保守与专制套路中去。通俗点讲，一个申请理想，一个谋取生计；一个设计所有人的未来，一个只拨自家的算盘。

令人惊叹和尊敬的,还有俄罗斯女性。在长长的流放队伍中,我投以最深情凝望的,是那群纤弱的肩膀。

"十二月党人"的领袖们被诛杀,剩下的百余名青年戴着镣铐即要到"野兽比人多"的西伯利亚去了。他们像赶粪蝇一样赶跑了"贵族"称号,从现在起,他们是囚徒——"如果不能做一个公民,那就做一个囚徒吧!"奇怪的是,连他们的妻子、恋人和姐妹们也打起了做囚徒的主意。不仅么想,且真那么干了。这些生来就柔弱就美貌的女性向沙皇提案:舍弃庄园财产封号爵位等一切一切,甚至新出生的孩子也可不要"公民权"……条件只有一个,请政府允许自己到囚徒身边去!

特鲁别茨卡娅公爵夫人、沃尔康斯卡娅公爵夫人、格利戈里耶芙娜·穆拉维约娃、伊万诺芙娜·达夫多娃……还有法国姑娘尤米拉·列丹久、加米拉·唐狄。

西伯利亚历史将永远牢记并感谢她们。

不渝的爱情和友谊,向来是俄罗斯女性对文学和理想事业最宝贵的馈赠。

同样出身贵族的涅克拉索夫,被称为"复仇和悲歌的诗人",在反抗专制和控诉农奴制的道路上走完了一生。在俄罗斯史册里,他的光荣总不可回避地与一位女性联系在一起——阿芙多季娅·巴纳耶娃。后人评价她时如是说:"这位善良女性能够认识涅克拉索夫的真正价值,而且对他报以缠绵的爱情,它构成了诗人愁苦生活中最明朗的一页。""不知为什么,你待在她身边,总感到自己接近了赫尔岑、车尔尼雪夫斯基、涅克拉索夫、杜勃罗留波夫……这在不知不觉中就增添了对她的敬意。"这敬意绝非偶然,巴纳耶娃不仅以女子的柔情、美德和才华影响着爱人,与其兄弟们也结下了深厚的友谊,这使得杜勃罗留波夫临终时将两个年幼的弟弟托付给她；车尔尼雪夫斯基被捕后，她也是前往探监的身影之一……

在俄罗斯，当一个英勇的男人濒临危境时，距其不远，你总能找到一位值得尊敬的女性……仿佛最优秀的男人和最优秀的女人总能走到一起，而任何粗暴、恐吓和威胁的力量都无法将之拆散。他们就那么梦牵魂萦地缠绕着，其生命动作看上去是那么合拍而富有美感。这种来自女性的温情与精神滋养大大削减了灾难对天才们的损害……"为什么我国作家们的妻子都那么像她们的丈夫呢？"列夫·托尔斯泰首次看见陀思妥耶夫斯基的遗孀时，激动地叹道。

俄罗斯文学确实招人羡慕。才华和爱情，你们都是最优秀的。我似乎也突然领悟了俄罗斯民主运动为何始终有如此宗教般的狂热和不死的精神——必和这些优雅的女性之在场有关，和她们送出的目光有关。

她们温婉的身姿、绰约的美德，构成了俄罗斯精神夜晚最动人的剪影。

她们不仅忠诚地支撑着自己的爱情，有时，那些柔肩也直接承担起某项崇高而危险的事业——

在1877—1878年的民粹案和"50人审判案"、"193人审判案"的被告中，女性分别有16名和38名。苏菲亚——这个被鲁迅激赏过的名字便是和"青春、美貌、牺牲"联系在一起的。她和恋人一起用炸弹为沙皇亚历山大二世送了终，上绞架时仅27岁。同样的还有巴尔津娜，她拒绝了特权庇护而在牢房和流放地过早地走完了一生，紧张的生活使其无暇寻章觅句，可她偶尔留下的几首诗，却让对女性文学向来冷淡的托尔斯泰潸然泪下。

上帝向俄罗斯派驻的圣女委实太多了。

自然，俄国文学也从未忽略过这些美丽的身躯和灵魂。普希金的《致西伯利亚囚徒》、涅克拉索夫的长诗《俄罗斯妇女》……皆大胆讴歌了那些"叛徒"们的妻子。她们是文学最亲密的"女友"，也是人类共同的"夫人"。

和丈夫们的灵魂酷似，这些姐妹们的精神面孔和生命气质也太像了。

帕斯捷尔纳克曾出色地表达过这种"像"。小说《日瓦戈医生》中有一情景：冬夜，围着炉火，两个男人进行着一场真诚的对话，诉说他们对共同深爱着的那位女子的看法。奇怪的是，彼此非但没有丝毫的嫉妒、敌视，反而充满了感激和敬意——

> "啊，中学时代的拉娜是多么美好。您无法想象，那时她还是个小姑娘，可从她脸上、眼睛里已看得出时代的忧思和焦虑。时代的一切问题，时代的全部泪水和屈辱，时代的一切追求、积怨和骄傲，都流露在她的脸上和体态中……可以以她的名义，由她喊出对时代的控诉。"

> "您讲得太好了。正如您描绘的那样，她既是个中学生，同时又是内心藏有不是孩子该有之隐痛的时代主人公。她的身影在墙上移动，那是紧张地准备自卫的动作……"

的确，文学需要这样的"女友"，文学也会因"拉娜"们的加入而愈发迷人和璀璨。

多年前，一位深爱俄罗斯文学的朋友对我说："假如在墙上挂一幅帕斯捷尔纳克的肖像，我宁可把窗户取消！"

这话感动着我。明知无法说得比他更好了，但我说——

"假若屋子里走进来拉娜,我宁可将全部的书籍都取消。望着她……就可以生活和写作了。"

—— 1998 年

29

我们能发出那个声音吗

1

点灯的人也是黑暗路上的匆匆过客,他们把小火炬举在头上,在自己的小路上点燃灯光,活着时无人知晓,工作不被重视,随即便像影子一样消失。(普鲁斯《影子》)

哪一位天才领受过他那个时代的荫护和惠泽?哪一块金子逃得脱灰尘的嘲讽与淹没?孤独而凄凉,不记名的遗产……这类道路从来就是这样。

许多年以后，碰到较公正或记性好的时代，或许子嗣们能从尘埃中救出他的著作。"我们整个社会都是在十年之后蓦然回首，惊讶于顾准之先知，顾准之预见，而这个社会最需要思想家的时候，它产生的思想家即已早早地被扼杀了。"（朱学勤语）

今天，当豪华本的顾准"日记"、"文集"火爆书肆，当继承者们喜气洋洋活像哪家的接收大员——而不是些手捧骨灰盒的泪人时，我感到恍惚、茫然。长歌当哭，如此隆重的"隔世对话"何独体味不出悲剧的庄严与沉痛？

难道这就叫幸运——顾准的幸运还是后人的幸运？不公正之后的"公正"能有多大诚意偿还前代的债务？其中包含着多少灵魂拷问和理性自觉？未挖净的烂根是否仍在泥里恣肆疯长？

再比如，面对一场大火，若非为了将火除去，仅想从火里抢出点值钱东西，此英勇值得称道吗？典型的物质而非精神的做法！

不要做只盯住遗产而不讲痛感的遗孀！否则，那罪一百年后仍是罪，假寐的灰烬伺机还要复燃。

萧伯纳在《伤心之家》的序里说："我们从历史中学到的仅仅是：我们从未由历史中学到任何东西。"话虽残酷，但于很多时代和国家都是适用的。多少耻辱在岁月淘洗中流失了它的"质"；多少悲剧被作践变卖，然后重新包装上市。

多像一个频频堕胎的妇人，由于年轻时的放纵，当她真诚地想做一名母亲时，却落下个习惯性流产的病根。

对于后世，对那些无辜被消灭的孩子，这个母亲，不——这个自私的妇人该作何忏悔呢？

2

写下该题目的冲动,缘由是一幕画面。

晚上看电视,见一部旧时西语片,我视力不佳,不关心字幕。只是,只是有一会儿,我被那个白人男子的凛然神情给紧紧抓住了——

法庭。黑人被告。法官和陪审团全是白人。冷漠华丽的白种人。

当一纸判决被傲慢地宣毕,那个人——那个像桦树一样有着坚挺额头的青年,猛地站起,接着镜头完全摇向他,那张脸因激动、愤怒和某种绝望而骤然放扩,占据了整个画面。

他挥着手,疾速的语句像冰雹重重地撞击着什么,我听不懂,却看得懂。他内心的爆发全倾注在脸上——那是一张人类的脸,一张每个人见了都会信任的脸。它的特征,使其在任何时代的人群中都有身份证的意义。

阳光斜洒上去,它那么生动,颧骨闪着光辉。它那么美,美得孤单,美得叫人骄傲和担心。它强烈地扑击着我的视觉,我知道它在为谁辩护和战斗。那股烈性、那份精神硬度,只有被巨大誓言和正义感驱使的人才会喷涌得出。我想起了林肯在葛底斯堡及斯巴达克斯在角斗场的情景……不,现在它比它们更生动。

那一刻,有几个单词被他反复吼出,我忍不住贴近屏幕去看,它们是:"不能——这不公正!"

我隐隐动容。这不公正!不公正……我突然觉得这是人类发出的最高贵、壮美和惊心动魄的声音。

我感激它。所有正义事业和无助的心都会感激它。

情势愈紧张和凶险,围剿它的力量愈强大与凶悍,愈衬出这句话的分量……正因如此,它常意味着彻底的孤独和接踵而来的牺牲。

关上电视,如漆的黑暗中,我久久抚摸、体味着它,让那束仿佛来自天外的声音穿透我,如肖像般钉在墙上。

这不公正!不公正……

不禁问:我能发出这个声音吗?

3

点灯的人,你从哪里来?在何处栖身?有没有妻儿母亲等着你回家?有没有向其倾诉苦闷和欢乐的朋友……你是否亦有和我们一样的要求与感情?难道你只是一个在黄昏出现、默默点燃路灯,随即又像影子一样消失的人吗?(普鲁斯《影子》)

20世纪50年代即为华东军政委员会财政部副部长的顾准,若心无旁骛,顺仕路走下去,似乎该有一个不错的前程。但那样一来,中国当代思想史和经济学史的天空就会失去一盏巨大光源。若没有那篇《试论社会主义制度下商品生产和价值规律》,若没有《希腊城邦制度》和《从理想主义到经验主义》,半世纪以降的知识分子大脑会变得多么萎缩、黯淡与贫困。

本该由一代知识集体共同挑担的义务,却要让一个人独自奔赴,其处境会多难啊——

今天,当人们以烈士的名义,把革命的理想主义转变为保守的反动的专制主义的时候,我坚决走上彻底的经验主义、多元主

义的立场，要为反对这种专制主义而奋斗到底！

市场经济论、革命怀疑论，如此异端的声音何愁不被"重视"：三次冤案；两轮右派帽子；批斗审查撤消一切职务；与家庭断绝关系；妻子自杀，儿女遗弃；和老母同处一城却至死不能相见——当顾准的人生只剩 17 天的时候，白发苍苍的母亲挣扎着要去医院看儿子："已经十年不见，本想在我病倒时，让'老五'来跟前服侍，想不到他竟要先我而去了。"就连老人这小小的乞求，也被命运粗暴地拒绝了。

我握笔的手禁不住颤晃，泪水滚滚而下，顾准、顾准……

这不公正！

有谁发出过这个声音——哪怕一句？天才未毁灭前，被谁真正关心过？谁拦截过悲剧的车辙，哪怕仅减缓一下其汹汹来势——哪怕仅是螳臂当车？后世将多么感激这只伟大而无用的螳螂啊！

顾准终于没有这等幸运。

所有人都像面对暗礁一样避开他。没有同情、理解、体恤，没人知道他是先知，是为大伙做事儿的圣徒，即使最善良的同胞也不对其来历和价值感兴趣……缺少生命中真正的同类，缺少精神声援，缺少来自亲情和友谊的响应，哪怕暗中的关注……缺少了这些，如一棵树的周围被扒光了水和土，它还能挺立多久？

这个暗夜里的点灯人，吃的是草一样的冷馒头，吐的却是犹如血和奶的"对中国未来前途之探索"。旷日持久的煎熬中，孤独者的头发一天天疯长，体重一夜夜减轻……

为何优秀的生命总难以被容纳？

为何深受愚弄和蹂躏的同胞之间竟无相互理解、取得共识的可能？为何连善良的普通人也对自己的赤子施以冷漠和感情的虐待？何止没有同志,甚至还要提防来自身后营垒的污水,盯梢、告密、陷害、幸灾乐祸、落井下石……

多年以后,某个阳光灿烂的时刻,人们失声痛哭,像怀念亲人那样祭奠死去的先知——遗憾的是,历史从不给缺席者以补席的机会,用不着了,用不着祈谅和道歉了。"活着时无人知晓,工作不被重视,随即像影子一样消失",这类道路从来如此。

作为60年代末出生的人,我似乎做不到用更多的宽容与平和来默认父辈的历史。是的,我无法不让自己激动地去想、去讨问,比如,我又在痴痴地想:中国传统士子的血性、风骨、大义哪里去了?猛士的"不让"和患难扶助精神哪里去了?天才困厄之际,那庞大的一代文化集体暗地里在做着什么?

十年后,顾准的女儿痛楚地说:"人生只有一个父亲,可对于这样的父亲,我们做了些什么呢?"

可倘若这位父亲仍活着,是否一切都会改变呢?我不把她的话简单地划入一种自责,它是一团由泪水蜷缩成的胎盘,浸含着更隐晦和复杂的真相。正如她进一步质疑的——

"为什么我们和父亲都有强烈的爱国心,都愿意献身一个比个人家庭大得多的目标却长期视为殊途?"

这才是最可怕的诚实:同代人之间在相互理解方面的无能!

顾准真是太超前、太不了解"国情"了。

即便如此,以中国之泱泱,以遍地之事实和教训,断言无人能在思想和经验上与顾准暗合共鸣、无人能洞悉顾准意见之价值——岂非大不敬吗?但何独没有一个声音站出来:"这不公正!"

于是又回到道德勇气和人格力量上了。

4

近来,我常有意打量文化史上那些"著名友谊"和"营救者"的故事。

清康熙年间,成百上千的人因"文字狱"被放逐东北。顾贞观为救老友吴兆骞,费尽周折攀识了当朝太傅的儿子、著名词人纳兰性德。时机一到,顾将自己思念旧人的两阕《金缕曲》呈上,纳兰没读完即声泪俱下,说:"给我十年时间,我当自己的大事来办,此后你不用再叮嘱我了。"顾急哭了:"人寿几何?请以五载为期。"纳兰点点头。后此事终遂。

顾准没有这样的幸运,其时的政治体制和规则比古代严酷得多,没有情理之隙可乘。

可以借比的倒是现代俄罗斯。

20 世纪二三十年代,俄国知识分子的命运比友邦的后来还要惨烈。在专制统治和威权肆虐之时,大批的作家、诗人、思想者和政治家被作为革命之假想敌施以清洗,但由于高尔基等人的在场,正义与良知并未彻底缺席。

马克西姆·高尔基,苏联"无产阶级文学之父",列宁誉之为"道德最完美的人"。十月革命后,由于他坚持"知识分子是民族的头脑,要倍加爱护",从而与布尔什维克领袖的矛盾日趋尖锐。他一面在自己主持的《新生活报》上疾呼:"这不公正!"一面奋力抢救那些危境中的人。他联系五位作家上书彼得格勒契卡,要求释放古米廖夫,强调其对俄国诗歌的贡献,但诗人还是以反革命阴谋罪被处决了。他为救关押在彼得堡要塞的两位亲王急往莫斯科找列宁,指出其一是著名历史学家,当他拿着释放证兴冲冲赶回时,看到了俩人被枪毙的告示……他还同卢那察尔斯基一起请求批准诗人勃洛克出国治病,遭拒后跑到政治局"大闹一场"。当作家巴别尔即遭不测时,他公开声称对方是"诚实的作家和人"……

高尔基利用自己的声望不停地"管闲事",终于激怒了当局。莫斯科苏维埃主席加米涅夫的妻子对人说:"高尔基是骗子,如果没有伊里奇(列宁),我们早把他关起来了。"连列宁本人也不得不向其坦言:"您最好到欧洲的一个疗养院去,在这里,您既没条件养好身体,又干不了工作……只是一味地奔忙,徒劳无益地奔忙。"

即便如此,高尔基也没放弃徒劳的努力。一次次败下阵,又一次次冲上去,这位伟大的"父亲"在官方和牢狱之间疲惫地穿梭,承受着难以想象的夹力和痛苦。基洛夫遇害后,政坛又掀起了新的肃反浪潮,高尔基愤怒地对秘密警察头子雅戈达说:"我不仅要谴责个人恐怖,更要谴责国家恐怖!"难怪雅戈达背地里大骂:"狼毕竟是狼,喂得再好也总想往森林里跑。"这样的话由真正的狼嘴里发出来,足见高尔基对他们妨碍之大。

若有人坚称高尔基的胆气源于他同列宁"牢不可破的友谊",那么,值得一提的还有平民作家帕斯捷尔纳克们。

1934年,"天才诗人"曼德尔施塔姆被内务部下令逮捕,消息传出后,他的朋友非但没有躲避,反而一个个挺身而出。帕斯捷尔纳克跑到《消息报》找布哈林,甚至直接在电话中对斯大林讲:"我想同您谈谈生与死的事,关于一个人的生与死……"而女诗人阿赫玛托娃竟只身闯入克里姆林宫求援,这样做的后果是险些送命。他们几乎忘了抱团只会挑起对方更大的仇视和警觉,于事无补。但血性和良知历来如此,勇敢者永远不聪明,永远做不好审时度势、识时务这些活儿。

试想，在国家政治最黑暗的时期，如果少了高尔基这样的"良心"和"父亲"式的责任，如果没有那一声声"这不公正"及一幕幕惊心动魄的营救故事，如果每个人都争着用文学艺术抱政治的大腿……俄罗斯，这个伟大的苦难民族，她的文化名声和精神品格将受到怎样的质疑？将被烙上怎样的耻辱标记？若没有那些良知的在场和清醒见证，又怎会在剧痛中分娩出《日瓦戈医生》这等激动人心的作品？

卓越者的道德勇气和人格魅力，在历史最龌龊的暗夜里总能闪耀出清洁的光辉。正如爱因斯坦所言："第一流人物对于时代和历史进程的意义，在其道德方面，也许比在单纯的才智成就方面还要大。"二战时被称作"世界公民"的罗曼·罗兰和茨威格也属此列，他们在全球范围内承担起了"医生和护士"的人道职责。

"这不公正！"——一切正义的生命行为都发轫于这记冲动，一切崇高的事业都从维护这个记号开始。在一个民族的文化声音中，这句话俨然成为一个标识，它发生的次数、频率、强度和普及面，直接验明了该民族的素质、底蕴、品格、悟性及命运前途。

它永远那么孤独、悲壮而神性，闪烁着青铜的尊严和不朽的意味。

5

我们的年代终究没贡献出像高尔基、帕斯捷尔纳克般"舍我其谁"的人物，顾准亦没有曼德尔施塔姆式的友谊……然而，顾准绝望了吗？在屡遭那么多的不公之后，他是否也收到过一份小小的公正？

1974年11月15日，在顾准口授的遗嘱中，有一段耐人寻味的话："请六弟选择一些纪念物品代我送给张纯音同志和她的女儿咪咪……祝福我的孩子们!"

咪咪是谁?一个女孩的名字竟如此牵动弥留者的神经?

与此同时,一位 19 岁的姑娘正噙着眼泪趴在桌上写信,这也是顾准最后一次收到人间的问候——

> 我不能失掉你,你是我的启萌(蒙)老师,是你教给我怎样做一个高尚的人,纯洁的人,一个对人类有所供(贡)献的人……我知道泪水救不了你,只有用我今后的努力和实际行动来实现你在我身上寄托的希望……咪咪。

顾准读完信后,在病榻上抽泣不止。

徐方,小名咪咪,中科院经济所张纯音之女。1969 年 11 月,经济所南迁,15 岁的咪咪随母同往。在干校生活期间,这个未成年的孩子给予顾准难得的关心和照料,她常把自己的奶粉省下来偷偷送给这位罪人……渐渐的,顾准和她成了忘年的莫逆之交。

这是两代人的幸运。

历史将永远记住那些简易的奶粉——没有它,那个年代对先知欠下的债务将更难赎清。

感谢咪咪,感谢那叠泪湿的信笺。她给落日前无比凄凉的苍穹涂上了一缕人性的温暖。像寻踪而来的萤火,她使顾准这盏巨大光源在将熄之际,奋力地抬起头来,绝望中瞥见了希望。

这是思想家在遭历那么多冷落、歧视和不公之后,得到的最大补偿——比起后世那些在警报彻底解除后姗姗来迟的"理解",不知珍贵多少倍!

美丽的咪咪,你几乎替一个时代挽回了颜面,怎么感谢你都不过分。

（写至此，脑子里突然冒出一句：这封信是代表全体同胞的。但几乎一瞬间，我意识到这想法的可耻，我为自己的鲁莽而羞愧。这不是抢劫是什么？这不是掠夺是什么？亲爱的咪咪，收好你的东西，别让垂涎它的人骗了去。）

其实，早在动笔之前，我就决定一定要把"咪咪事件"留作结尾。我看重它，不仅因为它曾那样深地感动过我，更由于它是"青年的"，它来自青年又必回到青年。我需要它来拯救，拯救我在断断续续的行文中积下的乌暗情绪。

这有故作美好之嫌，但我愿保护这个缺陷。或者说，这个梦想。

为了顾准之"祝福我的孩子们"，为了鲁迅曾经的《希望》——

然而现在没有星和月光，没有僵坠的蝴蝶以至笑的渺茫，爱的翔舞。然而青年们很平安。

然而，青年意味着什么呢？

—— 1997 年

30

有股焦灼让你必须连夜种点什么

> 身体精神都染了病的人,快去做五六年农夫吧。
>
> —— 亚米契斯《爱的教育》

■■■■■ 这个世界上,植物是给予者,动物是消费者。

而人,作为动物中的动物、猛兽中的猛兽,乃地球史上最大的食客。

在超市,将包装精美的五谷杂粮一件件往筐里填时,忽然蹦出个念头:我竟然从不种植?一辈子只当终端消费者?一辈子如《诗经》里所说的那种"不稼不穑"?

这不奇怪吗?城里人竟然从不生产,只埋头大吃大喝,甚至懒得去拜望一下对方,看看它们是如何诞生并抵达餐桌的……恐怕没有一个时代,像今天这样,某样东西的消费者和它的生产源——竟相距如此遥远,隔离如此彻底。

这种冷漠,这种断裂和绝缘,这种老死不相往来,亘古未有。即便是一个古代宰相甚至君王,也不会让该逻辑成立。

如今的城市孩子,谁访问过真正的庄稼?嚼黄瓜者谁见过秧架上的黄瓜?吃山药者谁见它从地里被挖出来?谁清楚蒜薹和莴笋藏身的地方?

朋友一幼儿,被带往乡下探亲,村口迎面撞上一头猪,吓得哇哇大哭。朋友哄劝,那不就是动画片里的猪宝宝吗?孩子拼命摇头,不是猪,是熊。

阿尔多·李奥帕德的《沙乡年鉴》,乃我的床头书之一。他说:"倘使你没有一块农田,你将面临两个精神上的危险:一是以为早餐来自杂货店,一是以为暖气来自暖气炉。"

此话早已应验了。

在如今的孩子眼里,一切都是现成的,一切按流程和说明书来走,世界本来即安装好的这个样子:自来水属于自来水管,燃气属于燃气灶,热水属于热水器,微波炉属于电插孔,蔬菜瓜果属于超市……

我听到过两则对话——

孩子:"将来我要挣好多好多的钱!"妈妈:"为什么呢?"孩子:"没有钱人会饿死啊!"妈妈:"不会吧?你可以自己种东西吃啊!"孩子不解。

孩子:"妈妈,春天来了吗?"妈妈:"还没呢。"孩子:"春天来了,电视会告诉我们是吗?"妈妈愣住。

我不敢笑,孩子无辜。对他来说,食物的制造者确实是钱,也只和钱发生关系；他的季节信息，确实来自天气预报，而非自己的感官。他的双脚，恐怕从未踏上过泥土，大自然的体温和变化，他怎么能察觉呢？

身体精神都染了病的人，快去做五六年农夫吧。

这是亚米契斯在《爱的教育》中的话，我深以为是。

人一生必须吃点亲手种植的东西，必须尝试一点田野劳作。"劳动"，这个伟大的美德之词，我觉得唯农耕才配得上，现代语境下的种种"工作"与"上班"——都不应争夺和染指这份荣誉。农耕是最朴素、最基础、最简易的活命方法，与天地共栖，与日月同辉。一个人，即使没书报没音乐没电脑，但只要有一捧种子和一柄锄，就能活下去。同时，农耕也最诚实、最无欺，在所有生计行当中，其付出与回报、汗水与果实，最有可能成正比——简言之，它的逻辑最正直，最体现命运的公正和积极。

所以，人要永远向农业致敬，它应第一个被感恩戴德。

欢言酌春酒，摘我园中蔬。（陶渊明《归园田居》）

古代文人历来崇尚手脚和大脑之双重投入，在诗词的花蕊下，总闪烁着泥土的芬芳和劳绩。"天随子"陆龟蒙即是典型。这位晚唐诗人，更是个地道的耕夫和农学家。《新唐书·隐逸列传》称他："有田数百亩，屋三十楹，田苦下雨潦，则与江通，故常苦饥，身畚锸，茠刺无休时。"大意是说，由于地薄田涝，这位贫苦大地主，不仅亲自荷锄负箕，抗洪抢险，还常常断炊挨饿。当然，这是人家的自选活法，苦中作乐。龟蒙著作等身,最著名的竟是农事文章,即劳动心得,如讲犁具的《耒耜经》,论垂钓的《渔具十五首并序》《渔具诗》,谈防虫治鼠的《蠹化》《禽暴》《记稻鼠》,呼吁保护渔业资源的《南泾渔父》等。正因为活得健康、朴实、生机蓬勃,他和好友皮日休被鲁迅赞为"一塌糊涂的泥塘里的光彩和锋芒"。

"四体不勤,五谷不分",这是孔子平生遭遇的最严厉的嘲讽。

《论语·微子》载:"子路问曰:'子见夫子乎?'丈人曰:'四体不勤,五谷不分。孰为夫子?'……明日,子路行以告。子曰:'隐者也。'使子路反见之。至,则行矣。"孔子高度表彰了这份嘲笑,称大贤之人,并催弟子折返请教,但人已去矣。

亲近农田、熟悉庄稼,这是人之本分、之天职。

当离这个本分越来越远时,我感到不安、惶恐,我觉得自己是个不健全的人。即使现代分工给了足够的辩解,但无论如何,消费与生产不该如此隔绝。一辈子守着消费终端,懒得向另一头走半步,我觉得这样的人生链条是残缺的、不健康的,有犯罪感。它一定违反了某种伦理。别忘了,人曾是旷野的一部分,虽然肉体挣脱了出来,但灵魂不该背叛。

我们至少要常回过头去,深情而感激地望它一眼。

古老的农田,古老的庄稼,古老的人生。

否则,我们的身体和精神一定会染病的。

一件事,发生在我身上。

那天,搬进新宅的某个晚上,在众家具和装修气味的包围中,我焦躁不安,不停地踱步,不停地跑到阳台上深呼吸。我知道内心发生了严重骚乱，可想不出如何平息。后来，望着一只空花盆，我明白了：我在思念农田！我需要改变这个空间的生态，改变它的成分和气息，改变它的"场"！我需要扶植一名亲信，一个灵魂上的亲信，与我为伍，一起稀释、对抗这屋子里的化学和工业。我突然极想干件事——亲手将一粒叫"种子"的东西埋进泥土，凝视它发芽、吐叶、分蘖……我的意思不是修饰这个房间，它不应是观赏类花草，而是极实用和朴素的植物，有"庄稼"和"农业"的品质，比如茄子、黄瓜、西红柿。

我只要一株就够了，一个亲信即能让我坚定、强大起来。

这欲望从黄昏起泛滥，到深夜，愈演愈烈，不可收拾了。

我等不及，我无法忍受这个没有播种没有萌芽没有改变的夜，我撑不到天亮。

有盆，有残土，可到哪儿去弄种子呢？真正的"农业"种子？

我困兽般踱步。突然目光里闪出一样东西，一袋辣椒，超市买的。

有了，有种子了。我开始行动，像做一件伟大的事。

等一勺水浇下，泥土变湿了。花盆成了一位母亲，她怀孕了。

夜，和刚才截然不同了。

黑暗中，有一束微光，有一粒叫"大自然"的胚芽，它在闪烁，一微米的心脏，在跳动。在这座钢筋混凝土的空间里，突然来了个敌人，一抹小小的异己的能量；这个原本一切物件（包括我）都正被一秒秒损耗、老化——做着物理"减法"的场地上，突然有了一股反方向的力——"生长"和"加法"……

这多么令人鼓舞！

有位在"文革"中坐牢的前辈，他告诉我，那时每天最幸福的事,即扒着窗户,专注地看墙外一棵树,就一棵。你会看出它时时刻刻在变,也只有看出这种变,它才对你有用,才让你目光有所安置,心思有处盛放……不同季节的树不一样,每个时辰的它也不同。偶有鸟儿落上,那就像过节了;夏天,夏天最妙,你不仅能听,还能用肉眼从枝叶中搜到几只蝉和蜕……冬天最难熬,树秃了,就关心起枝丫和树疤,关心枯叶在风中的滚动。不幸的是,落叶总是很快被人扫走……

他说,若没那棵树,自己会疯掉的。

是大自然的某种"生长",救了他的神经。
是铁窗外的某种"活着",让他活了下来。

—— 2009 年

31

生存在当代截面上

■　傍晚，沿故宫外河沿，遛弯儿。

蓦地，一群念头像蚯蚓般纷纷钻出来：你说不才百余年嘛，人间咋就弄成了这模样？多少千年秉承的东西，到这儿就突然拐了弯儿、改了辙儿、换了理儿……秦汉的月亮还挂在那儿，眼皮底下却面目全非……你说，那和珅要是哪天醒来到王府井转转，会是怎样的表情？屁股冒烟的轿车会不会被看成骡马新品种？

一个汉朝人和一个明朝人，对调一下位置，也能活，眼前景象和风物不至于太陌生，生存内容和规矩也差不离儿。但一个古人若来到今天，恐呆若木鸡，腿都迈不开了。

现代生存的复杂性，足以让最聪明的古人变成白痴。

那么，我们能适应几百年后的世界吗？

难说。于兹,我们也是古人。

由此想到一个逻辑:生活,从前不是这样子,未来亦非如此。仅仅现在,唯有今天,才是眼下这样子!我们正如火如荼地进行着的各种社会游戏:政治、经济、意识形态、娱乐时尚、流行文化、新闻焦点……一切一切,皆为当代截面上的可怜风景,皆为历史的散曲儿——弹指间,即吟罢作废,形同儿戏,犹如灯棚里古装戏的热闹。

后世看我们,若今生看古人。

想到这,忽觉眼前的景象有点滑稽:立交桥、红绿灯、广告牌、刹车线、高楼巍厦、大屏幕上的股市和周杰伦……

它们并非从来就有,也不会永远有。我所知的是:一切偶然,一切匆匆。

想起莎士比亚对时代的嘲讽:充满了声音和狂热,里面空无一物。

那时间深处有无牢靠之物?于人生,哪些元素更值得亲近和秉持?

我想,若一个人更多地和"经典"、"永恒"打交道,而非仅滞留在当代截面上——只缠磨于时代游戏,那么,其人生也就倾向了立体,趋于饱满,有了安全感、归宿感。如此,你栖息和消费的即仅非当代,而是整个人类家园和丰饶的历代菁华。无形中,你的"一辈子"与人类的"一辈子",即有了某种精神和美学的联络,即有了更大的资源、背景和系统支持,即不枉世间走一遭。

因为你上下通了,你的灵魂有了祖先,你的基因有了谱系,你的精神有了身孕,你的生命有了身世和来龙去脉,仿佛有根之茎、有源之水、有核之果。否则,无论你在当代事务上多么投入和涉深,人生亦不免显短、显薄、显单,格局和气象皆小,也有点儿亏。

何以称得上"永恒"和"经典"呢?

我想,这大概算个办法:在天堂或地狱,当遇见一个古人时,若你说的他能懂,他说的你也懂,那这个事儿就是永恒的。比如节气、农事、五谷、男女、洞房花烛、品茗赏月、琴棋书画、修身养性……相信彼此交流起来,基本无碍。否则,即属当代截面上的,昙花一现,靠不住。比如你说计划生育,说向雷锋同志学习,说转基因食品,说北京购车摇号、暂住证或异地高考,人家就听不懂。

以上有玩笑之嫌,但思路是认真的。

我突发奇想:你说,人间是否已无需大刀阔斧地生产和改造,只需修复与还原?还原关关雎鸠、青山绿水的天地之初?还原种瓜得瓜、种豆得豆的万物之机?还原迁徙无羁、儿孙满堂的自由天伦?还原一诺千金、童叟无欺的古道热肠?还原依循天时、晨钟暮鼓的自然人生?还原事物的本来面目和原配秩序?

我怎么老念叨古时候呢?

大概,它意味着游戏之简约、手续之节省、习性之本能、契约之守恒……意味着一种悠闲、朴拙、谦卑的生存精神,意味着一种相对单纯和轻盈的社交逻辑。

它让人活得省心、省劲,不复杂、不折腾。

至于古代的利益争斗和蝇营哲学,和现代比,简直是童话水平。

看看那些成语吧,什么郑人买履、掩耳盗铃,什么草船借箭、蒋干盗书……真是可爱至极。

连《周易》和孔子的深邃,都透着儿童的清澈。

变和巨变是一种意义,不变和少变也是一种意义。

在求变的同时，我们有无智慧收留一种"不变"、养护和传递一种稳定的"日常"呢？我们有无能力打通并维系一种"过去、现在、未来"的联系呢？我们有无可能怀着敬畏和喜悦活在这样的精神时空里，享受由"完整"、"丰富"带来的好处呢？

——2009 年

32

我是一只移动硬盘

■ 你不敢不信,世上每条信息都关乎着你。

看那些人,那些手执一叠报纸、眼瞅滚动屏、拎着电脑包、神情焦灼、行色匆匆的人……我觉得像极了一只只移动硬盘——两条腿的信息储存器。

大街上、地铁里,"硬盘们"飞快地移动,蚂蚁般接头,随时随地,进行着信息的高速传播和消费:交换、点击、复制、粘贴、删除、再点击。

浏览媒体,不是因为热爱新闻,除了借别人娱乐一把,最吸引我们的是政策信息、理财信息、防骗信息,我们要知道世界复杂到了什么程度,又繁殖出了哪些新游戏,骗子的即时动态和战术特点,应对策略和自卫工具……每条信息我们都舍不得漏掉,生怕与自个儿有关,生怕麻烦找上门来。

我们被浩瀚信息所占领,成为它的奴婢,成为它永无休止的买家和订户。

我们不敢舍弃,不敢用减法,我们担心成不了一个合格的当代人。我们害怕吃亏,哪怕一丁点儿,害怕因无知而被时代废黜,害怕在智商比拼、脑筋急转弯中败下阵来,我们害怕沦为社会攻略的牺牲品。要知道,这是一场智力博弈大赛,一场算计与被算计、榨取与被榨取的战争。有人在抵抗,有人在冲锋,有人在喊"缴枪不杀"。剩下的空当儿,大伙在群商,在学习和演练,在道听途说、摩拳擦掌。

我们需要假定人性是恶的。

我们有无数敌人和假想敌,道高一尺魔高一丈,水涨船高,日新月异……你的信息系统要时时更新,防毒软件要天天升级。

楚歌险境,要求你全副武装,要求你全面专家化,用《辞海》般的知识量装备人生。咱们的导师就是食品专家、质检专家、防伪专家、理财专家、维权专家、犯罪学专家。不理睬,或鄙夷人家的滔滔不绝,你即有沦为受害者之虞。

逢新政和条例出台,我们更不敢怠慢,要抢先熟悉规则,要在新格局中抢占有利地形,至少不吃亏,免做"击鼓传花"中的最后一环和垫底人群。

一个狩猎的时代,即使你不想当猎人和猎狗,即使你不习捕猎技术,也要苦练逃跑本领。《天龙八部》里的段誉,虽不懂搏击,但凭一套反迫害技能——"凌波微步",竟也毫发无损。

信息像蜘蛛、像鼠群,人生像仓库。

空间被它霸占，时间被它噬碎，心力被它耗尽。

表面上，人人参与社会机器的庞大运转，但无一是主人，皆奴婢和下人。我们越来越成为自己工具的工具了。

我们的课程太多，作业太重。
我们无休止地准备生活，然而生活迟迟没有开始。
像一个永远留级的学生，等不来毕业，等不到卸下书包的那一天。
现代人死于累，死于心痛，死于童年的消逝。
谁设计了这样的生活？谁捏造了这样的共识？

想想古代，那会儿灵魂和肉体多轻盈啊。无论时间、空间，都有辽阔的场子、足够的宽松和僻静。古代的最伟大之处在于，它收养了一大帮精神松弛的人，比如真正的游手好闲者、真正的隐士和散人，且总有生动的山林，供之随心所欲地使唤。

何谓自由？
我觉得，大概即一个人能决定哪些事和自己有关或无关。

2009 年

33

被占领的人

1

■ 我们每一天究竟是怎么过的呢?

萨特有过一段意味深长却颇为费解的话:"我们沉浸在其中……如果我说我们对它既是不能忍受的、同时又与它相处得不错,你会理解我的意思吗?"

1940 年,战败的巴黎过着一种被占领下的生活:屈辱、苦闷、压抑、惶恐、迷惘、无所适从……对自身的失望超过了一切,"面对客客气气的敌人,更多的不是仇恨而是不自在"。

和恨不起来的敌人斗争简直像吃了只苍蝇——除非连自己一同杀

死,否则,那东西是取不出来的。

人格分裂的生存尴尬,说不清的失败情绪,忍受与拒绝忍受都是忍受……使哲学家那颗硕大灵魂沉浸在焦虑的胆汁中。

那么,我们今天又是怎么过的呢?为什么仍快乐不起来?

今天的敌人早已不是人,而是物。是资本时代铺天盖地所向披靡、蝗虫般蜈蚣般蜘蛛般、花花绿绿婀娜妖冶——却又客客气气温情脉脉之商品。物之挤压使心灵感到窒息、感到焦渴,像被绞尽最后一滴水分的糙毛巾,然而肉体却被侵略得快活起来,幸福不迭地呻吟……

是的,我们像水蛭一样吸附在精神反对的东西上,甚至没勇气与对方翻脸。失落的精神如同泻了一地的水银,敛起它谈何容易。

我们紫涨着脸,不吭气。恰似偷情后被窥破的男人,心灵在呕吐,肉体却躲在布片内窃喜——"更多的不是仇恨而是不自在"。

你就是你要揭发的人。我们和萨特同病相怜。

2

这是个让心灵屈从于感官的时代。

在体内,那股与艺术血缘相伴的尊严和清洁的精神——被围剿得所剩无几了。肉体经不起物的挑逗,像河马一样欢呼着欲壑的涨潮:烫金名片、官位、职称、薪袋、舒适的居厅、软榻、厕所……我们丝毫不敢懈怠,哪怕比别人慢半拍,即使强打精神码字儿也要频频回望——生怕它们会拔腿溜走。我们原本轻盈的身子被一条毛茸茸的脂肪尾巴给拖住了,患得患失,挣脱不得。

生命就这样被轻易占领。

物对人的诱惑之大,远超出了任何一个古代和近代。英雄彻底缺席了，我们再也贡献不出一个苏格拉底、一个尼采或一个梵高那样清洁而神性之人。

只有手捂金袋的犹大们，在瑟瑟发抖。

3

鸟从天空落到树上，从树梢跌至地面，鸟沦为了鸡。

地面占领了鸡（不是鸡占领了地面）。

鸡体验的是胃，翅膀的梦已渐渐被胃酸给溶解掉了。虽然健硕丰满、羽毛油亮，虽然用爪刨食实惠多了，但鸡的悲剧在于：它再也不能飞了，再也回不到天上了。

不会飞的生命已毫无诗意可言。

现代人的遭遇其实和鸡差不多。

4

日子一天天膨胀、实用起来。想象力变成了刀叉，心灵变成了厨房，爱情变成了腊肠……精神空间正以惊人的速度萎缩、霉硬。再大再荣华的城市也只是一只盛鸡食的钵盆。

我们挤在群类中，手持年龄、学历、凭证和各种票券，忙着排队、抢购、对号入座……像狼扑向自己的影子。

一切就这样凝固了。

一只看不见的手安排了我们的生活？

我们愤怒不起来，更做不到义正辞严。

我们底气不足。面临的困难如同"提着头发走路"一样沉重无望。当然，这并非谁之责任，或者说是每个人的责任。因为几乎人人都接受了那份看不见的贿赂，人人都到指定的暗处领走了自己的那份，且沾沾自喜……

人人。咱们。黑压压的头颅一望无际。

人群是人的坟墓。

没有人敢对周围说"不"。

5

是什么让我们生活得如此相似？

我们可曾真正地生活过？

真正——有力地生活过？

萨特的话变得一天天冷酷起来：

"如果我说它既是不能忍受的，又与它相处得不错……你会理解我的意思吗？"

耳光。我惊愕地望着镜子——

一张和我一模一样的脸。

噢，咱们的耳光。萨特还给萨特们的耳光。

† 1996 年

34

让傻瓜也能活得好好的

怎样才算是一个好的时代,一个良性的优美的时代?

我的标准是:假如傻瓜也能活得好好的。

除了福利制度免除人的衣粟底线之忧,社会的竞争规则、分配原理和命运设计,亦须公正和清洁。该时代在品格上应有纯真、简单的一面,它不让包括傻瓜在内的人焦虑,不欺辱弱者,不以厚黑和陷阱坑他们。

一条路,若连盲人都安然无恙,即一条善良的路。

否则就不是。

某日,发生了两件事。

一是太太遇到了骗子。家门口贴了告示,红印章,北京燃气维修服务部，称严寒将至，为防燃气中毒，将提供免费检查。太太照电话拨号，很快人至，一查，需换三个阀门，最后结算，600元。太太惊愕，还是乖乖付了账。晚上，太太嗫嚅着追溯白天，我暗呼上当。果不其然，问燃气公司，没这事，电话不是人家的。翌日向工商局投诉，答没辙，全靠自个儿防范。叹口气，安慰太太，权当自个儿是傻瓜吧。其实一切都在意料中，做点挣扎，只是把受害者的程序走完，给霉运画个句号，也算有所作为了，否则不仅影响自我器重，也对不住法制社会和公民称号啊。就像重症晚期病人，明知治与不治无二，还是沿现代医学的全套流程走了一遍。

二是同事遇到了骗子。准确地说，是骗子遭遇了同事。

同事家有老人，骗子登门，谎称油烟机厂家服务，不光把八成新的机子卸走了，还收了数百元手续费。同事乃智力牛人，逻辑缜密，口才佳，且擅斗争哲学，对规则和潜规则颇有研究，重要的是，有一股绝不吃亏的劲儿。

同事下班，闻后不动声色，给骗子打电话：先自报家门，亮央视记者身份，尔后命令对方，必须在明午饭前将骗款和设备价一并汇入指定账户，否则将不惜一切手段绳之、法之、惩之……据同事形容，那真是声色俱厉、雷霆万钧，混合了记者、公安、黑社会老大的综合语气和杀伤力。

第二天，钱乖乖地到了账。

同事说，恐吓其实最有效，不图别的，替老人释口恶气，算尽孝吧。

真佩服他的实干，不仅有对策，更有誓不罢休的意志。我不行，务虚惯了，老觉得在这个时代不吃大亏就算占了便宜。

同事也承认，这法子只能自保，帮不上别人。骗子可自认倒霉，对强悍的个体妥协，但不会对自己的职业让步。

不是骗子和厉害的主，即是受害者？那么，人生还有没有别的角色、别的活法？

不骗不傻不吃亏，乃最正常的人生状态，可实际难矣。你不光要练就火眼金睛，更要有不依不饶、维权打黑的搏术和毅力。知识者很聪明，爱质疑爱推理，眼力不弱，但往往行动力太差，忍气吞声了之。

在我写该文的同时，手机里又冲进两条诈骗短信和一记"一声响电话"。

信用和道德，乃社会最重要的生存资源和精神家当，它比法律更宝贵，亦是减少法律成本和制度损耗的关键。我一直以为，法律使用频率高的时代可能是一个法制健全的时代，但绝非理想时代。因为法律堵的是人性漏洞，民间道德损伤越严重，法律之地位和功能越凸现。显然今天，靠毁坏规则和蔑视信用发家——已成最流行的获利模式和暴富捷径，也意味着我们最基础的家产已被老鼠蚀空，只剩一堆糠皮。

我们竟浑然不觉，以为粮满仓、柴满垛，高枕无忧。

巴尔扎克说：傻瓜旁边必有骗子。

法学家也说：在骗子眼里，除了同行，天下皆傻瓜——这是他们最大的职业依据，也是信仰所在。

我就寻思，你说这世上先有傻瓜还是先有骗子？是骗子证明了傻瓜还是傻瓜激励着骗子呢？

当骗子和傻瓜都越来越多，更大的疑惑来了：这是个以骗子命名的时代，还是个用傻瓜注册的年头？这是场考验纯真的精神游戏，还是智商博弈的丛林肉搏？那传说中的裁判在哪儿呢？还是压根就没有？

—— 2009 年

35

人生的深味

■ 醋米饭、海鲜、菜蔬,它们抱成团,即成了日本最得宠和平易的食物:寿司。

纪录片《寿司之神》,描述了一家"值得用一生去排队"的餐厅,铺面很小,不及十座,除了大麦茶和热毛巾,只提供寿司。它位于东京银座地下一层,连洗手间也没有,但它两度被"美食圣经"《米其林指南》评为三星,这是全球餐厅的最高荣誉。

"不好吃,就不能端给客人。"87 岁的小野二郎说。

他是店主和主厨,也是餐厅的灵魂和标志。当他站在你的餐位前,全神贯注地捏一只寿司,然后捧给你时,你会油然升起一股庄严感,犹如坐在寺庙的蒲团上,甚至因崇敬和幸运而有点紧张,因为老人身上那缕光阴的平静,因为他手上散发出的修行的光芒。因为眼前这个人,用了六十年来做眼前这件事,而每一次,都是在重复的基础上诞生新作。

"这么简单的东西,味道怎会如此有深度?"食客们用幸福的语气问。

"每种食材都有最美味的理想时刻,要把握得恰到好处。"二郎说。在他的店里,为使章鱼口感柔软,不似橡胶那么僵硬,要对之按摩四十分钟;为呵护米饭的弹性,其温度要贴近人的体温;做学徒,要先练习拧滚烫的毛巾,随之是用刀和料理鱼,大约十年后,你才会上台煎蛋……

"我一直重复同样的事情以求精进,我总是向往能有所进步,我会继续向上,努力达到巅峰,但没人知道巅峰在哪里。"老人说。

追求技艺的完美,对细节一丝不苟,在重复中精益求精,此即日本传统文化推崇的"职人"生活。"职人",社会身份即手艺人、匠人,但它同时也是一个精神身份,意味着一种成就、修养和品格。在《留住手艺》一书中,日本作家盐野米松写道:"他们就是这样:了解素材的特性、磨炼自身的技艺、做出好的东西。这是他们的生活本身,是他们的人生哲学。"

让人感叹的是,这种劳动的认真和严苛的自律,不仅是市场和竞争的需要,更是"职人"内在的生命要求,是精神驱动和自我修行的结果。他们执行的是自己的尺度,而任何一丝松懈或作弊,都会让其失去自我器重。

70岁前,餐厅食材由二郎亲自挑选,他每天骑车去菜场,从最信任的商贩那儿领取属于他的东西。纪录片里,有一组在菜场的场景,商贩们说:"有些米只供给二郎,因为只有他知道怎么煮。""若有三公斤野虾，那就会留着，直到他来。""好东西是有限的，要交到最好的人手上才行。"

这是一种带体温的商业。其实，和二郎一样，这些商贩在自己的领域亦是行家、权威和伯乐，亦是有理想主义倾向的人。他们知鱼懂米、惜物识人，除了逐利，他们有额外的准则和希冀，他们重视自己的下家，惦念着物的前途和归宿，他们追求完美的流程，渴望成为"正果"的一部分。

最好的鱼贩，最好的虾贩，最好的米贩……最好的使用者，这是一个由"最好者"缔结而成的链条。在贸易上，这是一种联盟式的高度信赖和共栖关系；而在精神上，又何尝不是一种知音式的彼此惜怜和偎依取暖？

这是敬业、敬物、敬人，也是敬天地、敬生命、敬自我。

正因为这种人和人生、这种行为风格不是孤立的，它才有生存和繁衍的可能。所以，小野二郎并不孤单，它是一个群的成员。这个群，在追求一种内容和气质相近的生活：专注、执着、严谨、诚实、身心并赴、内心充满安宁和纯粹的喜悦……

二郎说："你要爱你的工作，你要和你的工作坠入爱河。"

用修行的方式对待自己的劳动，追求平淡里的深味、简易中的精致、清素下的高贵，这是大部分人都有机会采摘到的人生，而命运，也很少辜负这种选择，尤其是在精神回报上。

2013 年

36

做一个有"祖"的人
—— 王开岭教育讲座摘录

■ 我曾说,无论教育再现代,都别漏掉一点:培养孩子的"身世感"!即在精神、文化、情怀和风物记忆上,做一个有"祖"的人。具体地说,即做一个有"祖国"的人,做一个有"故土"的人,做一个有"家传"的人。

你从哪里来,你是谁,你到哪里去……一个人,只有打通了时间,找到自己与历史、个体与族群的联系,他的生命方可定位,方有"来龙去脉"和坐标系,他对自己的生命角色才能有完整感受,才能"立身"并持有生命的身份证。

"山一程,水一程"……你身在何处?你到了哪一程?这就是

"身世"。大的身世,即民族的文化传统和国史;小的身世,即我们的家族谱系和故乡史。所谓"家国",蕴意于此。

给中学生做讲座,我问台下,回到过你们的祖籍地吗?知道祖父外祖父曾祖父们的故事吗?摇头,大部分连名字都不知。

我笑着说,你们都是"孙悟空"啊,是从石头缝里蹦出来的。

日前,我的央视同事做了一档节目,叫"客从何处来"。这是一档名人寻根的节目,第一季有易中天、陈冲、马未都等人。他们从一点线索开始,寻访祖辈们的生活轨迹和命运细节。这虽然在外壳上借鉴了国外的真人秀节目,但在我看来,它对国人的意义尤为重大。在文化和精神上,它更有理由成为正源的本土节目,因为没有比传统中国更推崇"认祖归宗"的了,它可以帮我们做好"中国人"——那种骨子里默认的"中国人"。我在评点易中天那集时说:"这是一条探亲的路。这是几百年的亲,这是几千年的路。不谙身世,生命即缺少出处,即来历不明,犹若孤儿,我们的灵魂即无舍可守、无枝可栖……这样的人生不仅尴尬,而且虚无。易中天著作等身,不过是立言,今乃立身。"

中国人需要一条"回家"的路。这条路,曾经熙熙攘攘,如今人迹稀冷,这就叫"人心不古"。不久前,有媒体发起了"中学生历史写作大赛"和"微家史"征集活动,其实质即精神上的"问祖"、"探亲"。

我问孩子们,什么情形下你会想到自己的"祖国"?通常答:升国旗、奏国歌的时候,卫星发射成功的时候,奥运健儿夺冠的时候……

我说是,但我更多是在如下情形之下:坐飞机俯瞰山河的时候;儿时翻地图册的时候,尤其是五颜六色的地形图;过长江三峡、观黄河瀑布的时候;爬泰山、游晋祠、登长城的时候……我觉得这就是我的"祖国",它太美了,我没理由不爱它。还有汶川地震时,这个民族承受着大苦难,所有人缔结成一个命运共同体,我会不由自主地想到"祖国"这个词。我被大地的裂口震撼,我为它疼痛、为它祈祷。

有首老歌,叫《我的祖国》,作者首先描绘了我们的母亲河——长江:"一条大河波浪宽,风吹稻花香两岸,我家就在岸上住,听惯了艄工的号子,看惯了船上的白帆……"我觉得这段词写得特别好,几句话一出来,即会油然而生"祖国"之感,热爱之情也随之涌至。是啊,这就是我们的祖国,这才是我们的祖国,世世代代的祖国。也只有这样肥沃清洁的山河,才能使我们在"祖国"的情感上与之相认。

我认为"祖国"一词,其重心在"祖"上。支撑它的,是那些古老和永恒的东西,是在"变"中坚持的"不变"的东西,是我们祖祖辈辈赖以生存的最信任的东西。有句话我们常挂嘴边,叫"在这片古老的土地上",但若没有了"祖业",若没有了祖上的山水、文化、遗存,若没有了祖上的文章、语言、习俗、礼仪,甚至连祖坟都没了,"祖国"何以安身?

国庆节,随处可见这样的标语:"热烈庆祝伟大的祖国诞辰××周年!"我们的祖国至少有五千年的文明史啊!显然,它忘"祖"了。一旦抽离了"祖国"的丰富含义,"爱祖国"即为一种空洞的情感,一种虚无主义和形式主义的政治献媚而已。

做一个有"祖"的人——这是当代中国人的精神功课!我们需要文化的国籍、美学的国籍、灵魂的国籍,并在此基础上诞生真正的"爱国者"。

只有深谙了祖国的身世和奋斗史,读懂了那些理想主义的先贤们,我们才会明白这个民族需要怎样的未来,才能续写好它的新史。

2014 年

37

做一个自然之子

—— 王开岭教育讲座摘录

曾多次向师生推荐俄国作家巴乌斯托夫斯基。

我说:"酷爱大自然,几乎是所有俄国作家的共同品质,而像《金蔷薇》这样执着地描述文学与地理、精神与自然的关系,则不多了。"

在我的心目中,他是最有安徒生气质的散文家。读其书,就像森林里的一场美学散步。

在《洞察世界的艺术》中,他转述了一位画家的话:"每年冬天,我都要到列宁格勒那边的芬兰湾去,您知道吗,那里有全俄国最好看的霜……"

你识别过不同的"霜"吗？

这是眼睛的区别，更是心灵的区别。这是艺术家与普通人的区别，更是诗意人生与物质人生的区别。甚至，也是儿童与成人的区别。

每个人都曾是诗人和画家，因为他们都曾是孩子。孩子的感官，那未蒙翳之前的清澈与敏细，使之早早成为原始的艺术家。而大自然，也是一切童话诞生的摇篮，是孩子最亲密的儿伴，是其最好的心灵保姆和美学导师。安徒生和法布尔的使命即于此，他们把大自然重新授予了孩子。巴乌斯托夫斯基说："对生活，对我们周围一切的诗意的理解，是童年时代给我们的最伟大的馈赠。如果一个人在悠长而严肃的岁月里，没失去这个馈赠，那他就是诗人或者作家。"

这是个重要提示，尤其是对工业时代、数据时代的人和教育。

他还有段话是这么讲的："假如雨后把脸埋在一大堆湿润的树叶中，你会觉出那种沁人心脾的凉意和芳香。只有把自然当人一样看，当我们的精神状态、喜怒哀乐与自然完全一致，当我们对往事的沉思与森林有节奏的喧哗声浑然一体时，大自然才会以其全部力量作用于我们。"这最后一句，我在读书时，在它的下面重重地画了线。

大美在自然！艺术在自然！浪漫、诗意、力量、幸福感，都离不开自然！

读当代文学作品，常觉得少点儿什么，就像一个人待在封闭的屋子里，觉得胸闷气短、氧气不足，后来我明白了：写作者们的确是憋在书斋中面壁写作，无论视野或内心，皆无大自然。他们的状态，恰恰是我们厌倦的状态。他们的焦虑，恰恰是我们熟悉的焦虑。他们注定提供不了我们最需要的东西。

那种辽阔的"户外写作"基本上断代了。

而"户外"精神，正是经典文学的特征之一。且不说中国古典诗词曲赋，罗曼·罗兰的《约翰·克里斯朵夫》第一句就是，"江声浩荡，自屋后上升"；且不说托尔斯泰、屠格涅夫这些扎根俄罗斯大地的作家，读沈从文的《湘西散记》，你都能处处感受到那种清澈和敞亮的呼吸、那种河水般的灵魂流淌……所谓快感、美感，所谓表达的自由，盖源于此。

这正如巴乌斯托夫斯基所说："大自然才会以其全部力量作用于我们。"

如今，我们的身体、精神居住在钢筋水泥的缝隙里，悬空、不接地气，像被吊起来的囚徒。它给我们留下的后遗症是严重的。

从何时起，我们成了大自然的陌生人？我们的栖息空间、故事场景中，我们的生活美学、人生哲学里，不见了长河落日、大漠星空，不见了莺飞草长、林荫虫鸣……

十多年前，我写过一篇文章，叫《古典之殇》，大意是：当我们大声朗读古诗词时，殊不知，那些美丽的乡土风物、那些曾把人类引入曼妙意境的物境，已荡然无存；在现实空间里，我们找不到古人的精神现场，找不到对应物……古诗词，成了大自然的悼词和殇碑。

后来，《古典之殇》从一篇单文变成了一本书。我说：你知道古人取什么水煮茶吗？江河水！《茶经》中，它的名次排在井水前；我说你耳朵里还住着寂静吗？你读"长安一片月，万户捣衣声"的感受是什么？那会儿的夜真静啊；我说你有多久没再见萤火虫、没遇到真正的黑夜了；我说这些年，你见过一只登堂入室的燕子吗……

中国古典诗词曲赋，全是"户外写作"的结果，全是物境和心境的交合。若无对大自然的细敏体察和呼应，文学就丢了魂，文人就丢了魂。在《古典之殇》的书封上，我写道："这是一部追溯古典、保卫生活、怀念人类童年的书。这是一部唤醒记忆、修复现代感官和心灵美学的书。"

现代人注重养生，而养生的本质，即还原身心的本真状态，即修复生命运行与自然运行的原初关系。

如今的孩子，能说出多少草木的名字？

我问一名中学生：老师有没有布置过写时节、光阴或天气的作文？摇头。我遗憾，因为这不仅意味着人与自然的一种交流，更是记录生命里程和进度的一种方式。大自然，是时间最古老、最生动的尺子，要提醒孩子们，别丢了这把尺子。我曾说，语文课本应保留朱自清的《春》这类文章，不要嫌弃它，可以替换，但要留位。阅读自然是人类永恒的生存习性和生活美学，农人仰天是为了种田，文人仰天是为了种心。读前辈文章，你会发现对自然时空和风物的大量描写，而"80后"、"90后"的作者，罕有这类贴肤的体察了。

今人的生命注意力出了问题。

有外界和物变的原因，也有心性和灵魂之故。

《诗经》记录的是中国文明史的纯真年代。马克思曾说，世上有早熟的儿童，也有正常的儿童。他把中国人列入"早熟的儿童"。我想，若马克思读过《诗经》，即发现中国也有一个正常的儿童期。

在我眼里，《诗经》乃性灵之书、自然之书、童话之书。它的伟大，孔子看得很透："一言以蔽之，思无邪。"作为教书匠，孔子总不忘唠叨："可以兴，可以观，可以群，可以怨……"末了，又对小儿说："多识于鸟兽草木之名。"

这也是我酷爱《诗经》的一大隐由。它是一部生物百科全书。《毛诗草木鸟兽虫鱼疏》作了详解，计草本80种、木本34种、鸟类23种、兽类9种、鱼类10种、虫类18种，动植物共174种。

这才是上苍配备给人类的大自然。孔子的育儿经，包含一个大道理：向大自然学习！情怀、人格、心性、美德、智慧的发育，大自然都是最好的母体。

在香港，遇见一栋小学，其特色课是种草药。最让我赞许的，乃其初衷。它这样做，并非出于知识的目的，而是意在激发孩子对草木的热爱与感恩。

去阅读大自然吧，感动于它的美，感动于它的恩，感动于它的力量和永恒。

做个自然之子。本来如此，理应如此。

— 2014 年

38

恭顺使我痛苦

1

一位音乐发烧友解释贝多芬:"他的旋律,给人一种站着的感觉,不是横,而是——"他边说边大幅挥舞手臂,做了个"矗"的姿势。仿佛是在劈斩空气,仿佛空气像石头一样硬。

他的激情令人动容。我认定他是贝多芬的知己。

昂首挺立,正是贝多芬苦苦支撑和捍卫的形象。他说过:"人对人的恭顺,这使我痛苦。"在《命运》《英雄》《第九》中,这声音都洪亮如钟。

某次,贝多芬拒绝了一位亲王的演奏请求,原因是对方客厅里坐满了拿破仑占领军。面对恼怒的主人，他说："你不过是一亲王，而我却是贝多芬！亲王有的是，贝多芬永远只有一个！"语态幼稚得可爱，显然，他无意向此公索要恭顺，他要的仅仅是尊严，但为了挫败权力，只好用更大的傲慢来回击了。

拿破仑是世俗王者，是让人臣服的枭雄，是试图规定众生命运的人。而贝多芬，恰恰是反抗屈服、不服从命运的英雄。在贝多芬的音乐里，"英雄"并不特指某个体，更非居高的魁首和社会率领者，而是一种理想主义人生，一种没有臣民和特权的高贵，一种撕毁命运契约改写自由的人……可以说，"英雄"，这个被轻易礼赞又反复误解的词，是贝多芬率先还原了它不寻常的正常含义。"英雄"，是他的幻象和榜样，除了对自身的憧憬，也透着他对人群的期许和渴望。

昂扬——绝不臣服与绝望！乃英雄的首要气质，也是与英雄为伍的精神起点。

"我的音乐就是要使奴隶高兴，让暴君感到害怕。"音乐里，他试图抚慰每个疼痛的灵魂，将每个跪着的生命搀起，让其麻木的双脚在泥淖中学会站立，成为一个英雄、一个自己的上帝。

没有一个正直的人会排斥贝多芬，在其旋律里，每个人都会感觉到自己频频出现：挣扎、窒息、犹疑、徘徊、理想、信念、号角、激昂、自由、曙光、悲怆、光荣、葬礼……这座盛大的容器足以装纳人类所有的泪水和欢畅、苦难与梦想。

每个人都惊讶地找到了身世，每个人都得到了神秘而不留姓名的帮助，每个人都悄悄握住英雄递过的手。

后人想尽词汇表达对贝多芬的感激，可总嫌不够。一位学者被问"何谓死亡"时，脱口而出：就是再也听不到贝多芬了。

2

想起了鲁迅。

鲁迅文字中那些紧张、激烈、孤独、尖锐的情绪背后,所闪耀的不正是"站着"的姿势吗?

鲁迅入棺后,谎称鲁迅和伪承衣钵的人络绎不绝。但鲁迅是模仿不起的,因为他在"彷徨"之后敢于"呐喊"、敢于指证"人血馒头"、敢于挥舞"眉间尺"做"狂人",而模仿只是有惊无险,并不能令黑夜真害怕,也换不来报复和打击(被打击几成一种荣誉)。鲁迅首先是战士,一个不折不扣的硬汉,然后才是作家。而眼下最滥竽充数的就是作家,除了"坐家"什么也不是。

付不起做鲁迅的代价,你是被鲁迅和鲁迅的敌人一起吓回来的。

奏不出鲁迅的强音,因为你根本人不了角色,指法粗疏、力度不够,找不准鲁迅当年的感觉——那种痛苦到极限、悲愤到极限的感觉。鲁迅是火山,你只扮演了喷泉。

所以算了吧,你哪里是什么鲁迅,你只是个耍把式练摊的,只想靠鲁迅混碗饭吃。可你竟要求比鲁迅吃得香睡得好,还要头衔和奖状,这就露馅了。

或许,开始你也真诚地学过鲁迅,但学着学着就不敢妄动了。因为敌人朝你瞪眼了,你很聪明,便不再真刀真枪地干,换了手法,试探着在其胳肢窝或脚掌上抓挠一二,对方上来不适应转而便舒坦了,于是冷笑。

连敌人都懒得睬你了,哪儿还有半点儿鲁迅的影子?媚俗而已。

3

想起了宋江。

这个靠粗茶淡饭养了一肚子牢骚的人,靠造反发了家,靠"不恭顺"赢得了喽啰的恭顺后,深深体味了被恭顺的好处,猛然发觉人生还有另种前途:既然寨主太土气,何不正儿八经做回朝廷命官?既然能在万人之上,于一人之下又何妨?一旦自个儿担纲持政,看哪个混混还敢造反?

他变成了他从前的敌人。

少时读《水浒》,即觉这厮不对劲,一个刀笔小吏——腐酸、矫情、心机深、羽毛长……远不如阮小二这些赤条条精光光的莽汉可爱。回头细品,才发现后者乃根正苗红的无产者,而宋江不是,他迟早要往上爬的,他踩了小二们的肩,把人民当梯子。

史上,这种由不恭顺到恭顺的例子屡见不鲜。

许多人在命运乖张时激烈地抨击时政,为自己的潦倒愤愤不平,这时,他们是不恭顺的,磨刀霍霍、悲风慨歌……一旦有幸被招安被收编,接过诏书,头顶乌纱,立马诚惶诚恐、感恩涕零,仆呼万岁万万岁。待走马上任,对付起泥腿子穷兄弟来,则变本加厉、心狠手辣。

恭顺孵化顺民,孵化"暂时做稳了奴隶的时代"。不恭顺往往被恭顺所劫持,沦为恭顺的奴才。

4

无人怀疑歌德在文学上的大师成就,但一则小小的生活插曲却暴露了这位"浮士德"英雄的精神另一面。

有一次,贝多芬写信给女友,谈起一桩令他气愤的事:

> 昨天,我们遇见了皇室一家子,远远见对方走来,歌德从我身边走开,立在路边恭候,我本想叫住他,但来不及了。我戴上帽子,交叉着双臂大摇大摆穿过那堆脑满肠肥的人,他却立在原处,脱下帽子,深深地鞠躬……我斥责了他,我把他种种过失都历数了出来。

我们为贝多芬叫好又不禁替歌德惋惜。的确,这种对权力的恭顺与德意志精神导师的声誉太不相称,但这就是歌德。作为"狂飙运动"的旗手,他虽激烈抨击等级制度,但对宫廷政治热情高涨,一度担任魏玛公国的枢密顾问……

这些虽不能影响歌德的生命质量,但至少反映出其性格的芜杂与纠结。他不像贝多芬那样纯粹、本色,行动那样彻底、干净,他常欲罢不能地落入俗套,表现出怯懦和势利……或许他为此苦恼过,他也是自我的敌人,但终究未能打败这个灵魂中的黑影。

一个高大而拄着拐杖的歌德,是"恭顺"削弱了他。我突然飞出一个寒冷的念头:正是你厌恶的东西令你恐惧并最终臣服!

5

还有弗兰西斯·培根。和所有人一样,在被其文字光芒照耀之时,我从未怀疑其人格有什么瑕疵。不幸的是,我翻开了《伊丽莎白女王和埃塞克斯伯爵》一书。

1601 年，伊丽莎白女王的情人——青年伯爵埃塞克斯因反叛罪被审。在其命运大讨论中，伯爵的敌人陡增了几倍，这些敌意大都因嫉妒而生，唯一人除外，即他长期以来怀着诚挚的友谊多方予以帮助的弗兰西斯·培根。

当伯爵红极一时时，培根以导师和兄长的姿态伴其左右。而情势有变，女王对伯爵失去信赖，并召培根征询意见时，他却开始中伤这位年轻人。最后，埃塞克斯冲动铸错，他最好的朋友——培根，公然跃上法庭，历数其罪，坚称"不可饶恕"……埃塞克斯被送上了断头台，女王赐培根 1200 英镑。

看啊，这就是人性。我再次为人的变脸感到痛心。那个额头高昂的思想家消失了，我看到了一个枯萎的培根，一个满脸皱纹、灵魂蹒跚的培根。

二者都是培根，犹如一棵树上的枝丫。

我由衷地想起了鲁迅——与恭顺势不两立的鲁迅，横眉冷对、长夜缁衣的鲁迅。

大风刮散了这缕最冷的黑衣。

他眺望过的星光却渺茫如旧。

我并不沮丧，只是内心冰凉。

—— 1995 年

39

蝴蝶·美性·遭遇

> 我只赞许那些一面哭泣一面追求的人。
>
> —— 帕斯卡尔

1

"他们像白天的光线一样明亮和美好,像蝴蝶一样不能自卫和朴实。"那天,在翻阅一套拉美丛书时突然撞见了这个句子。作者是诗人何塞·马蒂。他还说,他唯一的力量就是他的心。

我激动不已,仿佛被一束神秘的灵光所触醒,是呵,是呵,美性的生命不就是这样吗?简单、纯净、清澈、洁亮……却无法自卫。美却无法自卫。

因为它唯一的力量就是它的心。

像蝴蝶、像鸽子、像琥珀、像苹果花和少女的心……她们手无寸铁，善良的心从不含刀子。

这决定了崇高和美的东西容易受伤。

在实用主义的生存竞争和外部力量冲突中，美显得过于纤细、精致，过于轻盈和虚渺了。她无法抵御粗暴的进攻，拿不出防卫的招数，更不具备逃跑的速度。她的简单、她的温美、她的宽容，皆显那般柔弱、那般招人怜惜和爱怜……在凶狠的物质与肌肉面前，她的尊严、聪慧，甚至强大的灵魂都常常束手无策。

但美不会自暴自弃。美仍是美，她不会因条件反射而动摇本色而沦为生命的叛徒。

所以亿万年后，蝶仍是善良的蝶，除了美丽的飘须更悠长更灿烂，它仍生不出牙齿。光线依旧是正直的光线，它仍不会折弯，不会被狂风拐走……

每次看《动物世界》，每次注视那浩瀚的大草原：蓝天白云青山，漂亮的斑马，呼啸的鹿阵，宁静的鹤群，一队队步履舒缓的大型食草动物……我常隐隐动容，陷入深深的迷醉而不能自持——为那世代血脉递承的生命之简单与敦厚，之温良与坚忍……为那天性中永不可夺的生命的欢乐和爱意——哪怕狮子随时都会将其美丽的肢体撕碎、舔净。

宁肯毁灭也不能被打败。即使被伤害过千万遍也从不试图去伤害……永远的流浪。永远的奔驰和生生不息。永远的自由与和平。永远的美学散步。

我含泪祝福你们。

每当这些遥远的画面丝绸般徐徐从荧屏中流过，我的脑子里总闪出荷尔德林那个音乐般的念头——

人，诗意地栖居在大地上。

这诗意必定和简单、天然、纯真、宽容……有关。

2

后来，这种"美——蝴蝶"的印象又在朱光潜那里被证实了。他说："它不是会反抗的，似乎总是表现爱与欢乐，唤起我们的爱慕。"

这"我们"无疑当是"美"的同类，是艺术者和艺术的对象，是写诗和不写诗的诗人，以及彼此深爱的男女与母子。

有一现象：几乎所有艺术家在咏美的同时总忍不住去歌颂女性和儿童，在厌倦了世俗的混沌阴暗后却把深情和眷恋撒向妇女及她的孩子——那一张张简单而迷人的脸。这并非偶然，因为男性正是物质社会的主宰，是世俗权力的中心，是政治与战争的制造者，而女性、自然和艺术总是被逼至边缘，被冷落、虐待或打入另册……对现实的失望无疑正隐含着对男性权能的鄙夷，因此艺术家以亲近艺术的态度和方式来关怀女人也就不足为怪了。像但丁、歌德、拜伦、雪莱、普希金、托尔斯泰、叶赛宁、罗丹、贝多芬……乃至米斯特拉尔这样的女性，皆如此。

尼采在《查拉斯图特拉如是说》中提出"精神的三种变形"：精神如何变成骆驼；骆驼如何变成狮子；最后狮子如何变成小孩。为什么人的理想人格竟以儿童为象征呢？尼采写道："弟兄们，请说，狮子所不能做的事，小孩又有何用呢？为何掠夺的狮子要变成小孩呢？——小孩是天真与遗忘，一个新的开始，一个自转的轮，一个原始的动作，一个神圣的肯定。"原来如此，尼采肯定的是一种以简为美的心灵童真，一种天然无忧的生命自由，一种返璞归真的精神索引；而骆驼的负重和狮子的掠夺，作为生存的附庸价值，则被淘汰。因为其满足的仅是食欲和物欲，而非生命的内在要求；其关心的仅是吃饭，并非灵魂的安置和投宿。

尼采其实在说：儿童理想将成为人类上升的指南。艺术必将取代争夺；美性必将取代物性——催生未来的世界。

儿童乃蝴蝶的化身，乃艺术心灵和理想人格的化身。他纯真的逻辑、清澈的幻想、道德本能和自由天性，以及不能自卫……都彰显着生命美学的最高特征。儿童和女性一道成为艺术家描摹和崇拜的天体。古希腊神话中的一切美神皆以她们的形象出场——少女、母亲和孩子。

歌德唱道："永恒之女性，引导我们走！"

这女性便是艺术的意思。

3

投身于美毕竟是少数人的事业，乃艺术家的寂寞私生活。自古希腊唯美时代开辟以来，浩淼时空中的艺术家如星辰一样多，但若将其撒播到每一座世纪之城、时代之乡中去，他们则又像太阳黑子一样少，形影相吊又彼此遥远，看不见，亦闻不及……

美性生命是那样简单、纤弱，世态却那般复杂、诡秘，其遭遇可想而知了。孑然的身影，微渺的呼喊，瘦削的臂膀划着没有螺丝的生存纸船，在现世的惊涛骇浪中，随时可被腰斩被撕碎……

简单之于复杂，纯净之于混沌，精致之于粗陋，很多时候，犹如女子遇上强盗，书生遇上兵痞……美性生命被世俗力量联合剿灭的例子太多了。

最不该忘记的是普希金。1837 年 1 月 27 日夜彼得堡郊外的雪地里，那场梦魇般的决斗不就是俗恶对天才的一次集体谋杀吗？除丹特士这个无赖，凶手不也包括那些极力挑唆和泼脏水的旁观者吗？诗人的青春傲气在一场器械赌注中被轻易掐灭了。这不仅是俄罗斯最死寂的时刻，也是上帝和缪斯女神的巨恸。一百年后，女诗人茨维塔耶娃用无限凄凉的语调回忆："我所知道普希金的第一件事，就是他被人杀害了……丹特士仇视普希金，因为他自己不会写诗。"是啊，因为很多人不会写诗，因为丑敌视美，因为平庸仇恨天才。李康在《运命论》中说："木秀于林，风必摧之；行高于众，众必非之。"理由很露骨：就是你和大家不一样，你是异类，你太骄傲。一言蔽之，谁让你臭美来着？

美从来就是孤立的，从来就处于险境中。他要抵御那么多来自四面八方的妒忌、奚落、刁难、恫吓与构陷……不仅有精神上的挤兑，有时还会遭遇突如其来的暴力戕害。阿基米德不就被破门而入的罗马长矛刺穿了吗？他虽不失尊严地请求肌肉发达的敌人："等一等，让我把活儿做完……"回答他的却是冷蔑的寒刃和迸溅的血光。

这一切发生得如此疾厉，让人来不及抗拒，来不及留言……以博学著称的天才即喑哑了，像被狂风吞没的灯盏。阿基米德那大睁的瞳孔留给后世的，是绵延几千年的人性哀鸣和文明债务。为什么？为什么一个精致的生命竟被如此粗陋地敲响丧钟？

这是物质对精神的不屑，罗马意志对希腊童话的绞杀。

再如尼采、梵高、莫扎特、塞万提斯、荷尔德林、陀思妥耶夫斯基、卡夫卡、潘恩……他们的孤独潦倒与身后的光荣煊赫多么不对称。在对艺术和美的贡献上，他们不愧为时代的璀璨星斗，但在尘土飞扬的街市上，却蓬头垢面、步履蹒跚。结构简单的生命时时碰壁、处处蒙羞，就像梵高那只天真的缠着纱布的耳朵……在现实的诡谲、龌龊面前，美和才情竟招致了那么多的敌视。他们颠沛流离、格格不入，永远过着"异乡人"的生活……其寿命一般很短，不及常人的一半甚至三分之一。当莫扎特的《安魂曲》响彻全世界的时候，人们不是正为其"尸骨何在"吵得面红耳赤吗？

实在忍不住了，有人忿忿地说：人类只会分享天才，却从不保护天才。

这让人沮丧，但并不让人绝望。因为，真正的艺术从来即排斥舒适的。苦难，尤其是精神苦难早已成了天才生涯中必不可少的剧情和元素——即使这苦难超出了肉体的承载极限。一旦肉体陷于舒适，便是灵魂被出卖之时。

尼采曾概括自己的生命行踪："像一缕青烟，去把寒冷的天空寻求……"（《最孤独者》）

是啊，寻求……在寒冷中升入更大的冷，如扶摇直上的蝴蝶……直到躯体被冻僵，覆上天国的雪花。

仰望星空时，我常有这般感觉：它们，那些明澈的星子，分别会是谁呢？尼采？梵高？莫扎特？

4

冰心有言："只要你是简单的，这世界就是简单的。"

这不愧为一个令人鼓舞的说法，仿佛说：只要你是蝴蝶，世界即花园。

对实用者而言，它过于诗意和超验了，或被视为一个唯心主义的语言花瓶。

这花瓶却极宝贵。因为它亮出了信仰的根蒂：信仰就是愿意信仰，简单就是宁肯简单，美就是选择了美……还有什么可争论的呢？一切都那么干净、彻底。我想起了基督徒的一句话：上帝只为爱上帝的人而存在。

美的生命皆以简著称，其载体像易碎的花瓶，品质柔静，结构简单，不捆绑任何利益……它无力自卫，唯一的力量就是心，就是灵魂的光与热。

毁一只花瓶是极容易的，连一群苍蝇都做得到。但要将美性从世上抹掉，却是任何技术都完不成的。

因为更多更鲜的花是植在"蝴蝶——艺术家"心中的，谁能将它拔出拔光呢？

如此而已。

† 1996 年

40

最后时分

▇▇▇▇ 多年前，在报上见一则外国小幽默：

某天，人们正在大街上走，突然，广播里传出一消息：地球将在五分钟后与某行星相撞。大家惊呆了，随即，纷纷跑向附近的电话亭排队，不约而同对着话筒说："亲爱的，知道我有多爱你……"

这样的幽默并不轻松。

我不觉得它有何可笑。相反，在我眼里，那是个可敬的举止，有一股悲壮的生命美学意味。数年后，当我坐在影院里看《泰坦尼克号》，看到甲板上男人与女人的永诀和最后回首，我又想起了这故事，它们在危机模式、情感原理和行为抉择上，竟如此相似。

我在想，电线的另一端连着谁呢？恋人？情人？妻子或丈夫？暗恋一生竟从未表白的某个人？不管怎么说，一定是生命中最重要的另一半。

此刻，一切无须遮拦，一切将趋于零。在没有未来时日可供消费的前提下，任何经验、顾虑、得失、伪装、面具……都失去了意义，只剩最后的赤裸和诚实。

"爱"，一滴最高浓度的酒，一枚汁液甜美和体温滚烫的词，一个最贴近肌肤和心灵的动作。若人生只说一句话，就是它了；若人生只干一件事，就是它了。生命最本源的含义、最永恒的向度，都指向它。没有它，人将寂寞至死，干燥至死，空洞至死。

爱，无法战胜死，但可抵消死。其他人间事务，政治、经济、伦理、荣辱、竞争、业绩、财产，只有当人无毁灭之虞时，在稳定的生存框架和日常秩序下，它们才有日常价值，才显得有声有色、神采奕奕——否则，一切将烟消云散，化为乌有。

我想，换了我，换了我走在那条大街上，那个词，那颗樱桃般的"爱"，也一定会从我苍白的嘴唇里飘出来。

其实，这故事给处于庸常状态中的人出了一道难题，一道挑衅题：若你的生命只剩下最后一刻，你用它做什么？什么才是你认为最重要、最刻不容缓和必须完成的——唯此才了无遗憾？

当我们尚感未来遥远、日子充沛时，常溺于一种无忧的懈怠：对一切都不警觉、不在乎，对人生的重大任务毫不敏感，对心灵的使命一误再误。在我们的知觉中，似乎没什么是必须说和马上做的，于是岁月和精力一点点、一天天被蚕食，被慢腾腾蒸发掉……这情形有点像那个古老实验：将青蛙放在冷水里，然后徐徐加热，青蛙将在不知不觉中死去，没有挣扎。

但此刻不同了。你的日历从厚厚一本减至为零。

纵然平时你有种种借口劝自己不要这样那样，有一万条理由为违心混日子而开脱……但此时一个也不需要了,无须任何怯懦、权衡和作难了。你唯一要的即真实,奋然不顾的真实,让灵魂恢复它的真相和本来面目。

你可以斗胆野上一回,疯上一回,肆无忌惮一回。

这是生命最后的节日,最高的沸点,最后的愚人节和狂欢节。

灵魂一下子显形了、自由了。理智露出了最深情的"破绽"——就像枝头上的花苞,有了这破绽,鲜艳才得以解放。

爱是事业,是人生最大的成绩和宣言。

爱是灵魂的身份证。临终时,你一定要不知羞耻地将它掏出来——

你要亮给你思念的人看。

然后,请微笑。

1998 年

41

在羊毛和蓝天之间
—— 读契诃夫《草原》

> 谁顺这条路旅行？谁需要这么的辽阔？
>
> —— 契诃夫

俄国风景

■■■■ 一个奉命求学的孩子，为了母亲眼中的"出息"，和一群商人结伴上路了。

躺在颠簸的羊毛堆上，眼里只有晃悠的蓝天、草原。他是惆怅的，也是喜悦的。惆怅是因为家越来越远，这是他第一次出远门。喜悦是因为好奇，9岁，草一样嫩，生命尚未被套上货物和鞍子。

除了童年，他没有行李，那些沉重的羊毛归成人。

他关心的只有景色，从早到晚的景色。儿童的快乐很纯粹、很本能,尤其遇到了大草原,就像水在水中行走。

刚割下来的黑麦,预备着再开花的野麻、催奶草……北极的海燕飞过大道,土拨鼠在青草里互相打招呼……不知什么地方,田凫发出悲凉的鸣叫……炎阳之下仿佛正在死亡的村子……一只鹰贴近地面飞翔,平匀地扇动翅膀,忽然在空中停住,仿佛在默想生活的空洞无聊……夜草丛里升起的一种快活而年轻的唧唧声……突然传来一只醒着的鸟的激动叫唤,同时又有另一只鸟在笑,或忽然变成歇斯底里的尖细哭泣声——是猫头鹰。它们究竟为谁而叫,在这平原上究竟有谁听它们唱,那就只有上帝才知道了,不过它们的叫声含着深刻的悲伤和哀悼……空气中有一股禾秆、枯草和迟开的花的香气……白嘴鸦闲散地在青草上空盘旋,它们长得一模一样,使得草原愈发单调了。

我印象里,只有俄国作家才会如此动情、如此绵密琐碎地——用工笔描画眼中的风景。这些泛滥的细致、这种丰裕的铺张,换在别国作家身上,早招来读者的怨声了,俄国文学却是例外,不仅合情合理,且显得珍贵。在它那儿,人和自然那种如胶似漆的血缘感、那种深入骨髓的亲密、那种前世今生的默契和感应、那种宗教般的寄宿情怀……吸引你仔细地一匙匙品咂,如同一盘美好的果锦,摄取多了也不觉腹胀。大自然只有一个,但在俄国作家笔下却从不重复(像屠格涅夫的《白净草原》和契诃夫的《草原》),各自有着私人的风景,原因是:他们的心灵不重复。

一位风景画家有言:大自然就是我的宗教。这话更像"契诃夫们"说出来的，尤其是 19 世纪和 20 世纪初的那几代作家，都有着守林人、旅行家、流浪汉的气质，他们描绘的不是纯物理景色，而是与人之命运相匹配的心灵自然、精神地理。

广袤而深沉的俄罗斯大地，天然有一股史诗般的忧郁和神圣感，与这个苦难民族的气质和品格有着极大呼应。无论天际、风雪、冰河、山体、森林、原野，还是复苏的花草和鸟兽，都分泌着一种坚硬、严峻、凛冽的冷调，一种动荡、悲凉、肃穆的宗教意绪……使你不由得想到"母亲"、"上帝"、"命运"这些词。有了这种"物语"，其风景即始终长在灵魂的泥土上，有了一种民族生涯和身世的象征性。而画面中人，即使是褴褛的纤夫、跛足的乞丐、驼背的老人，无不饱含一种刚直、虔诚、高尚的气息，卑弱而不猥琐，贫苦却无病态。

这种对自然的沉溺，与其说是一种审美，不如说是一种信仰。在他们的景色中，有那么多召唤生命注意力的细节，大自然的悲怆特征和人的命运内涵结合得那么紧密、牢固，建立在血缘和脐带之上。在他们的心目中，大地就是宗教，就是生活和命运本身；大地是需仰望的，就像仰望上帝和星辰。

一个世纪过去了，如此富饶而鲜美的大自然笔录，在今人看来，已显得那么奢侈和遥远。每次重读《草原》，我都会意识到，眼下是个大自然多么匮乏的年代：为遇见一片浩瀚草木，人要搭乘几千里的路途；面对一棵古老大树，我们会感动得潸然泪下……19 世纪的俄罗斯，那片承接过普希金、托尔斯泰脚步的土地，那片神性的辽阔风光，足以令每一个活在物理城市和水泥缝隙中的现代人——感到敬畏和惊羡，喟叹自身的平庸和粗糙。

生活又苦又残酷

我一直觉得,好小说的叙事风格,应是近乎散文的那种:自由、流畅、松弛,犹如野外散步,没有路,即遍地是路。

《草原》即如此。它本身并无复杂的结构,自始至终由"旅行"占据着,由一个9岁孩子的视觉和心理记录控制着。它不靠事件矛盾和多个主体的冲突来建立故事,而是借巨大的美景与人的生存渺小之间的对比和落差——以呈现主题:作为生命母腹的草原如此令人陶醉,然而其孵化的人之命运,竟如此艰辛、酸楚、乖张。

小说中,你几乎找不到人物对立,没有,打扫得很干净。但人生的挣扎感、无力感、被掠夺感、控诉感……却时时刻刻像阴雨笼罩着草原,让人疼痛、让人压抑。比如忠厚笨拙的车夫简尼斯卡,被主人允许取食时的惶恐——

> 他忸忸怩怩走到垫子这儿来,拿起五根又粗又黄的黄瓜(他不敢拿小一点、新鲜的黄瓜),和两个煮硬的、颜色发黑的、开了绽的鸡蛋,然后犹疑地、仿佛担心伸出去的手会挨打似的……随着一阵响亮的咀嚼声,连马也转过头来怀疑地瞧着他。

再比如小客栈主莫伊塞维奇:"我有六个子女,一个要上学,一个要看病,一个要人抱,等他们大了,麻烦就更多……《圣经》里也是这样,雅各有了小孩子的时候,尽是哭,等到孩子长大,他哭得更伤心了。"还有抱病的老车夫潘台莱:"我把自己看作一个失败的人……

你,叶果鲁希卡,现在还小,可是你会长大,养活你爹,你娘……我自己也有儿女,可是他们烧死了。主显节那天晚上,草屋着火了,我不在家,我在奥辽尔赶车……玛丽亚跑到街上,想起小孩还睡在屋里,就跑回去,跟孩子们一起烧死了……第二天没找到别的,只找着些骨头。"

还有路边沉睡的坟墓,寒冷的十字架,杀人越货的传说。

人感到了坟墓的沉静,感到眼前有一个身世不详的人的灵魂,那人躺在十字架底下。那个灵魂在草原上觉得太平吗?它在月光里悲伤吗?靠近坟墓的一带草原也显得忧郁、寂寞、凄凉,青草好像更愁苦些……没有一个过路人不记得那孤独的灵魂,一个劲儿地回头看那座坟,直到它远远地落在后面。

较之儿童的轻盈和纯净,成年世界是阴郁、繁重、焦虑的,每天有数不清的骚动和忧愁。正如那个脾气暴戾、一路上对草原骂骂咧咧的伙计戴莫夫,用他的话说就是:"我心里好烦啊!这生活又苦又残酷!"

郁闷中的亮色

小说中的草原,笼罩着一股巨大的宗教苦难气息和宿命感,倘若这氛围得不到舒展和稀释,那草原就始终是沉闷的苦海,而不会诞生美。契诃夫的功劳即在于在黑夜中点起一堆篝火,给悲苦的空气投放一缕歌声,一朵朵梦游般的萤火虫一样的光……

这光亮源自几个人物的出场,他们代表着恶劣命运下的另一类人,显示着苦难中的另一种活法。正是他们,给草原和小主人公带来了惊喜——

最难忘的是那个因爱情而激动得失眠——不得不深夜起身、游荡着四处找过客搭话的新郎官:"他们第一眼看见的,不是他的脸,不是衣服,却是他的笑容。那是一种非常善意的、爽朗的、带有传染性的笑,叫人很难不用笑容去回报他。"康司坦丁,一个健壮的被命运眷顾的幸运儿,一个让穷青年妒羡不已的家伙,他急于向每个路人推销自己那中了头彩似的幸福。

"她不在家,她回娘家去住三天!她走了,于是我觉得仿佛没结婚似的……她是个那么好、那么体面的姑娘,那么爱笑、爱唱,一团烈火!她在家的时候,你的脑筋就给弄得迷迷糊糊,现在她一走,我就跟傻瓜似的在草原上逛荡,像丢了什么东西似的,我吃完中饭就出来了……我不能待在家里,我受不了。"

康司坦丁笨拙地把脚从身子底下抽出,在地上躺平,脑袋枕着拳头,然后站起来,又坐下。这时人人都透彻地明白他在恋爱,他幸福,幸福得过火……他坐立不安,不知该取何姿势才不给那无数愉快的念头压倒……看见这个幸福的人,大家觉得心里发闷,也渴望着幸福,便空想起来。

当大家都被折腾累了,他意犹未尽地起身:"再会,伙计们!谢谢你们的款待,我要再上那边火光处去一趟,我仍受不了。"一个幸福得让自己和大伙都受不了的夜游郎,真难以置信!这个草原的幽灵,这个萤火虫般的使者,大家不知他从哪儿来,到哪儿去……偌大的草原尚不足以平息他体内的澎湃。他像一个浑身着火的醉汉,踩着露水跳舞,踩着夜的高潮行走。谁都明白,这幸福无法分享,只能仰望和妒羡,每被妒羡一回,那幸福就壮大一轮,就激动地膨胀和咆哮一次。而他的新娘,那被唤作"喜鹊"的女人,便成了深夜草原上最肥沃、浑圆和风情的意象。她高高地挂在天际,如大众情人,如灿烂熟透的桃子,如开满鲜花的月亮……

苦难被升华了。泥土升为月光。

他排遣了夜的寂寞和沉重。整个故事里,他的闪现,是最耀眼的一次,犹如彗星,犹如痴人说梦。

这个年轻人,不仅活得简单、明亮,且身体自酿酒精和蜂蜜。换句话说,他活得像成年儿童。他的快乐值得现代人思考。

亮度的再次燃起应感谢神秘的公爵夫人——

忽然,十分意外的,叶果鲁希卡看见离自己眼睛半寸的地方,有两道丝绒样的黑眉毛,一对棕色大眼睛,娇嫩的女性脸蛋儿,微笑正从酒窝那儿放射出来,像阳光布满全脸,还有一股好闻的香气。"好一个漂亮孩子!"女人说。"这是谁的孩子?瞧,多好玩的孩子啊!天啊,他睡着了!"女人热烈地吻叶果鲁希卡的脸蛋儿。他微笑着,可是想到自己是在睡觉,就闭紧眼睛……

无疑,这是草原上最柔情最优雅的人了。她身份高贵,住在宝石、御像、丝绸、音乐编织起来的庄园里,但又纯洁、简单、慷慨好施,世俗眼里的她,"又年轻又傻,脑袋里满是胡思乱想"。

美貌、温存、善良，加上"胡思乱想"，还有比这更令人难忘的夫人吗？她匆匆的裙裾，像一场夜风，像一阵青春荡漾的雨，使冗长旅行中困乏褥热的空气为之一颤，变得清爽怡人。读者的心也空前地活跃起来，尤其是在小男孩脸上印下的那个吻，更令人鼓舞和回味。

> 她长得多漂亮啊……不知什么缘故，叶果鲁希卡不愿意想别的，他那昏昏沉沉的大脑根本拒绝想平凡的事情。他瞧着天空，想到幸福的康司坦丁和他的妻子。为什么人要结婚？……他又想起了公爵夫人，跟那样一个女人一块儿生活，大概很幸福快乐吧；要不是那个想法使他非常难为情，他也许很愿意跟她结婚了。

这是一次生理抚摸，也是一次精神访问。一次隆重的异性来访。

契诃夫最感人的故事、最神奇的对话，多是在儿童和老人或妇女间展开。似乎他们天性里有某种彼此向往和吸引的品质：妇女给予儿童以温情的滋养、母爱的浸润，促进其生理和情感的发育；老人则像纯净的秋天，使孩子的额头走向成熟，学会远见和思索。契诃夫仿佛有种本领：总能为自己的儿童邀请到最令人尊敬的老人和妇女，无论智慧和美德，其表现都令人难忘。

简练、纯净、明快、散文式的结构、元素充足并注意节约——这一切使《草原》如一部干净的叙事诗，苦难中闪烁着童话的美德和宗教的纯洁。

草原领袖和灵魂天敌

法尔拉莫夫——

一个传奇人物。冷漠、高傲、乖戾，凭着惊人的商业才能赢得了整个草原的敬畏。他征服了所有垂涎财富的人，就物质而言，他是当之无愧的领袖，他牢牢威慑着世俗之心，成为一个让人梦萦魂绕的名字。大家对他的膜拜俨然像对待圣人与英雄，几乎所有人都在赞颂他、恭候他、巴结他，以为找到了他便找到了一切。小说中，听到最多的一句话就是："看见法尔拉莫夫了没有？"可以说，他把人们的魂勾走了。

但他是神秘的，来无影去无踪。

> 老是在这一带转来转去……这个人啊，就是那个人人都在找他，那个永远在转圈子，那个比德兰尼兹基公爵夫人还要有钱的人……这个矮小的灰色的人穿着大靴子，骑着一匹难看的小马……"很了不起的一位老爷……世界靠的就是这类人！"

"了不起的老爷"却对一个人不顶用，甚至说毫无意义，那就是索罗蒙——小客栈主莫伊塞维奇的弟弟。我认为，这是契诃夫在草原上安插的一个最富深意和个性的角色。索罗蒙的性情、信仰和价值观，完全不同于他人，他洞察一切、蔑视一切，嘲笑所有世俗价值和私欲。

> 他仿佛正在想着什么可笑的蠢事，正在觉着轻蔑而厌恶，正在看中一样东西，等个有利的机会把它弄可笑，然后自己哈哈地笑一阵似的。

在世俗眼里，这是个古怪、孤僻、不可理喻之人，其兄如此介绍他——

"上帝剥夺了他的神智……他晚上不睡觉,老是想心事,究竟在想什么,只有上帝晓得了。他什么也不要!先父去世时,给我们每人留下六千卢布。我为自己买下一个客栈,结了婚,现在我有了子女;他呢,把钱丢进炉子烧掉了。真是可惜!可惜!他可以把钱送给我啊!"

他脑子里藏着什么呢?得出了哪些重要结论?他自然不屑示人,但面对神甫的挑衅和疑问,他还是泄露了一点儿:

"你看,我是奴婢,我是我哥哥的佣人;我哥哥是客人的佣人;客人是法尔拉莫夫的佣人……要是我有一千万卢布,法尔拉莫夫就成了我的佣人。"

当兄长狠狠责骂"你怎么能拿自己跟法尔拉莫夫相比"时,他答道:

"我还不至于傻到把自己跟法尔拉莫夫看成一路人……他活着是为了金钱和获利;我呢,却把钱扔进炉子里!我不要钱,不要土地,也不要羊,人家用不着怕我,也用不着脱帽子,所以我比法尔拉莫夫更聪明,更像一个人!"

法尔拉莫夫是草原生存规则的制定者,是财富游戏的洗牌人,是世俗人生的最高榜样。"好几万亩田,十几万只羊",但这只对认同该法则和参与该游戏的人有用,对"局外人"索罗蒙却等于零,他是法尔拉莫夫唯一的灵魂天敌、价值克星。

或许,从某种意义上说,他们的生存关系恰恰是最紧密、最邻近的——像一个事物的两半。正是这种对集体尺度和世俗契约的叛逆性,让索罗蒙在草原上显得醒目而举足轻重。

"契诃夫感"

巴乌斯托夫斯基在《金蔷薇》里谈契诃夫,用了一个私人体验的词——"契诃夫感",以示对这位前辈的爱戴:"对契诃夫的爱,已超过了我国丰富的语汇所能胜任的程度。对他的爱,如一切巨大的爱一样,很快耗尽了语言中最好的词句。"

在我的阅读经验里,契诃夫第一次将中短篇小说带入了这样的境界:简明、纯粹、流畅、高效、结实、举重若轻;充满童年的纯真和阳光气息,充满妇女和老人的温情与高尚,充满宗教的忧郁、圣洁和拯救意识;少有人能将人间的苦难与梦想、精神的负重与升华一并挽得这般有力、有机、大气磅礴;他永远都在追求一种包含着诗意的写实和纪事,追求一种准确而有定力的浪漫,他在最坚硬的时候也甩不掉柔软;那种对底层命运的关怀和沉痛的"同感"(远不是"同情"了),那种对庞杂人性的细致分类的能力、对流动情绪作速描和连续照相的能力,那种永远自由地讲故事的心态、对整齐的小说形态的把握……都令人难忘。

在以上诸方面,陀思妥耶夫斯基、托尔斯泰们都做得很好,但他们用的是鸿篇巨制。在高效和节俭上,契诃夫属于极少数。

"多么伟大的理解力!他从来没写过多余的一节,每一节都是或者有用,或者美丽。"列夫·托尔斯泰这样赞叹自己的朋友。

在打量文学史的时候,我们会蓦然发现,无论古典还是现代的各种流派、各种术语,都无法将契诃夫覆盖住(陀思妥耶夫斯基亦如此)。后世那些很优秀的中短篇作家,也只是偶尔完成了他的一个方面、一个局部而已。

"契诃夫感"——它应尽快进入教材才对。

— 2000 年

42

当你老了,头白了……

什么时候我们能责备风,就能责备爱……

———叶芝

当你老了,头白了,睡思昏沉,
炉火旁打盹,请你取下这部诗歌,
慢慢读,回想你过去眼神的柔和,
回想它们昔日浓重的阴影……

多少人爱你青春欢畅的时辰,
爱慕你的美丽,假意或真心,
只有一个人爱你那朝圣者的灵魂,
爱你衰老了的脸上痛苦的皱纹……

垂下头来,在红光闪耀的炉子旁,

凄然地轻轻诉说那爱情的消逝，
在头顶的山上它缓缓踱着步子，
在一群星星中间隐藏着脸庞。

威·勃·叶芝（1865—1939），英国象征主义诗人，剧作家，爱尔兰文艺复兴的领袖之一。

世纪之交，叶芝以饱满的激情为故土事业而忙碌。政治上他拥戴爱尔兰自治，但又是一个保守派和渐进论者。他反对暴力，主张改良，憎恶杀戮与复仇。这位物质与精神的贵族，在性情和生命实践上，堪称一个温美的理想主义者。

1889年，对诗人来说永生难忘。爱，降临了。

他与美丽的茅特·冈第一次相遇。她不仅仅是个著名女演员，更是位"朝圣者"——其时的爱尔兰民族运动领导人之一。关于那惊鸿一瞥的触电，诗人忆云："她伫立窗畔，身旁盛开着一大团苹果花。她光彩夺目，仿佛自身就是洒满了阳光的花瓣。"

《当你老了》，即叶芝于1893年献给茅特·冈的。不幸的是，诗人的痴情没有换来对等的回报，他得到的是冷遇。这一年，诗人28岁。

和那些幽幽的"静物"型美人不同，茅特·冈性格外向，追求动荡和炽烈的人生。除了灵慧的艺术细胞，上帝还在其血液中注入了旺盛的冒险因子。她是一个敏于政治、主张在外向行动中赢取生命意义的女子。

惊人的美貌和桀骜不驯的性情、温柔的躯体和狂热刚韧的意志、艺术才华和披坚执锐的欲望、舞台上的优雅婀娜和狂飙突进的政治爆发力——种种混血特征、种种不可思议的品质，一起融就了神秘的茅特·冈！注定了她在女性花园里的稀有，注定了她在爱尔兰历史上的叱咤，亦注定了她在诗人心目中的唯一与永远。

叶芝是诗卷和云层中的骑士，地面上却不然，他更多的是一个先知、一个歌手、一个社会问题的冥思者和文化旷野上的呼喊者，而非身体行动和广场风暴中的骁将，其天性决定了这点。所以现实中，他的手上不会握有射出子弹并致人于死地的枪管，其鹅毛笔上也不会沾染谁的鲜血。英国诗人奥登，在《怀念叶芝》里即有"把诅咒变成了葡萄园"之说。

敏细、多情、犹豫、矛盾重重……叶芝性格中沉淀着宁静的理性和智者的忧郁，太贵族太书卷气，无论体魄还是气质，都缺乏结实的"肌肉感"和外向扩张力。而诸如起义、暴动等物质方式的斗争，是需要易激易燃的肌肉元素为柴薪的，需要那些以狂野、粗糙、冲动、彪悍和"酒神"精神为生命特征的勇士……

所以他永远都够不上茅特·冈倾心的那种斯巴达克式的雄性标本，虽彼此尊重和敬佩，但"朝圣者"的政治原则和独立主见，使之不会在感情上接受诗人天生的柔软。她一次次拒绝叶芝的痴情，即使在自己最落魄的时候，即使在对方荣誉最盛之时。

1903 年，"朝圣者"最终选择了一位军人作为法律上的丈夫，麦克布莱德少校。她的婚礼也让人瞠目结舌：没有婚庆喜乐，却有军鼓、号角和火炮轰鸣；不见婚纱彩车，却飘扬着各色旌帜和指挥冲锋的三角旗……

这的确是同志的婚礼。也是诗人爱情的第一次葬礼。

从美学上看，俩人的生命气质恰好构成了一种反向的凸凹。作为理性向下深"凹"的他，无法不被对方浑身洋溢着的那种"凸"的饱胀和英勃之姿所诱惑、所俘虏。更要命的是，她美！美得罕见、美得过分！这种"凸"的攻击性竟生在一副妖姬般的肢体上。如果她长得一点不美,或美得不够,事情就简单多了。

他远离茅特·冈的战场,却一步也未走出过她的情场,走出她作为女人的雷区。

在接下来的数十年光景里,从各式各样的角度,茅特·冈不断地撩动诗人的神经。他感伤、失眠、沉思、动容,为她的事业所激越,为她的安危所牵绊,为她的偏执所忧虑……总之,他摆脱不了斯人的影子。其音容笑貌,像雪巅无人区的脚印一样,深深收藏在诗人的脑海里,成为挥之不散的灵魂印章。"每当我面对死神/每当我攀登到睡眠的高峰/每当我喝得醉醺醺/我就会突然看到你的脸"(《一个深沉的誓言》)。其一生中,至少有几十首诗是因茅特·冈而作,就连晚年最重要的诗集《幻像》也概莫能外。在该书献辞中,他说:"你我已三十年没见,不知你的下落,很显然我必须将此书献给你。"

在一首题为《破碎的心》的诗中,他感慨万千:"为你一个人——认识了所有的痛苦!"这痛苦对普通人来说可谓不幸,但于诗人的艺术生涯而言,却属福祉。现实之死,正是艺术的开始。苏格兰诗人绍利·麦克兰在《叶芝墓前》里说:"你得到了机会,威廉……因为勇士和美人在你身旁竖起了旗杆。"

"勇士",当指爱尔兰自治运动中那些武士般的激进者;"美人"则由茅特·冈领衔主演了,她甚至身兼双职。那"机会",指的是一个时代所能给予一个天才提供的精神资源和能量。

1916年复活节,爱尔兰共和兄弟会揭竿而起。暴动失败后,包括麦克布莱德在内的众多起义者遭处决。对于起义,叶芝虽理性上无法接受,但在喋血和绞架这些悲壮的符号前,诗人被震撼了。牺牲本身那种天然的纯洁性、所辐射出的信念硬度和恢宏的生命气势——都向诗人传递着一种高尚的悲剧美、一种礁石搏击旋涡的高潮之美……就连麦克布莱德——这个昔日情敌兼"酒鬼"的形象也陡然高大起来:"一切都变了,一种可怕的美已诞生!""我们知道他们的梦,知道/他们曾梦过,死了,就够了……"(《一九一六年复活节》)

从历史的公正角度说,叶芝那些让茅特·冈不屑,甚至讥为"冷漠"、"软弱"的理性,无疑是充满智慧和远见的。不仅对19世纪和20世纪之交的爱尔兰,就是之于整个世界以及20世纪的无产者运动和民族激进革命,也属犀利的批评和深邃洞见。比如那首《伟大的日子》:"革命万岁!更多更多的炮声!/一个骑马的乞丐鞭打步行的乞丐,/革命万岁!更多更多的炮声!/乞丐们换了位置,但是鞭打依然。"

这种对乌托邦革命的讽喻,这种对"武器的批判"的批判,完全源于一颗赤子之心,源于对民族和同胞的深爱。"长久以来,他追随了那使他自己成为祖国的翻译者的精神——这是一个很久以来就等待着人们赋予一种声音的国家。把这样一生的工作称为伟大,是一点也不过分的。"(诺贝尔文学奖授奖词)

但对历史有用的,对爱情却未必。对人类整体有用的,对一个女人却未必。

爱是风。一场让人害热病害癫痫的风。她能酥化骨头,使之发痒、变软,变得飘然、恍惚、昏沉……到头来,他却浑身发冷、牙齿打战,丧失对事物的抵抗和分辨能力。

1917年,诗人竟转向茅特·冈的养女伊莎贝尔·冈求婚。

这次匪夷所思的示爱,我们毋宁将之看成是一幕时隔半生的、变相甚至变态的——向"朝圣者"的再次跪拜。和三十年前一样,诗人又撞到了墙上。

1919年2月,叶芝的女儿出世(当时他已和一个追求者乔·海·利斯结婚)。此时,诗人54岁。激动之余,他写下了《为我的女儿祈祷》,诗中祈求女儿能够美丽,但一定不要像茅特·冈那样美!他认为那样的美反而得不到幸福和安宁,就像希腊的海伦带来的是特洛伊战争……"愿她成为一棵树,枝影重叠/她所有的思想像一只只红雀,/没有什么使命,只是到处撒播/它们的声音辉煌又柔和,/那只是一种追逐中的欢乐,/那只是一种斗嘴中的欢乐……"

显然,他想让女儿远离像茅特·冈一般的人生模型。但,这毕竟是对女儿的期许,而非对待爱人的标准。同时,是否也更佐证了那位女神对诗人的影响和主宰?

1921年,爱尔兰获得了自治领地位。叶芝出任参议员。

1923年,叶芝获诺贝尔文学奖。

1939年,叶芝病逝。

那些"当你老了"的诗句,那关于"勇士、美人"的故事,将替他继续生活,继续在时间中飞奔、跌宕、飘扬……

茅特·冈,永远住在了他为其亲手搭建的诗歌积木里。

从这个意义上说,他和她永远在一起了。

2001 年

43

女人是一所学校

卢梭在描述华伦夫人时说:"我完全成了她的作品,成了她的孩子。"

大凡相爱男女,其生命和灵魂无不彼此吸吮、互为注脚,结合得像一个人。尤其是女性,在男人的精神成长和价值发育方面,扮演着乳娘的角色。某种意义上,男人无不是其深爱女人之作品,其性情、品格、审美、信仰,极大地受着母体的濡染和暗示。像乔治·桑之于肖邦、巴莱特之于白朗宁、波伏娃之于萨特、阿伦特之于海德格尔、克拉拉之于勃拉姆斯,又如卓文君之于司马相如、李香君之于侯方域、柳如是之于钱谦益……

在文学、音乐、哲学、美术等方面,欧洲史上有过一些著名的黄金岁月,人们只瞩目大师的作品和光辉,殊不知,其本人多是幕后女子"精心构思"之结果。

在世俗趣味里,"莎乐美"这个名字,像一抹妖娆的流苏——缀饰在一组优秀男士的相框下:尼采眼中的女神、里尔克的情人、弗洛伊德的密友……事实上,莎乐美的最大魅力在于她的独立和智慧,在于她的精神性感。于情于智,莎乐美都堪称这些大师最重要的生命邻居和灵魂伴侣。作家萨尔勃曾形容:"男人们在与这位女性的交往中受孕,与她邂逅几个月,就能为这个世界产下一个精神的新生儿。"她接受了尼采的情书,却拒绝了求婚,俩人碰撞的结果是:哲学家写出了《查拉图斯特拉如是说》,她完成了《弗里德里希·尼采及其著作》。里尔克遇见莎乐美时还是个纤弱的青年,不仅从她那儿获得了丰腴的爱情滋养,更让自己的额头长出了最瑰丽的诗句。弗洛伊德,则和莎乐美保持了长达二十年的智慧通信……另外,作为精致女子和自由思想者的莎乐美,还与瓦格纳、列夫·托尔斯泰、霍普特曼、斯特林堡等人结下深厚的心灵友谊,用一位传记作家的话说,他们是"思想的挑战与应战的关系,理解与被理解的关系……也是彼此吸引和征服的关系"。试想,假如那半个世纪的欧洲文化舞台上撤掉莎乐美这个角色,其剧情该多么乏味和僵硬啊。

我们常看到,正因一位优秀女性的灵魂哺乳,才滋养出一个杰出男人的精神世界。可以说,没有少女贝亚德,即没有但丁和《神曲》;没有克拉拉,即没有勃拉姆斯和《四首严肃的歌》;没有斯塔尔夫人,即没有邦·贡斯当和《阿道尔夫》;没有伊文斯卡娅,即没有帕斯捷尔纳克和《日瓦戈医生》;没有茅特·冈,即没有叶芝和《丽达与天鹅》;没有朱丽·查理,即没有诗人拉马丁和《孤独》……一旦足够数量的美丽女性叠化出一种让人瞩目的群体价值——并担起将该价值提升为时尚主流的任务,距一个优秀年代的诞生即不远了。

无形中，女人扮演着社会最大的教育者角色。女性芳泽，犹如风向标，往往折射出一个时代的品质，暗示整个社会的精神面貌。在欧洲骑士文学和浪漫主义作品里，哪部少得了风姿优雅、气质高贵的夫人形象？正是她们不惜成本追逐爱欲的激情、痴迷艺术的狂热、少女般的任性不羁，给自己的时代注入了唯美灿烂的成分和飞蛾扑火的热烈；正是她们对理想之爱的憧憬和付诸，塑造了自己时代的男人，并通过男人塑造了整个时代。

生活中，女人往往以其精神和行为美学——潜移默化地塑造着周围的价值观，尤其是心仪于己的男性。女人的纯善、洁净、才华，必将提升其爱慕者的品质；女人的虚荣、势利、浅薄，必将滋长其追逐者的劣性。爱一个人，即意味着已接受对方的价值观，并渴望对方的器重与欣赏；即会有意无意遵循对方的尺度与好恶，以其标准设计和训练自己。有人言：好女人是一所学校。其实，坏女人也是一所学校。

有时候，纤细比粗壮更有力，阴柔比彪悍更强大。即使在绝对的男权社会，粉黛能量也是显赫的，若逢对方位高权重，女人甚至能够直接参与历史的书写，从褒姒、西施、吕雉到王昭君、武则天和孝庄皇后，莫不如此。

任何一个时代，女性的主流形象和审美诉求，必对社会的精神面貌和价值取向起到教师和保姆的作用。女人智，则时代智；女人雅，则时代雅；女人洁，则时代洁。反之亦然。

在我眼里，如果说当下的女性特征有何缺憾的话，即：一种曾感动过许多时代的"经典之美"的流逝——那种靠天然和学习得来的美，那种与美德共生的美，那种源于灵魂肌肤和精神骨肉的美……这样的生命类型，确实稀有了。

凭优裕的生存，如今的姣好容颜比以往都要多，但这只是生物的鲜艳和标致。太多的女子，把姿色当气质，将傲慢当高贵，拿肤浅当纯真……突出生理而忽略精神，夸饰表征而轻视内里，真正能进入审美视野、让艺术惊叹的精神肌肤，少之又少。我们似乎再也贡献不出一个班婕妤、一个蔡文姬、一个薛涛、一个莎乐美、一个邓肯、一个波伏娃、一个梅克夫人……甚至鱼玄机、李香君、柳如是等风尘清荷。若那些"格格"、"宝贝"、"超女"们，真代表当代女性成就的话，那真是时代的大悲哀，男人之大不幸。

（本文为节选）

2002 年

44

一个守墓家族的背影
—— 纪念一部绵延三百年的遗训和一个濒临失传的词

一个苍凉的词:忠义

■ 如果有人问:你目睹过"忠义"吗?货真价实、恒久不渝的"忠义"?你可能犹疑,因为它是罕见的、有被逐出现实之虞吗?

是,无论"忠"或"义",都越来越显苍凉,古意越来越浓。

在"忠"之事上,宗教信徒或是最深沉的实践者,皈依和膜拜,乃其日常的精神和行为规范。所以,谈论宗教语境的"忠"并无意义,我们只有将目光投向世俗生活。在世俗领域,政治和权力堪称"忠"之最踊跃的招募者、最激烈的竞争者,比如君王、党魁、主义。

这类"忠",多吸附于意识形态腋下或狂热的蒙昧之上,多是靠嗓子、口号和宣誓,靠精神驯化和集体运动来进行的,且伴以盛大的政治祭祀或仪式。这类"忠",虚虚实实、亦真亦幻,或犬儒使然,或迷信所致,个别者确乎脱胎换骨、身心俱付,更多者则为滥竽充数的脸谱化投入,即便对"国家"、"民族"这般庞然大物,"忠"也是有条件的,一旦须以性命和大额私利相抵,背叛起来并不难,所以,政治上的"表忠"、"献忠"、"效忠",虽每每声势威猛、震耳欲聋,但可疑性最大。这类"忠"的逻辑往往是:从一致的献媚到一致的唾弃。

若说极权下的"忠"确属愚忠——弃之不惜,那其余情形呢?日常生活中,对婚姻、友谊、承诺、托付、信念、职守,当代人有多大底气实践"忠"?我们的精神行囊里还能检索出这个古老的字吗?

撇开儒家伦理,单从生命类型和精神美学上看,"忠",反映着一种人格的稳定结构和执着状态,就像一株大树,透过茂盛枝叶,你会感受到它有一股垂直、敦厚、沉实的定力,由此奠基了不动荡、不易撼的品格。人亦如此,忠诚者,精神上底盘重、根须深,有着强烈的守护意识和稳固能力。

现代人的精神轮廓,越来越不像树,多呈颗粒状或粉末状,日日夜夜处于失重、懈散和悬浮态,随遇而安、随波逐流、随物赋形、随行就市……灵魂难以成型、成器。现代人的一大特点,即脑子活泛,没有边界、纪律和敬畏,很少和自我发生契约,变通、摇摆、伸缩、进退,优游自如。

"义",更是个越来越像古董的字,随着乡土文明和江湖时代的结束,随着乡绅伦理、士子文化和侠客精神的消隐,它正渐渐退出世俗生活。按现代人的价值眼光,"季布一诺"、"屈原沉湘"、"不食周粟"、"赵氏托孤"、"岳母刺字"、"士为知己者死"、"宁玉碎不瓦全"

等古义,不仅是非混乱,还意味着道德上的鲁莽和霉陈,有迂腐、刻板、僵硬之嫌。

世上没有哪块土地像华夏这样盛产"忠义"。凡古代偶像,其精神底座上都刻有"忠义"二字,叔齐、伯夷、屈原、季布、聂政、荆轲、苏武、岳飞、文天祥、史可法……《三国演义》里的"桃园结义",《水浒传》里的"忠义堂",更是把这一道德脸谱渲染到极致。尤其是关羽,因义薄云天被推上道德圣殿的首席,由之衍生的关帝崇拜,催生了乡土中国最具人气的世俗宗教。除了关公庙,他还是儒、释、道三家庙堂共邀的客座神。

"忠义",乃中国传统文化和古典人生的关键词。

有次,和从事"非物质文化遗产"工作的朋友聊天,我半开玩笑地说:忠义精神,应进入国家"非遗"保护名录才是。朋友当真,急切地问:那传承人呢?谁是它的标志性载体?总不能是全体国人吧?他问得很专业,按世界"非遗"确认章程,该项目除了珍贵和濒危,还要有当世传承人才行。我怔住,是啊,哪儿找这样一个活在当下且古意十足的人生标本呢?但很快,我眼前一亮:北京崇文区的佘家——袁崇焕的守墓人!

2004年夏,我参与的央视《社会记录》播出了四集纪录片《佘家故事》。这是个深深触动我的故事,一个家族和一座古墓默默厮守370年,只为一记祖训、一句承诺。这个家族的精神基因,即"忠义"。

在曲阜孔林,圣家旁有处景点,叫"子贡庐墓处"。孔子死后,学生子贡守墓六年,后人立碑颂之。因子贡为孔墓所植皆楷树,世人便发明了"楷模"一词,表彰这位圣徒。佘家守墓已过370个春秋,墓主非比圣人,历史亦不会予佘家如子贡那般的荣耀,但意义也就在这里:这是一个朴素的百姓故事,这是一户淡定的市井人家,它孤独、安静、隐蔽，它习以为常地去做一件事，它把美德兑现为常识和习性，演绎成一种碌碌无为、朝朝暮暮的生活。

说真的，若为"忠义"申请"非遗"，这是我迄今所知唯一有资格的传承人了。当然，这足以令世人蒙羞，故可行性为零。

那个被吃光的人

袁崇焕（1584—1630），字元素，祖籍广东，明万历进士，初任福建邵武知县，但他心系天下，有拯世之志。此时的大明，纲纪废弛，佞人当道，颓象毕露。而北方的后金，像一条粗犷而饥渴的巨蟒，在努尔哈赤的激情领舞下，血气高涨，飞沙走石，大有吞象之势。据史记，当时明将闻金胆战，逢出征，竟号啕恸哭，哀己不幸。1622 年，13 万明军覆没，崇焕请缨，以书生之躯担武将之职，镇守宁远孤城。1626 年，努尔哈赤猛攻宁远，崇焕血书立誓，将老母妻儿迁至城中，奋战三日，以万卒破十倍之敌，努尔哈赤亦为炮火所伤，此役乃其平生唯一败仗，他不久郁亡。皇太极为父报仇，率兵再攻宁远，败归。崇祯元年（1628），崇焕被授兵部尚书兼右副督御史，督师蓟辽。

崇祯二年（1629），皇太极从内蒙古绕道，偷袭京城。崇焕星夜驰援，风雪行军三昼夜，于城南与敌激战。崇焕身先士卒，"两肋中剑如猬，赖有重甲不透"，皇太极知难，悻悻退兵，自此未再犯京师。

此时的袁崇焕，已成大明残局唯一有效的棋子。本来，这枚棋子若运筹得当，至少可以让双方在战略推手上多几个来回。可惜，史上那令人吃惊的一幕又上演了：皇太极略施小计，一项"私下通敌"的暗网自天而降，缚住的不是别人，正是心无旁骛、一心抗金的袁崇焕。罪名轻易成立，崇祯三年九月初七，崇焕被"寸磔"于西市。寸磔，

即凌迟，即千刀万剐。"皮肉已尽，而心肺之间，叫声不绝，半日方止。"（清·计六奇《明季北略》）

崇焕死了，死在崇祯上吊前的第 14 个年头，死在他拼命维护的社稷手里。细究死因大概多余，谗言、构陷、昏帝、个人清高与过度自负……这些元素和程序，在忠烈生涯里皆可找到，几成公式。

死因不赘，死状却耐人寻味。

除了看客的喝彩，那一片片血沫飞溅的皮肉，也被当场竞拍，嚼一口，啐于地，呸一声"汉奸"……爱国者即这样被另一群爱国者给分食了。应该说，这样的场面确让我们——"人民群众"的后嗣们尴尬，因为虽同为铮骨，但来自民间的待遇却不一样：于谦就义，百姓哭泣，冒杀身之祸去祭奠；岳飞赴死，街民流泪相送，诅咒奸佞；熊廷弼下狱，市井流传歌颂他的抄本和绣像……无疑，这些精神答谢是对英灵最好的抚慰，如此的民心确给"人民"概念添了光彩，也隐隐旁证了那句——"群众的眼睛是雪亮的"。崇焕的遭遇又如何解释呢？那份悲凉与绝望，恐怕只能以"深渊"来喻之了。没有响应、声援，没有体恤、同情，历史上的同类在临终前多少都会找到一点的精神依傍和温暖（那点温暖足以让一个死囚带着足够的尊严和对未来的信心，从容地告别这个世界），在他这儿，真是片鳞半爪也没有。除了袁崇焕，谁会冤得这般痛彻？谁被抛弃得这般赤裸？基于此，崇焕之死在史学上有"第一冤案"之称。

这一回，"人民"真的失察、失聪、失明了。

其实，此般历史悲情从未拂袖而去，几个世纪后的今天，我也没觉得有什么特殊力量能把这两类"人民"、两款"爱国"拉扯开。想想吧，在罪证如山、众口凿凿，只有一个信息源和舆论调门的前提下，你有何理由不跻身于那"正义"合唱？比如"反右"、"文革"，比如

"将某某永远开除出党"的大会上,有谁落后过?据史载,崇焕死后,"暴骨原野,乡人惧祸不敢问",那颗死不瞑目的血颅,终日悬于杆上,忍受空荡荡的落寞和暴晒。

黑夜里的黑影

接下来的事,是我真正要说的。

"寸磔"后不久,某月黑风高夜,一身手矫健的黑影偷偷攀上了城杆……一大早,守卒发现,崇祯朝最重量级的头颅不翼而飞了。这可是惊天大案,朝野惶惶、巷语纷纷,皆不得其踪,它神秘蒸发了。

明亡后,因抗清之故,袁崇焕继续以"国家公敌"的名义被列入讳语。清乾隆四十九年(1784),不知何故,这位文治武功的天子突然挂念起那个被祖辈构陷的宿敌,唏嘘之余,颁诏曰:"袁崇焕督师蓟辽,虽与我朝为难,但尚能忠于所事,彼时主暗政昏,不能罄其忱悃,以致身罹重辟,深可悯恻。"

悲悯也好,钦敬也罢,这份来自敌营的尊重,总算给了崇焕一个重见天日的机会,也让一户人家走进了历史的视野。

原来,那黑影乃崇焕旧部,姓佘,名不详,后世称"佘义士"。盗得头颅后,他将之葬于自家后院,从此隐姓埋名,守墓至终。去世前,他嘱咐家人将己埋在主公旁侧,并要求子嗣做到三件事:永不为官,勤于读书,世代守墓。

这份口嘱,为一部长达 370 年的家族故事作了奠基。

袁崇焕,这个流浪的冤魂,终于有了人间的地址。

该址的现代描述是:北京崇文区东花市斜街 52 号。

我的同事为拍摄《佘家故事》,跟踪数年,留下了丰富的影像资料,也使我得以邻近地感受这个家族。

某天,我特意走了趟那个地方,下车才发现,那儿竟毗邻广渠门。广渠门,不正是崇焕与清军最后交锋的战场吗?事实上,墓园的气象出我意料,非但不见恢宏,反而幽僻得有点落寞:青砖矮墙的小院,水泥箍成的馒头坟,碑刻"有明袁大将军墓",正前有石案,一束枯花散落;将军墓旁有个更小的坟,主人即那位冒死盗颅的佘义士了,佘碑低矮,中有裂缝,显然被修复过。小院二十多平方米的样子,收拾得很利落。

正是这种简朴和冷清,让我确信置身于一家私人墓园。这是纯正的百姓领地,是人住的地方,从草木到瓦片,皆透着一股民宅的生活气息。供养它的是人之血脉、体温和炊烟,而非意识形态和权力资本。官方纪念馆的豪华修饰和政治油漆味儿,这里是没有的。

小小墓园有双重身份:将军墓和义士家。至此凭吊者,也有了两个瞩目点:忠烈英德和侠士高义。

物换星移,370个春秋,佘家后裔共17代人恪循祖训,栖息在远离祖籍的皇城根下,守着先人,守着先人守着的东西。佘家的生涯故事和崇焕墓的命运沉浮,就像屋檐和瓦草,早已融为一体。人和墓,不是隶属与管理,而是一种亲情,互偎互依、相濡以沫的亲情。某种意义上,将军墓乃佘家的另一座祖坟,精神祖坟。

墓,是佘家的人生基石,也是全部家当。

墓,即宅。守,即业。死,即生。

家难国殇

纵观佘家墓园的命运,有一现象颇值深思:当时代将之忽略和完全遗忘时，它是恬静和安适的；一旦社会和权力有染指企图，哪怕施予宣扬和彰显时，它反陷入危机与挣扎。

和墓的寂寥一样，这个家族的人丁并不兴旺。

如今，佘家嫡传只剩下一位白发老妪：佘幼芝女士。她今年64岁，退休前是一家小仪器商店的售货员。半个多世纪来，她已成墓园最亲密的见证人和叙事者。纪录片《佘家故事》中，佘幼芝反复念叨这样一段话："反正先祖临死的时候，就是这么交代的，要辈辈守墓，不再回南方了，袁将军是广东东莞人，我们家是广东顺德人，都不回了……"

墓园所在的位置，过去不叫东花市斜街，老北京称"广东义园"或"佘家馆街"。民国初年，康有为领头，各界人士捐资在墓旁修了将军祠，康有为题联："自坏长城慨今古，永留毅魄壮山河。"

1949年后，小院里来过一些大人物，周恩来、宋庆龄、朱德等，都曾在清明来祭扫。1952年，市政府拟把城里的坟墓全部外迁，有四位名流给毛泽东写信，吁请善待崇焕墓。他们是叶恭绰、柳亚子、李济深、章士钊。信是5月14日写的，16日，毛亲笔复函："明末爱国领袖人物袁崇焕先生祠庙事，已告彭真市长，如无大碍，应予保存。"

据佘幼芝回忆，她小时候，家有十几间瓦房。1955年，崇文区建第59中学，征用佘宅，另给佘家找了房。为了守墓，佘家没搬，大伯一家住袁祠的南屋，幼芝随母搬进从前羊圈改的房子。大伯和母亲去世后，幼芝就在这间房里结了婚，时值1964年。不久，"文革"开始，袁墓被扒，祠堂倾毁，将军碑陈于荒草，义士碑被垫了台阶，佘家收藏被付之一炬，唯一幸免的是幼芝父母与外婆的一张合影。很快，原本狭小的院落，又挤进多户异姓，并纷纷盖起私房。

终于，浩劫结束，一项拾遗补缺和物归原主的政策开始了。

从1978年起，佘幼芝四方奔走，吁求修复墓祠。这一求就是十几年：无财无物、无权无势，仅凭一张妇人嘴在各个道场笨拙地游说，尤其要就"公——私"、"家——国"的动机质疑作各种澄辩，其尴尬和涩苦可想而知。

这个以冢为宅的家族迎来了和平年代最大的考验。第17代传人和先人一样，有股犟性子，佘幼芝发誓：一日未复墓祠，一日不剪头发！此间，她因病住院，无助时写过一首自勉诗，其中有一句："苦守灵园三百载，谁知我氏心中情？"

首先，崇焕墓面临一个"职称"问题。在中国这个官文化主宰的道场里，凡有价值的物件，无不渴望一件类似"黄马褂"的身份标签，这不仅决定日常待遇，更涉关其自保能力和安全系数，涉关它在危机时所能筹集到的外援。尤其在政治大一统、私产没有庇护的年代，来自权力系统的鉴定和封号极重要。佘家小院也一样，经了那么多风雨惊悸后，它想为自己求一张门神了，算个小小的护身符罢。1984年，在佘幼芝的呼吁下，崇焕墓被定为市级文物，职称不高也不低。但就在此时，老问题又来了：拆迁。第59中学为扩建，欲把墓迁往龙潭湖公园。佘幼芝急了，几百年了，这墓可从未动过啊⋯⋯眼瞅着老太太气喘吁吁到处求告，小院的其他住户不满了：旧居不拆，安得新厦啊。冷嘲热讽、奚落挖苦扑面而来。幸好，第59中学的提案被驳回，墓址不动。

天不负人，在社会各界的响应下，崇焕墓开修。

1992年4月5日，清明这天，修葺一新的将军墓迎来了首批祭访者。那一天，佘幼芝换上新衣，剪去了长至腰间的发辫。那发辫早已霜白。

墓修了，佘幼芝最大的心病消去了。若说还有啥指望，即崇焕祠了。慢慢,事情有了眉目,2002年初,北京市文物局拍板:重修崇焕祠,兼设纪念馆。

谁知,对佘家来说,有史以来最大的坏消息骤然而至:52号院的19户居民全部迁出,另予安置,佘家也在其列。

晴天霹雳。它意味着,宅与墓、生与死、家与国——这场延续了370年的精神组合,即要被剥离开了。纪念馆无疑是更时尚、更现代化的做法,但它却是对"形影不离"、"朝夕相处"的粗暴拆解。于佘家而言,这是骨和肉的拆分。

这等于把崇焕墓的保姆给驱逐了,把300年前那个伟大的遗嘱给杀死了。它光大了崇焕的名位和声望,却把崇焕墓赖以生存的土壤给剔除了。也就是说,两份同栖共生、浑然一体的东西,它抽取其一。在我眼里,这甚至有"买椟还珠"、"杀鸡取卵"的味道。我把守墓这个"活"的精神行为看得比墓地更贵重,更有心灵的光辉和文化的延续价值。

无处安放的祖业

当然,官方并未把佘家完全撇开。作为答谢,作为装饰,拟聘佘幼芝为纪念馆顾问。这份荣誉,与栖息意义的"守墓"已有质别,它意味着佘幼芝及其后人,不能再以生活的方式进入祖宅,只能以客人的名义"回家"。

这算什么呢?文化拆迁?精神征地?

这不仅是个不平等条约,还是个缺少理性和智慧的设计。

佘家,不仅是为崇焕墓服务最久的生活佣人,更是其最天然、最权威的精神法人。佘家的忠义、崇焕的忠烈,还有什么比二者更能彼此诠释、互为注脚的吗？还有比这更完美的精神组合吗？明明是一家人，为何硬要将之拆散呢？

为方便旅游吗？为弘扬文化和促成更大范围的公共消费吗？

那就更应维护资源的完整性啊。佘家故事，本身即一种独立的精神资源、一道罕见的灵魂风景，在当代，它比遗址更稀缺、更有资质成为"名胜"。如果说，墓是物质遗产，那守墓即"非物质文化遗产"，是活着的遗产。

我实在不理解那个政府行为。难道仅仅为了易主？为了让墓地回归人民群众的怀抱？这样的物质归属和户主变更有意义吗？莫非在对方眼里，崇焕墓只是一处地产？

有段影像记录了这段日子的佘幼芝，画面中她泣不成声，伤恸至极。我理解老人的悲愤，她的人生就要变了，这个家族的人生就要变了。

老人一次次交涉、哭诉，希望奇迹发生，希望政府有所动摇。遗憾的是，对方与她一样，所有的耐心都基于一个固执的目的：说服。

我们的编导，用镜头见证了双方的一次对话，下面是一段语音场记——

接待人："时代变迁了，我们的思想是不是也能变一变呢？"

佘幼芝："别人的先祖都给子孙后代留下什么房子、地、金银财宝，我的先祖却不是……这个忠义精神，我要把这个守好了，这是祖先留给我的遗产。"

接待人："住和看墓，不要给它混在一起，这个不矛盾。您可以天天来这里，晚上回家住，这儿有值班的，您也改善改善住房条件，别一辈子老住那个平房，您是不是也享受一下现代化的东西呢？您就是终身荣誉馆长。"

佘幼芝："地是国家的地，房子现在也成了国家的，这个墓非要换给别人守，行不行呢？当然也行，但我的看法是，那样它就失去了一种意义。"

接待人："咱们目的都一样，您今天来谈这个，也是为了把祠修好，咱们要方方面面考虑。第一它作为文物，现在是市级的，将来可能是国家级的，文物有文物法规定……将来要是修出来，里头绝对是不能生火、做饭的，不能这么去生活。"

佘幼芝："如果说您让我搬走的话，那就意味着不在这守墓了，什么叫守墓呢？形影不离，是吧？一直在这儿，我们先祖死的时候就这么跟后人说的。我们要辈辈守墓，一代传一代，也不回南方老家了，先祖的遗志到现在，已经第17代了，时时刻刻在我们心里面。祖先不让做官，17代了没人做官，但祖先让我们读书，为什么读书？读书好明白事理。"

……

搬迁，已是板上钉钉。考虑佘家有困难，文物部门用佘家应得的补偿款三十万元，又贴了四万两千元，帮其买了套房子。2002年5月22日，佘幼芝一家离开了52号，去了几公里外的一个新区。

焦平，佘幼芝之子，2003年6月遇车祸身亡，年仅29岁。这位佘家第18代人的不幸，竟然又和守墓有关。2003年，广东东莞建袁崇焕纪念园，邀请佘家派人守衣冠冢，也许想弥补在京不能守墓的遗憾，焦平愿意前往。当时他在苏州打工，若去守冢，即意味着要在广东定居，正谈恋爱的他，希望和女友同去，于是决定先赴吉林拜见女友的父母，不料此行却踏上黄泉。

2004年初,纪录片完成前,编导再次探望佘幼芝,也许刚经历了丧子之痛,老人情绪非常激动,她说了这样一段话——

> 我现在心里特别激动,别提这事,一提这事,我心里就控制不住我自己了……他们说,房子、地是政府的国家的,但是守墓是我自己的遗产啊,他们不能剥夺我这个权利。我要求不高,我要求一点也不高,我要求在附近,哪怕给我一个半平米的小房,叫我离那儿近一点就行,我天天能看到它……(语音场记)

被充公的精神私产

不错,历史的主语是人民群众,但要说所有的精神资源都是从"人民"这个大蛋壳里孵化出来的,那也太夸张了。许多民间精神的主体,并非人群中的多数,而是少数,甚至是极少极少的零星和异端。

今天的督师墓园,至少有三层文化含义:袁崇焕的政治操守;佘义士的行为伦理;数百年的家族守墓。以上含义已构成三份精神资源,既各自独立,又彼此注解、互为知音。而且,其主体皆个人和私家,与"人民群众"扯不上,和时代主流及世俗群像也格格不入。它们是以精神个案的身份被历史存档的。

三者同栖一檐、相依为命,共同塑造着一个大大的词:忠义。且一个比一个更递进、更有难度和挑战。尤其是后者,那个绵延三百年的承诺故事,那场17代人的誓言接力,更像个精神孤本(前者的孤独,只是时代的孤独,史上并不乏同类)。另外,在角色和功能上,后者还是前者的收养者和叙述者。

私以为，墓园至少应有三块碑：将军碑、义士碑，还有一块，我最看重的一块——守墓纪事碑。显然，当代官方是惯于"抓大放小"的，它对大人物，即第一块碑更器重。换言之，它对有形的古董更热心。

或许，它觉得家族守墓之行为意义不大，太陈腐、太务虚；或许，它觉得世上并无什么精神私产或文化自留地，一切美德和事迹皆属"人民"，应挂于"群众"名下，登记在"集体"的功劳簿上；或许，它觉得由政府来收编民间遗存，才是文化的福音和正途，更符合现代逻辑和社会职能……

真是典型的"人民主权论"，不仅实物充公，精神也要充公。在我看来，它至少疏忽了几点：首先，那份精神从来即"非公"的，根本谈不上回收，所谓的"收"，只能是征收、没收；其次，能被充公的只有物理的东西，精神可不是随随便便能被易主的，除非想让那精神死掉；再者，它忽略了那精神依然活着，尚未断气，却急于以"烈士"和"遗物"的名义将之草草入殓、掩埋。

说得专业点，它眼里只有废墟和石头，只有物质文化遗产，没有"非物质文化遗产"。

从最实际的馆藏角度看，把佘家剥离，等于流失了一支活着的进行时态的精神资源，等于把园里最有魅力的景致给剔除了。残剩的，只是两座僵硬的坟头，只是文化的历史段落和物质部分，其活性标本和当代章节没有了（三个故事变成了两个）。如此，这个生机勃勃的园子将变成纯粹的遗址，将成"断脉"的风景，只有坟头，没有人生和炊烟。

这样的眼光和决策让人沮丧。它不懂得放养蝴蝶，只会定制标本——用来裱墙。

退一步讲，我宁愿看到佘家对精神领地的主动捐献或弃守（虽令人遗憾，但毕竟体现了主权和自由），而非公权理直气壮、毋庸置疑的收缴——这自信和傲慢吓我一跳。在"私"转"公"的整个过程中，我没看到充分的商榷和平等的谈判，面对佘幼芝的央求、无力和叹息，公家似乎在做一件完全可控、毫无悬念的事，仿佛在宣布一项组织决定。彼此的"高姿态"和"低姿态"都刺痛了我。

官家真是太热衷"公有制"和"国有化"了，太喜欢用"人民历史"、"人民创造"、"人民归属"来覆盖一切了。只要"人民"看上的东西，总要想法子弄来，重新注册和署名。经过这样的产权变更，人们往往最终发现，那东西缩水了很多，价值流失了很多，要么变质了，要么蒸发了，要么失窃了。

是的，人民也会贪污，也会被贪污。

没了体温和炊烟，生活馆变成了纪念馆。活的，成了死的。

纪念馆往往是炫耀馆，炫耀我们中间曾分娩过某类人物、某种精神。殊不知，那些人和精神，往往都是自己时代的反面，是人群中的另类、异端，不仅备受"民意"的排斥和奚落，甚至直接为其所害。

崇祯三年（1630）九月初七的刑场，"民意"是这样参与历史的——

> 遂于镇抚司绑发西市，寸寸脔割之。割肉一块，京师百姓从刽子手争取生啖之。刽子乱扑，百姓以钱争买其肉，顷刻立尽。开腔出其肠胃，百姓群起抢之，得其一节者，和烧酒生啮，血流齿颊间，犹唾地骂不已。拾得其骨者，以刀斧碎磔之。骨肉俱尽，止剩一首，传视九边。（张岱《石匮书后集》）

这等于说，袁崇焕有两重死：一是死于权力，一是死于民意。

假如历史再给人民群众一次同样的机会，又能怎样呢？

其实，鲁迅的《药》和"人血馒头"，已给出了答案。

特殊情势下，一个人要想做对一件事，须依赖几个条件：一是信息来源的可靠；二是独立判断的能力；三是承担风险和牺牲的勇气。

尤其是后两者，最为稀有。它们能帮助一个人在舆论黑夜里、在缺少信息的情况下——即使"摸黑"也能作出良知判断和选择。

佘义士的价值就在这。他凭的不仅是"忠"，不仅是对主公的旧情私谊，更有公共伦理的大义。在信息机会上，他和那些道听途说、迷信御告的百姓几乎平等，可贵的是，他使用了自己的见解，在群目失明之下，他有一种不盲从、不随众的判断力，可以说，他是史上第一个在精神上给袁崇焕平反的人。最难得的是，在独立判断之后，他还有一种决绝的行动能力，不仅想，更要做。要知道，聪明人从来不乏，思考者也总有些许，而愿担风险的勇为者就不多了，何况灭门诛族的大风险。

最缺少的，即独立思考之后的行动者。

所以说，佘义士做的不是一件私事，而是公事。这件事，多多少少替历史挽回了一点面子。即便如此，若说佘义士代表"我们"，代表群众的"大多数"，那也让人汗颜，说明"我们"的脸皮太厚了。既然风险是一个人的，荣誉也应是一个人的。

佘义士是寂寞的，其家族更是寂寞的，非主流的。像其人丁一样，数百年来，这支队伍没有被壮大和扩充过，孤苦伶仃，形单影只。

我们既不是它的同道和亲戚，更不是它的母体和孵化器。

唯一的可能是：我们是它的对立面。

问世间,义为何物

在电视片《佘家故事》中,我加了这样一段点评——

我们见过无数表白出来的忠诚,高呼出来的忠诚,但你见过三百年默守一座墓的忠诚吗?一个怎样的家族才能胜任这桩孤独而坚忍的事业?要知道,除了风险和无名的寂寞,命运和历史从未向他们许诺过什么;除了一份悄悄的心灵荣誉和自我器重,根本没什么犒劳和表彰在路边等着——任何事到了这份上,恐怕也就无人去做了。

做一件事不难,难的是做上几百年,难的是世世代代和一件事生长在一起。何况袁崇焕不仅是旧朝罪人,更是新朝宿敌,替这样的人守墓,堪称刀尖上的事业,前景黑得一望无际,实无出头之希望……

我相信,单凭理念和信仰做不到这点,因为这最终不是一个认识问题,而是对生命本色和行动能力的考验。从认知到行动,有着漫长的路。认知或许能促成一件事,禀性往往轻易即促成一件事。而更多时候,会有这样的情形:一个人的思想和智慧越深刻、复杂,解释能力越强,其疑虑和犹豫即越多,做事所需理由即越多,选择空间和弹性亦越大,反而难以生成定力。

我想,在这件事上,起决定作用的恐怕是最简单的性情和家族传统,即被称为"基因"的那种东西。佘家血脉里,应有这样一些元素:虔敬而专注的天性,不疑和务虚的气质,遵守规则的本能,自我定义的价值观,目不斜视的埋头精神……这是一种有"原则"的活的坟，不会只看到碑石上的美德，而忽略那些与之相濡以沫几个世纪的东西。

若后世是公正的话，我想，任何时候，它都应该向那些参与过历史留存和延续的个体——投去感激的一瞥。没有那些情谊的呵护，没有那些无名尘土的覆盖，再伟大的墓碑也会死掉的。

这些，是我克制了个人情绪之后的话，算是媒体立场和个人立场的平衡。

—— 2004 年

法，它单纯而谦卑，对认定的事物不放弃。它需要荣誉和动力，但不是来自外界，而是源于内心的自我肯定。或者说，它自身携带荣誉和动力，精神上自给自足。

相反，一个太务实、太骚动的人，一个东张西望、参照系太多的人，一个审时度势、算术力强的人，是很难做到这点的。他太容易变卦和易辙，太容易魂不守舍，太容易被诱惑和勾引。

几百年生涯里，你觉不出这个家族的焦虑，它在心理上是平静、安详的。你不觉得它在等什么、盼什么——连"平反"、"翻案"，似乎都不在其心思内（"等待型"、"眺望型"的做事，往往都是有条件、议价式的，一旦条件得不到满足，即会放弃、改道甚至背叛）。它的生存姿态不是"等"和"盼"，而是"守"和"护"，是一种稳定的秉持、保养、延续。不变，即它的使命，即它的福分和生活。几个世纪里，它似乎只对自己提要求，从未对世界提要求。

它唯一的要求，也是最后的要求，即请求权力别让自己离岗，别让先人的诺言毁在自己手里，别让祖祖辈辈的活法在今天结束。

佘家，一个弥漫着古意和苍凉的家族。

如今，这古意将被驱散，这苍凉将被现代的烈日蒸发。

我们失去了什么呢？

片子播出前，我给分集结尾添了这样的话——

随着衰墓的交接，随着私人守墓的角色被公共职能取代，这个古老家族的使命，就有了某种终结的意味。对于文物和遗址，时代有了更好的保养，但我也隐隐在想，是否我们就有了相应的守护能力呢？毕竟，修缮和守护、物质能力和精神能力是两回事。愿我们和我们的后人，再去拜谒袁公墓时，不会只看到一座死去